More than Friends

#2

Marie-Charlotte François

More than Friends

#2

hachette
ROMANS

Hachette Livre, 58 rue Jean Bleuzen, 92170 Vanves

Prologue

Nous y voilà.

Mon cœur tambourine dans ma poitrine. J'aurais dû écouter mon père et manger davantage ce matin, mais comme d'habitude je n'en ai fait qu'à ma tête.

Si on m'avait dit l'année dernière que je serais en terminale sans Pauline à des centaines de kilomètres de chez moi, je ne l'aurais pas cru. Et pourtant… Me voilà.

D'ailleurs, ce n'est pas croyable et c'est presque désastreux, comme ces grandes vacances à vrai dire. Si je ne l'avais pas vécu, j'aurais pensé que ces deux mois étaient tout droit inspirés d'un roman foireux. Et pourtant… Louis m'a bien trahie, ma meilleure ennemie est le sosie d'une poupée Barbie et moi j'ai malencontreusement abandonné mon cœur à un garçon.

Un beau brun à l'allure arrogante, mannequin, pourvu d'une énorme dose de testostérone et de multiples identités.

Ce même garçon qui me fixe avec incompréhension tandis que j'ai le regard dans le vague :

« Hé oh ! Jade. Faut y aller, là. »

Je cligne plusieurs fois des yeux.

Ah oui, c'est vrai.

Je fixe la masse d'élèves qui jouent des coudes devant les grilles de mon nouveau lycée. Ils se poussent dans l'espoir de gagner quelques précieuses secondes qui leur permettront d'être les premiers devant les listes.

Je les observe de loin tandis que Cameron s'impatiente. Il n'est pas particulièrement ravi d'être ici, dans son ancien lycée. Même s'il est quelque peu nerveux, c'est lui qui a tenu à m'accompagner ce matin. Lui ne commence sa fac de droit que lundi.

Je ne vais pas assez vite à son goût, alors il prend ma main et m'entraîne dans la foule. Désormais, moi aussi je joue des coudes et je jette des « Pardon », « Désolée » de tous les côtés.

J'ai pourtant l'impression d'être spectatrice de mon propre corps. Cette sensation a commencé dès ce matin, très tôt, alors qu'une boule de stress s'était nichée dans mon ventre.

Je presse la main de Cameron quand nous arrivons dans la cour. J'avais oublié à quel point elle était grande. Ma gorge se serre tandis que je regarde les élèves se diriger vers les murs où sont accrochées des feuilles de papier.

Je reste immobile, incapable de contrôler mes muscles. Je suis tétanisée. Si pour certains la rentrée est une épreuve, pour moi c'est le parcours du combattant. J'ai peur de ne pas avoir mon bac et surtout de ne pas trouver ma place.

« Ça va ? » m'interroge le brun, un sourcil levé.

Je grimace et il me serre un peu contre lui :

« Je vais voir dans quelle classe tu es. Ne bouge pas. »

En d'autres circonstances, je répliquerais aussitôt que je suis une grande fille et que je peux me débrouiller toute seule, mais aujourd'hui c'est différent. Je fixe son dos quand il s'éloigne avant de remonter mon sac à main sur mon épaule. Ça fourmille de partout autour de moi, je sens aussi qu'on me lance des regards. Eh oui, les nouvelles vont vite ici et rapidement tout le monde a appris que moi, la petite nouvelle, j'ai détrôné Lucie Preston dans le cœur du brun.

Ils doivent sans doute se demander ce qu'il me trouve. Je me pose moi-même la question, à vrai dire. J'ai souvent du mal à croire que nous soyons ensemble malgré nos différences bien marquées.

Je ne leur prête pas attention et je me contente de mordre les contours de mon pouce en attendant le retour de mon copain.

Il ne tarde pas à revenir, sous les regards appuyés de certaines filles.

« Tu es en terminale S1 », m'indique-t-il.

Il passe un bras autour de mes épaules et me montre du doigt un coin de la cour :

« Quand la dirlo aura fini son speech tu iras en salle 103, c'est au premier étage, tu ne peux pas te perdre. »

Je hoche la tête et il m'offre un petit sourire. Je suis contente qu'il soit là et me serve de repère. Je ne sais pas ce que j'aurais fait sinon. Je serais peut-être en train de paniquer, les larmes aux yeux.

« Allez, ma belle, sors-moi ce balai de ton postérieur ! »

Il se moque de moi alors que je lui tire la langue. Il m'attire ensuite dans ses bras, et je me sens gênée pour la première fois car on nous regarde avec insistance.

Je ferme un instant les yeux en humant son parfum. Je me sens comme dans une bulle, en sécurité, je me détends un peu et j'arrive même à relativiser.

Après tout, ce n'est pas la fin du monde.

J'embrasse rapidement sa clavicule avant de me détacher. J'observe tout de même derrière lui un garçon métis avec des yeux comme des soucoupes et un large sourire plaqué sur le visage qui s'approche de nous. Il s'exclame :

« Cam ! Qu'est-ce que tu fous là ? »

Mon copain se retourne et ses lèvres s'étirent aussitôt :

« Younes ! Et toi, alors ? T'as pas eu ton bac ? »

Le garçon hausse les épaules :

« J'ai foiré les repêch'. Mais et toi ? J'étais sûr que tu l'avais eu. »

Cameron passe un bras autour de ma hanche et m'attire à lui.

« J'accompagne cette demoiselle », explique-t-il.

Younes mime un « Ah » de la bouche et ajoute à mon intention :

« Mais tu es la fille de la photo ? »

Il me scrute et je murmure un « Oui » :

« Pas cool, ce que vous a fait Louis. »

Cameron se crispe à mes côtés. Tout le monde connaît notre vie. La seule info qui n'ait pas fuité est le changement d'identité de Cameron et son père.

« Oh, désolé, fallait pas en parler ?

— C'est à éviter », lui répond Cam sèchement.

Younes s'excuse encore avant de nous saluer :

« Je vous laisse. Ça m'a fait plaisir de te voir, mon pote. (Il tape dans la main du brun et s'adresse à moi :) Et toi, si tu as besoin de quoi que ce soit, n'hésite pas. Les amis de mes amis sont mes amis. »

Il nous lâche un clin d'œil avant de s'éclipser en trottinant. Sacré numéro, ce garçon. Je souris légèrement, sa bonne humeur est contagieuse.

« Tiens, elle arrive, ta nouvelle directrice. »

Cameron me désigne une direction d'un mouvement de tête et je distingue la femme imposante qui respire l'autorité qu'est Mme Fore.

« Je vais te laisser, murmure-t-il, j'ai pas trop envie qu'elle me repère. »

Il grimace et je sens la panique me gagner, je m'agrippe à son bras.

« Ça va aller, me devance-t-il, je te récupère ce midi. »

Le premier point positif de ce lycée, c'est que la rentrée des terminales s'effectue le vendredi et ne dure qu'une matinée. Je passe donc le week-end en compagnie de Cameron, avec l'accord de mon paternel.

La masse commence à s'agglutiner devant le corps enseignant présent.

« Tu verras, avec ta belle gueule, tu te feras des amis en moins de temps qu'il n'en faut pour le dire. »

Il pointe un doigt vers moi :

« Mais pas trop de garçons, hein ? »

Je glousse et me hisse sur la pointe des pieds pour embrasser ses lèvres.

La directrice tape dans ses mains et un homme réclame le silence :

« S'il vous plaît !

— Bonne matinée, bébé, je te promets une super-soirée à deux ce soir pour te détendre, chuchote Cameron.

— Promis ? »

Il appuie ses lèvres contre les miennes et, après un dernier « Je t'aime » et un bisou, le voilà parti alors que résonne le discours de rentrée. Ma peur s'est apaisée, tout devrait bien aller…

Chapitre 1

Même si ce lycée est très grand, tout a le mérite d'être indiqué. Cameron avait raison : je ne peux pas me perdre. Je flâne dans les couloirs, le nez en l'air. Je m'imprègne de mon nouvel environnement. Les locaux sont super-neufs et une odeur de produits d'entretien flotte dans l'air.

Autour de moi, ça bavarde et chahute pas mal. Je dois me faire toute petite parfois pour éviter de me faire rentrer dedans par des garçons trop turbulents. J'imagine bien Cameron dans ces couloirs, adossé contre ce mur-là à parler fort ou à se chamailler avec ses amis. Je pourrais presque l'y voir.

J'atteins finalement ma salle. Nous sommes priés de nous y rendre à 9 heures, or il n'est que 8 h 45. Mais je constate que je ne suis pas la seule à avoir eu l'idée d'arriver en avance. En effet, la salle est à moitié pleine d'élèves discutant assis sur les tables ou les chaises. Je rentre la tête dans mes épaules et cherche une place à l'écart. J'en dégote une près du mur vers le milieu, j'y jette mon sac et je m'empresse de démêler mes écouteurs afin de les planter dans mes oreilles et de pousser ma musique à fond.

Je réponds rapidement à Pauline qui me dit que sa nouvelle classe n'est pas terrible, apparemment elle se retrouve avec Molly.

Je la plains. Je lui réponds que moi je ne connais personne et je la supplie de déménager pour me sauver de cet enfer. J'envoie aussi un petit message à Cameron pour lui dire que je pense à lui.

À côté de moi, je sens l'air remuer et un sac rejoindre le mien sur la table. Je me tourne lentement. Je découvre une jeune fille aux cheveux courts violet sombre. Elle a un grand sourire et je vois ses lèvres remuer. Le brouhaha de ma musique m'empêche de discerner ce qu'elle dit, alors je fronce les sourcils en retirant un écouteur.

La bouche de la fille forme un O et je la questionne :

« Pardon, tu disais ? »

Elle secoue la tête avant de me tendre une main :

« Je m'appelle Olivia. Je viens à côté de toi parce que t'as l'air d'être la moins conne de toutes ces filles. »

Elle pointe le pouce vers l'arrière par-dessus son épaule. Je grimace, drôle de personnage. Je serre rapidement le bout de ses doigts :

« Jade, et euh… Je dois le prendre comme un compliment, je suppose ?

— Tout à fait ! »

Elle me sourit et je pense que la conversation va s'arrêter là, mais elle me questionne encore :

« T'es pas la copine du mannequin qui était ici l'année dernière ? »

Je hoche la tête en commençant à être mal à l'aise, elle poursuit :

« Celle pour qui il a quitté Lucie ? »

J'omets le fait qu'il l'aurait quittée avec ou sans moi et que j'ai juste accéléré le processus. Elle secoue la tête plusieurs fois.

« Bien joué », ricane-t-elle.

Apparemment, Lucie n'est vraiment pas aimée de tous. Est-ce que cela me surprend vraiment, au fond ? Je ne crois pas.

J'ouvre à peine la bouche qu'elle continue déjà. Un vrai moulin à paroles, dis donc.

« Même si je t'avoue que je ne comprends pas très bien ce que vous lui trouvez. Je veux dire, il est con ! Sans vouloir te vexer, précise-t-elle. Sa personnalité gâche tout son charme. »

Elle lève les yeux au ciel et je ne sais pas trop quoi répondre. J'aimerais le défendre, mais je ne connais pas les actes dont il a été l'auteur dans ce lycée et je dois dire que, moi-même, quand je l'ai rencontré je le trouvais extrêmement con.

« Il a beaucoup changé », je réponds simplement.

Elle hausse les épaules, son opinion semble bien ancrée. Je n'y prête pas vraiment attention, je me concentre plutôt sur l'entrée de deux superbes filles. Elles passent le pas de la porte telles deux déesses. L'une est rousse et l'autre porte un petit carré noir. Elles rient entre elles et je jurerais que le silence s'est fait à leur arrivée. Nul doute, ces filles ne sont pas n'importe qui. La petite rousse me dévisage de ses yeux verts, de la tête aux pieds.

Oh non… Ne me dites pas qu'elles savent qui je suis.

Je m'enfonce un peu plus dans ma chaise tandis que l'autre tourne aussi la tête vers moi. Je ne sais pas pourquoi, mais cela ne m'inspire pas que du bon. Et si elles étaient des amies de Lucie ?

« Qui est-ce ? » je ne peux m'empêcher de demander à Olivia.

Elle les considère avec dédain en croisant les bras :

« Eva Simon et Laure Tarmann, autrement dit les petites filles à papa. À éviter vraiment. Ce sont les premières l'année dernière à avoir pu intégrer le “squad” le plus réputé de terminale. (Elle mime des guillemets avec ses doigts.) Dont ton copain et son ex-petite amie faisaient partie, d’ailleurs. Des pestes, comme le reste de la bande. »

Je grimace, leurs visages d’ange ne laissent vraiment pas paraître toute cette négativité dont Olivia me parle. On m’a toujours appris à ne pas juger sans connaître, alors je décide d’attendre de voir par moi-même si la colombe deviendra serpent…

En attendant, la sonnerie et l’entrée du professeur me coupent dans mes pensées. L’année commence.

Chapitre 2

« Asseyez-vous. »

Notre professeur principal est un grand gaillard d'au moins un mètre quatre-vingts. Il paraît très musclé sous sa chemise. On dirait presque que ses boutons sont prêts à exploser. Il porte de petites lunettes rectangulaires sur le bout du nez et son crâne est chauve. Il pose sa sacoche sur le bureau avant de gribouiller au feutre son nom sur le tableau :

« Je suis M. Buzard, pour ceux qui ne me connaissent pas. Professeur de mathématiques et accessoirement votre prof principal. »

Il sort un tas de papiers de son sac et Olivia se penche à mon oreille :

« C'est le mari de la directrice. »

Lui et Mme Fore ? Je dois dire que je les imagine mal tous les deux. Je fronce les sourcils tandis qu'il nous détaille un par un les yeux plissés :

« Je reconnais quelques têtes familières. Monsieur Thomas, tiens ! Vous persistez dans la filière scientifique ? Très ambitieux, j'espère que je n'aurai pas à tracer vos notes au compas cette année. »

Le professeur se marre tandis que ledit « monsieur Thomas » grimace en roulant les yeux. Son voisin de table lui met des coups de coude en riant. Je n'aime définitivement pas ce prof, si j'ai bien appris une chose, c'est qu'il ne faut pas juger au premier abord, mais là ! Il vient clairement de rabaisser un élève devant la classe entière. Ou alors c'est moi qui vois le mal partout… Je ressens aussi un grand stress, j'ai bien l'impression que ce professeur sera impitoyable, et j'avoue avoir peur de ne pas être à la hauteur. Humilie-t-il vraiment tous les élèves comme ça ?

Je triture le capuchon de mon stylo, nerveuse.

« Sortez-moi une demi-feuille, nom, prénom, classe redoublée si besoin, études supérieures envisagées et tout le tralala. Je ne vous cache pas que je ne perdrai pas mon temps à les lire, mais selon madame la directrice c'est le protocole. »

Il se gratte la tête tandis qu'Olivia me tend la moitié de sa feuille, je la remercie et note comme tout le monde les informations demandées. M. Buzard les récupère avant de les fourrer dans le fin fond de sa sacoche en cuir brun.

Il circule ensuite dans les rangs en tendant un petit papier à chacun.

« Ce sont vos emplois du temps », explique-t-il.

Je récupère le mien et j'ai la surprise de découvrir que nous n'avons pas cours le vendredi aprèm. Je déchante vite quand je vois le planning des autres jours. Mis à part le mercredi, les journées sont bien chargées. Olivia soupire.

« Je vais vous parler rapidement du déroulement de l'année et ensuite je vous libérerai. On ne va pas s'éterniser. »

Il jette un coup d'œil à sa montre avant de retourner au tableau et de s'asseoir sur le coin de son bureau pour tous nous jauger :

« L'enjeu de cette année n'est pas vraiment le bac, c'est votre orientation, le plus important, ce que vous comptez faire l'année prochaine… »

À partir de là, j'écoute d'une oreille distraite et je remarque que je ne suis pas la seule, en effet ma voisine pianote tranquillement sur son téléphone. Elle me sourit quand elle remarque que je l'observe et je détourne rapidement le regard pour ne pas paraître impolie. Elle range son mobile avant de se pencher discrètement vers moi et de murmurer :

« Vu qu'il nous libère plus tôt, je rejoins des potes au parc du centre, ça te dit de venir ? »

Je considère sa proposition. Il est vrai que j'ai très envie d'appeler Cameron pour rentrer directement avec lui mais… Je suis nouvelle ici et c'est à moi de sociabiliser et de trouver ma place. Lui, sa scolarité est finie et puis Olivia a l'air cool.

« Pourquoi pas », je lui réponds en souriant.

Je suis tout de suite plus détendue, le blabla du prof passe beaucoup plus vite et je sursaute presque lorsqu'il tape dans ses mains et ordonne :

« Tout le monde dehors. À lundi. »

Les chaises raclent immédiatement le sol et tout le monde se précipite vers la sortie. J'attends ma nouvelle amie dans le couloir puisqu'elle, contrairement aux autres, prend son temps.

Je remarque dans l'angle Eva et Laure, les deux filles dont Olivia m'a dressé le portrait. Elles semblent papoter entre elles lorsque Eva croise mon regard. Elle replace l'une de ses mèches rousses derrière son oreille avant de me toiser de haut. Je me replie un peu plus sur moi, quand Olivia arrive :

« On y va ? »

Je n'ai pas le temps d'approuver qu'elle me prend la main, et très vite nous nous retrouvons hors du lycée.

Chapitre 3

C'est après avoir traversé une ruelle parfumée au pipi de chat que nous arrivons devant des grilles vertes ouvertes. Derrière se dessine une vaste étendue de vert au milieu de laquelle coule un ruisseau. Le cadre est très agréable. On le traverse. Olivia avance rapidement et semble déterminée. On contourne un sapin géant pour rejoindre le groupe en question assis dans l'herbe.

Je comprends très vite pourquoi mon amie était si pressée, elle se jette au cou d'un brun en le faisant tomber à la renverse. Il ne paraît pas surpris et il la serre fort contre lui avant de l'embrasser tendrement. Tiens, tiens.

Je souris en me tordant les mains, un peu mal à l'aise face à ces inconnus. Liv se redresse en s'époussetant avant d'entamer les présentations.

« Les gars, je vous présente Jade. Jade, voici Florian », dit-elle en désignant un blondinet.

Il m'offre un petit signe de main et Olivia continue. J'apprends ainsi que la fille brune au piercing au nez s'appelle Rose. Et puis enfin il y a Tristan, le copain de Liv. Plutôt mignon dans le genre « bon chic bon genre » Je m'assois à côté de Rose et j'envoie un message à Cameron pour qu'il vienne me récupérer à midi au parc.

« On s'est pas déjà vus quelque part ? me pointe du doigt Florian. Ton visage me dit quelque chose. »

Je fronce les sourcils, mais Rose intervient en premier :

« On l'a vue sur les réseaux, tu ne te rappelles pas, elle sort avec Cameron Kent, pas vrai ? »

J'approuve d'un mouvement de tête.

« Ah oui ! L'ex de Lucie Preston ! Je vois. Tu sais que tu es son ennemie numéro un ? »

Je grimace alors que le visage de la blonde apparaît dans mon esprit et que sa voix de crécelle retentit dans mes oreilles. Je suis bien contente de ne plus la voir !

« Eh bien, courage pour cette année, alors », soupire Tristan, Olivia pendue à son cou sur ses genoux.

Les autres approuvent, mais je ne comprends pas très bien :

« Pourquoi ça ?

— Parce qu'en plus d'être énervante il se trouve que cette garce est bête comme ses pieds et qu'elle a raté son bac », m'apprend Liv en roulant les yeux.

C'est la douche froide. Le ciel me tombe sur la tête :

« Pardon ? »

Mon cerveau ne semble pas vouloir accepter l'information.

« Ouais, on se la coltine un an de plus. »

Je cligne plusieurs fois des yeux. C'est impossible, pas ça ! Moi qui espérais passer la dernière année de lycée en paix, je vois tous mes plans s'effondrer et je repense à la menace de vengeance de la blonde. Et si son but était de me pourrir mon année ? Tout s'embrouille dans mon cerveau.

« Ça va ? me questionne Rose.

— Oui, oui », je réponds avec un petit sourire pour ne rien laisser paraître.

La conversation dévie sur combien Lucie est agaçante et combien ses différentes petites manies énervent mes nouveaux amis, et je pense automatiquement à Cameron.

Il savait, c'est obligé, et il ne m'a rien dit. Je lui en veux bien plus que je ne l'aurais imaginé et une boule se forme au creux de mon ventre.

« Sinon, Jade, c'est quoi tes passe-temps ? » s'intéresse Rose.

J'essaye de m'intégrer à la conversation du mieux que je peux mais il est clair que mon esprit est ailleurs, turbinant à mille à l'heure. Quand est-ce que ce cauchemar finira réellement ?

La discussion va bon train et je réponds vaguement à toutes les questions qu'on me pose en paraissant le plus à l'aise possible même si ce n'est nullement le cas. Je n'ai qu'une hâte, que midi arrive et que Cameron vienne me chercher, pour lui demander une explication.

« Au risque de me répéter, Jade, t'as vraiment pas l'air bien », insiste Rose.

Je secoue la tête et plaque un sourire sur mon visage.

« C'est cette histoire de Lucie ? questionne Florian. Par rapport à ce qu'il s'est passé avec son frère et tout ?

— Tu sais, on peut lui casser la gueule ! rigole Olivia. On la déteste tous, alors ça ne pose aucun souci ! »

Un petit rire m'échappe. Ils sont vraiment cools avec moi alors que l'on se connaît à peine.

Je place Lucie dans un coin de ma tête et je m'intègre dans le petit groupe facilement jusqu'à ce que vienne midi et que

Cameron m'appelle pour me dire qu'il se trouve devant le parc. Nous échangeons nos numéros, puis je salue le petit groupe et je me dirige à grands pas vers une discussion que j'aurais préféré ne jamais avoir.

Chapitre 4

« Tu savais ! »

Je le lui lance en m'approchant de la voiture. Cameron a le regard empli d'incompréhension face à mon mécontentement. Il est simplement appuyé sur son véhicule, les bras croisés, perdu. Je ne me laisse pas distraire par son charme naturel pimenté par ses cheveux légèrement ébouriffés et me fais plus claire :

« Tu savais que ta psychopathe d'ex redoublait et tu ne m'as rien dit ! »

Je l'assassine du regard et sa bouche s'ouvre tandis qu'il prend un air coupable.

« Oups, lâche-t-il.

— Oups ? je l'imite. Réellement ? »

Il soupire en ouvrant sa portière avant de s'engouffrer côté conducteur. Je gagne ma place moi aussi en claquant soigneusement la portière car je sais qu'il a horreur de ça. Je lui fais face tandis que lui fuit mon regard :

« Cameron ! »

Il roule les yeux en bouclant sa ceinture :

« Sérieusement ? On va vraiment en faire toute une histoire ?

— Je te rappelle qu'on se déteste et qu'aux dernières nouvelles elle voulait ma peau. »

Il démarre en me corrigeant :

« On la déteste.

— Raison de plus ! »

Mon ton monte de plus en plus alors qu'il emprunte le chemin pour aller chez lui, si bien qu'il adopte une autre stratégie, les yeux fixés sur la route :

« D'accord, je le savais et peut-être que j'aurais dû te le dire, mais ça aurait changé quoi, au fond ? T'aurais changé de lycée ? Non. Ça lui aurait donné son bac ? Non. »

Je le sens se crisper et ça se remarque aux jointures de ses doigts qui blanchissent sur le volant. Je m'enfonce dans mon siège, les bras croisés.

« Ça aurait tout changé, je marmonne, loin de lâcher l'affaire. J'aurais pu me préparer psychologiquement. »

Cameron laisse échapper un rire nerveux :

« Oui et tu te serais rajouté une source de stress ! »

Je secoue la tête, même si je sais qu'il n'a pas tort.

« Écoute, bébé, je ne te l'ai pas dit parce que je te connais par cœur, tu n'avais pas besoin d'une nouvelle pression dans tes préparatifs de rentrée. »

Il ralentit et nous nous arrêtons à un feu. Il fixe la route, le bras tendu sur le volant. Son autre main vient se poser sur ma cuisse et il chuchote :

« Et puis ça se passait tellement bien entre nous ces derniers temps, après toute cette histoire, que je n'ai pas voulu tout gâcher. »

Mon cœur se serre et je dois admettre à contrecœur que son excuse fait fondre ma colère. Comme je ne réponds toujours rien, il se met à me fixer avec un doux sourire :

« Tu dois seulement te concentrer sur ton bac et rien d'autre, d'accord ? »

Je hoche machinalement la tête et je me gronde intérieurement de ne pas être capable de lui résister. Et, pour ne rien arranger, il se penche jusqu'à moi malgré la ceinture de sécurité et embrasse doucement mes lèvres en glissant une main dans ses cheveux, ce qui a le don d'effacer tout résidu de colère en moi.

Un coup de klaxon s'élève derrière nous et je sursaute, en effet le feu est passé au vert. Cameron se détache avant de lancer un doigt d'honneur magistral par sa vitre ouverte et de démarrer sur les chapeaux de roues.

« Ça va bien se passer, OK ? » finit-il par murmurer au bout d'un certain temps.

Je le dévisage, peu convaincue :

« Tu la connais, alors ne me donne pas de faux espoirs… Elle va me faire vivre un enfer.

— Fais profil bas et évite toute confrontation, ça devrait bien se passer. »

Je secoue la tête :

« C'est ma dernière année, je suis censée profiter, pas me cacher… »

Il me lance un regard teinté de peine.

« Épargne-moi ta pitié, s'il te plaît.

— Promets-moi que, s'il se passe quoi que ce soit, tu m'en parleras.

— Je suis assez grande pour me défendre seule. »

Il me fusille du regard :

« Promets-le, Jade !

— Ouais, ça va, ça va. »

Il crispe la mâchoire avant de se reconcentrer sur la route :

« Et du coup tu me pardonnes ?

— Non », je mens.

Il me lance un regard en biais avec un petit sourire et je sais que, comme à moi, cette atmosphère tendue entre nous ne lui plaît pas. Et je le remercie intérieurement de détendre l'ambiance.

« Même si je te fais du risotto à midi ? »

Il a touché la bonne corde. Ce plat est mon préféré depuis que j'y ai goûté et je ne peux pas nier qu'il sait très bien le préparer. Je me redresse :

« On ne m'achète pas avec de la nourriture, monsieur Kent.

— Bon, eh bien ce sera pâtes à la carbo, alors », lance-t-il malicieusement.

Je secoue la tête, avec une ébauche de sourire sur les lèvres.

« Tu es un monstre, Cameron », je rigole.

Je ris même si la menace Lucie est installée dans un coin de ma tête. Je décide de l'oublier le temps d'un week-end.

Chapitre 5

« Goûte-moi ça, un peu. »

Cameron lâche sa casserole pour s'armer d'une cuillère en bois, il y attrape un peu de son plat et se tourne vers moi en me la tendant. Je la saisis volontiers et une explosion de saveurs se crée dans ma bouche. Il n'y a pas à dire, il cuisine vraiment très bien.

« C'est presque prêt », ajoute mon petit cuistot en me confisquant la cuillère.

Il laisse le tout mijoter avant de se frayer un chemin entre mes jambes puisque je suis assise sur le plan de travail.

« Tu ne m'as pas parlé de ta première matinée dans ce lycée naze, au fait », s'exclame-t-il en embrassant mon front.

Je hausse les épaules :

« Ça a été, je suppose. »

Il lève un sourcil faussement blasé avant de se moquer :

« Intro, développement, conclusion, peut-être ? »

Je souris face à son air de faux prof sérieux avant d'expliquer un peu plus :

« J'ai M. Buzard comme professeur principal. (Il grimace et j'ajoute :) Ouais, il a pas l'air très sympathique. »

Il ricane :

« Quel doux euphémisme. »

Je penche la tête sur le côté en fronçant les sourcils et il se reprend vite :

« Mais bon prof, je dois avouer. Ensuite ? »

À sa manière de changer de sujet, je devine que ce cher professeur de mathématiques a déjà une réputation bien assise.

« Je ne connais pas encore mes autres profs, à voir lundi. »

Il hoche la tête et, tandis qu'il se détourne pour éteindre le gaz, je continue :

« Sinon j'ai fait amie-amie avec une fille : Olivia, elle est gentille et elle m'a présenté à sa bande, ça a eu l'air de coller.

— C'est une bonne chose, ça, tu vois que tu n'allais pas être seule au monde. »

Il me taquine en s'appuyant sur l'évier en face de moi. Je lui tire la langue et j'enchaîne :

« Dans ma classe, il y a aussi Eva Simon et Laure Tarman. Elles faisaient partie de ton groupe d'amis l'année dernière. »

Il croise les bras sur sa poitrine en fronçant les sourcils :

« Amis est un grand mot. T'approche pas d'elles, ce sont des mini-Lucie.

— J'ai cru comprendre… » je soupire.

Il se gratte la nuque :

« Évite au maximum cette bande, c'est un vrai nid à emmerdes, ils ne feraient qu'une bouchée de toi. »

Super… Encore des recommandations, finalement je commence à regretter Molly… Je le regarde s'étirer pour atteindre le placard à assiettes, perdue dans mes pensées, quand un petit bruit m'arrache à elles. Le téléphone de Cameron près de moi sur le marbre est allumé et je distingue clairement le contenu du message :

`> C'est OK pour tout le monde ce soir. 19 h ?`

Je m'empare de son mobile, perplexe :

« Qu'est-ce qu'il y a ce soir ? »

Il réfléchit un instant en déposant soigneusement les assiettes, avant de se triturer les doigts. Oh lui, il a quelque chose à m'avouer ! Et ça ne tarde pas :

« Justement, dit-il en se massant la nuque, fallait que je te parle d'un truc. »

Je lui fais les gros yeux, il a un ton un peu incertain et je ressens une pointe d'inquiétude. N'oublions pas que c'est Cameron. Il semble chercher ses mots et je meurs d'impatience :

« Accouche, Kent ! »

Il joue avec ses doigts en plantant ses yeux dans les miens :

« Bon… Euh, je ne sais pas trop comment dire ça mais… Ça fait un petit moment qu'on m'a proposé un gros contrat de mannequinat, le genre de truc qui ne se refuse pas, tu vois. (Il fait de grands gestes avec ses mains, les yeux pétillants.) J'y ai beaucoup réfléchi, et ce matin après t'avoir déposée je suis allé à l'agence signer. »

Je secoue la tête :

« Y a vraiment un sérieux problème de communication dans ce couple. T'es pas censé tout me dire ? »

Je m'en veux d'être rabat-joie, mais je dois avouer que ça me blesse qu'il ne me parle pas des choses importantes comme Lucie ou encore ça.

Il grimace :

« Bah, je te l'ai dit, là. »

Face à sa bêtise, je saisis un torchon qui traîne par là et je le lui lance en plein torse.

« Bon, et la fac ? je le questionne pour en savoir plus. Tu n'avais pas dit que tu levais le pied sur ta carrière de mannequin ? »

Un sourire malicieux s'affiche sur ses lèvres :

« Oui mais, réfléchis, je ne suis qu'un pauvre petit étudiant sans salaire, c'est un gros plus ! C'est vraiment un énorme projet, t'imagine même pas ! J'aurais été fou de refuser. »

Je souris.

« Tu te défends bien », je le nargue.

Je sais qu'exposer son corps aux photographes lui plaît et je serais horrible de le priver de ça. Il est assez grand pour gérer ses études et son petit monde de modèle. Je lui fais confiance.

« Et quel est ce super-projet, au fait ?

— Tu le sauras ce soir, dit-il avec un clin d'œil.

— Et je repose ma question : y a quoi ce soir ? je ris.

— Ce matin, j'ai rencontré l'équipe et je leur ai proposé de venir boire un verre pour apprendre à mieux se connaître et pour que tu les rencontres. »

Je hoche la tête :

« Ça me paraît correct. »

Je tends les bras vers lui et il s'empresse de me serrer contre son torse.

« Même si ce soir tu m'avais promis une soirée pour décompresser », je murmure à son oreille pour le taquiner.

Il se recule et me plante un baiser sur les lèvres :

« Je saurai me rattraper ! »

Chapitre 6

Après un bon repas en tête à tête à papoter de tout et de rien, de la pluie et du beau temps, et un bon après-midi en amoureux, Cameron décide de m'emmener faire des courses vers 17 heures après inspection de ses placards, où se battent en duel des paquets de gâteaux. La situation est critique et je n'ai pas d'autre choix que de le suivre pour aller chercher de quoi rassasier ses invités.

D'ordinaire je n'aime pas faire les courses et, même si Cameron fait partie de l'aventure, cela n'arrange en rien mon agacement. Il y a beaucoup trop de monde en cette fin de journée, les caisses sont bondées et c'est le parcours du combattant pour se faufiler dans les rayons.

« Tu crois qu'ils aiment quoi ? »

Debout en face du rayon bio, les mains sur les hanches, mon copain examine minutieusement chaque produit et sa composition tandis que je suis affalée sur le caddie :

« Je ne sais pas, ce sont des mannequins. Des graines ? »

Il se retourne, plisse les yeux et me considère comme si je venais de sortir le plus gros mot de tous les temps. Je peux entendre tous les reproches intérieurs qu'il me fait, mais il lâche simplement :

« C'est très drôle, ça, dis donc. »

Je hausse les épaules en soupirant un « T'as vu ! ». Une dame me bouscule avec son chariot et cela a le don de m'irriter encore plus. On doit bien tourner dans ce magasin depuis une heure et notre chariot contient juste deux bouteilles de champagne.

« Prends au pif », j'essaye d'accélérer les choses.

Il m'ignore délibérément avant d'attraper selon mon bon conseil quelques emballages au hasard et de les lancer tel un joueur de NBA, réception parfaite dans le caddie. Quelle bonne équipe !

Je lui souris tandis qu'il prend la relève avec le chariot. Nous traversons d'autres rayons et Cameron ne cesse de s'arrêter. Cependant je prends mon mal en patience, consciente que j'ai le comportement d'une enfant de quatre ans. Je ne me retiens tout de même pas de lâcher un gros soupir lorsque nous arrivons enfin à la caisse. Tandis que mon copain décharge nos articles sur le tapis roulant, je jette un coup d'œil aux cochonneries devant la caisse : chewing-gums, bonbons, pastilles pour l'haleine, tout y est ! Et il y a même des sachets de popcorn à faire au micro-ondes. J'en attrape un et je tape sur l'épaule de Cam.

« Moi aussi je veux manger des graines », je lui dis, tout sourire.

Cameron penche la tête avant de ricaner :

« T'es bête. »

Je lui tire la langue tandis que la caissière nous dévisage, blasée.

Une fois la corvée des courses finie, nous rentrons remplir les placards. Je place les petites bouchées au frigo et Cameron s'étire pour ranger les amuse-gueules. L'appart n'est pas trop en désordre, alors j'en conclus que tout est prêt pour ce soir. Je ne me prive pas pour encercler la taille de mon copain et réclamer quelques câlins avant que nous ne soyons plus seuls…

« Ils sont où, tes ramequins ? »

Cameron se gratte la tête avant de répondre :

« Deuxième placard en haut. »

Je farfouille sur la pointe des pieds : cet appartement est définitivement conçu pour les géants, et le tee-shirt que m'a prêté Cameron remonte sur mes fesses. Il y a quelques mois, cela m'aurait gênée, là je me contente de pester avant d'en dégoter un. Je verse les amuse-gueules dedans tandis que Cameron file sous la douche. Il n'a vraiment pas fait les choses à moitié, ce soir. La table basse est ornée de bougies, les flûtes à champagne sont sorties. Je ne savais même pas qu'il avait ça. Et la bouteille est prête à être débouchée. Les rideaux sont grands ouverts, laissant voir le ciel magnifique.

Il est rosé avec une pointe d'orange, les jours raccourcissent mais la nuit ne sera pas tout de suite notre invitée. Il fait tout de même chaud en ce soir de septembre. La vieille climatisation ronronne en même temps que l'eau de la douche martèle doucement le sol, dégageant un air frais que j'apprécie. Quelques minutes plus tard, mon brun réapparaît. J'en ai le souffle coupé et je le détaille comme si je le voyais pour la première fois, il porte une chemise noire parfaitement ajustée et un jean bleu. Je pense que son image colle parfaitement à la définition d'Apollon, ma bouche s'entrouvre et il s'inquiète :

« Quoi ? Ça va pas ? Le jean ne va pas avec la chemise ? » dit-il en réajustant ses manches.

Je viens à ses côtés en bafouillant :

« Non, non, tu es parfait ! »

Il plante son regard dans le mien et sourit avant d'embrasser tendrement mes lèvres. Il se fraye un chemin jusqu'à mon oreille avant de murmurer :

« Tu sais bien que je te trouve très sexy en tee-shirt, mais… il faudrait peut-être t'habiller, non ? »

Je secoue la tête :

« On a encore une heure devant nous. Ne sois pas si stressé. »

Il fait la moue et je capitule :

« OK, OK. »

Ma tenue m'attend sur le grand lit. Une simple petite robe noire à pois, cache-cœur. Je l'enfile et remonte mes cheveux en chignon, ça m'évitera d'avoir trop chaud.

Et touche finale, j'orne mes oreilles de créoles argentées. J'espère que ça fera l'affaire. Je suppose qu'eux doivent avoir un sens pointu de la mode alors que moi je me fie seulement à mes propres goûts. J'espère ne pas faire tache. Je lisse ma robe, moi aussi je commence à être nerveuse.

Cameron attend patiemment sur le canapé. Quand il me voit, il m'offre un grand sourire et je reprends confiance en moi. Il m'attire sur ses genoux et glisse son nez dans mon cou :

« Vous êtes charmante, mademoiselle. »

Je glousse en caressant ses cheveux.

« J'espère qu'ils vont te plaire, reprend-il plus sérieusement.

— Le contraire m'étonnerait », je le rassure.

Il attrape son téléphone sur la table :

« Je vais te montrer des photos. »

Voilà comment nous occupons notre temps jusqu'à ce que la sonnette d'entrée résonne dans l'appartement et que Cameron, en bon hôte, aille les accueillir.

Chapitre 7

Autant il y a certaines personnes qui ne ressemblent pas aux clichés qu'elles ont postés sur les réseaux sociaux – trop retouchées, elles ne sont pas aussi fines, leur nez est un peu plus gros ou encore les fesses et les seins des femmes sont remodelés pour paraître plus fermes, plus ronds –, autant là, j'en reste le souffle coupé. Je suis subjuguée.

Je vois trois beautés s'introduire dans l'appartement, trois modèles ciselés à la perfection, dans les moules les plus purs qui soient. Trois modèles tombés du ciel. Ils sont trois : deux filles et un garçon.

Si je me fie aux photos que Cameron m'a montrées, la grande brune toute en jambes se prénomme Liza. Elle a un petit menton pointu, une bouche aux lèvres assez rebondies et ses cheveux retombent sur ses épaules en boucles parfaites, dégageant ses yeux d'un bleu si pâle qu'on dirait presque du gris.

La deuxième, à la peau caramel et aux cheveux noirs frisés, doit être Johanna. Son visage en cœur est mangé par deux grands yeux de biche verts et son nez est saupoudré de taches de rousseurs. Toute en hanches, elle correspond impeccablement aux critères de la bomba latina.

Le garçon, Axel, a les cheveux d'un blond presque blanc avec deux petits yeux noisette. Un regard si simple qui tout de même vous hypnotise. Il est taillé sur le même modèle que Cameron quoique un peu plus grand. Son torse musclé semble prêt à faire craquer le tee-shirt qu'il porte.

Je déglutis, extrêmement gênée. Ma main se resserre sur le bras de Cameron. De quoi ai-je l'air à côté d'eux ?

Le Créateur a visé dans le mille, il a concocté une belle équipe.

Cameron leur claque des bises, tandis que je plaque un sourire sur mon visage en restant en retrait pour les laisser venir à moi.

« Voici Jade, ma petite amie », me présente le brun.

Il affiche un grand sourire tandis que j'effectue les mêmes gestes que lui plus tôt. Le maître des lieux leur dit de se mettre à l'aise et on part s'installer sur le canapé. Les coupes sont aussitôt remplies de champagne aux fines bulles par un Cameron habile qui ensuite distribue les verres et prend la parole en levant le sien :

« Au début de notre aventure ! »

Il glisse un regard vers moi tandis que les coupes tintent entre elles. Il me fait un clin d'œil et je sens mes lèvres s'étirer.

« Ravie que tu aies rejoint le bataillon », s'exclame la grande métisse avec un sourire à tomber en portant le verre à ses lèvres.

Je reviens à moi et fixe la surface de ma boisson tandis que mon brun s'exclame :

« J'aurais été stupide de dire non !

— C'est sûr ! » intervient le blond.

La grande brune se tourne vers moi :

« Et toi, Jade, me questionne Liza, tu n'as pas continué le mannequinat ? »

Ils me fixent tous, sans doute ont-ils vu la photo qui a longtemps circulé sur le Web.

« Moi ? je bégaye en manquant de m'étouffer avant de rigoler nerveusement. Non, non. Ce n'était rien de sérieux, je ne suis pas trop du genre… projecteurs. Enfin, vous voyez ? »

Elle acquiesce d'un hochement de tête et je me sens extrêmement ridicule. M'ont-ils vue ? Je n'ai clairement pas, comme eux, le profil pour parader dans des tenues luxueuses. Cameron pose une main sur ma cuisse et je sais qu'il essaye de me détendre, il connaît mon côté timide.

La discussion dévie rapidement sur leur futur projet et j'arrive à glisser une question puisque je suis totalement perdue dans ce flot de paroles :

« Et vous avez signé pour quoi, au juste ? »

Ils me regardent avec de grands yeux et Cameron se racle la gorge avant de m'expliquer :

« Le créateur s'appelle Corentin De Auguste. C'est le fils d'un grand entrepreneur, il débute et il est jeune, mais il a déjà pas mal de notoriété. En plus c'est du lourd, ce qu'il réalise !

— Du coup il a voulu former une petite équipe égérie de la marque et va lancer sa collection en réalisant une espèce de court-métrage dans lequel nous figurerons », continue Axel.

Je déglutis. Waouh, je comprends pourquoi il aurait été bête de refuser, j'en reste bouche bée et j'ai même du mal à réaliser. Cameron se penche vers moi :

« Eh oui, ma petite, bientôt ton chéri sera hyper-connu ! » dit-il en rigolant avant de déposer, euphorique, un baiser sur ma joue, et j'oublie presque que nous sommes entourés.

Liza se sert du champagne et Axel questionne :

« Ça fait combien de temps que vous êtes ensemble ? »

Je tente de répondre, mais je ne suis même pas sûre moi-même de la date exacte.

« Que quelques semaines…, répond Cameron pour moi.

— Et tu lui as dit ? » enchaîne Johanna.

Je sens Cameron se crisper à mes côtés. Et je lui lance un regard interrogateur. Il fuit mon regard, alors je fronce les sourcils. Qu'est-ce qu'il a encore fait ?

« Visiblement pas », conclut Liza.

Johanna prend un air attristé et je m'inquiète de plus en plus. Elle pose sa coupe sur la table et se penche en avant :

« Le créateur va offrir une certaine image de nous au public, libres comme l'air, tu comprends ? m'explique-t-elle comme si j'étais une enfant même s'il est vrai que je ne saisis pas tout, par conséquent, le public doit penser que nous sommes célibataires, sans attaches, des dieux inaccessibles, c'est plus vendeur. Ça va exciter les jeunes filles. C'est la première règle du contrat », ricane-t-elle en croisant les jambes.

Elle ne poursuit pas, mais je devine la suite.

« Et donc ? j'interroge mon copain, qui s'est réfugié auprès des amuse-gueules.

— Fini de s'afficher en public, et évite de crier sur tous les toits que vous êtes ensemble », m'assène Axel.

C'est la douche froide. Je vois de biais Cameron qui me lance un regard désolé tandis que tout se bouscule dans ma tête. Mes doigts se resserrent sur ma paume. Comment peut-il avoir accepté un contrat qui néglige notre relation ? Je l'assassine mille fois dans ma tête mais je suis aussi extrêmement triste, combien de choses comme ça me cache-t-il encore ? Nous avons passé un si bel après-midi alors qu'il savait ! Ils me regardent tous et j'ai envie de leur crier d'aller se faire voir. Encore une fois, je suis la gourde de l'histoire. On était si bien partis avec Cameron… Je sens les larmes monter mais je les refoule, ne voulant pas perdre pied devant eux. Je me racle la gorge et cligne des yeux pour chasser mes pleurs. Je me redresse péniblement en lissant ma robe. Je m'éclaircis la voix avant d'annoncer :

« Excusez-moi, je ne me sens pas très bien. »

Je replace une mèche de cheveux derrière mon oreille, ayant perdu tout sens de la répartie.

Cameron me dévisage et son regard est suppliant. Je l'ignore et me fraye un chemin le plus loin possible d'eux sous le chuchotement de Johanna :

« Je suis désolée, je pensais que tu le lui avais dit. »

Je serre les dents et gagne la chambre, ainsi je n'entends pas la réponse de Cameron et je m'en moque. La chambre n'est pas reliée à la climatisation, alors il y règne une chaleur atroce, ce qui n'arrange rien. Je m'empresse d'ouvrir la fenêtre en grand pour inhaler de grandes goulées d'air. Quelques larmes s'échappent mais je les essuie rageusement. Je ne me laisserai pas faire ! Je ne me priverai pas de mon année à ses côtés, que j'avais imaginée si parfaite ! Je respire un bon coup en me massant les tempes. J'ai besoin de repos. Trop d'informations négatives pour une seule journée, je vais disjoncter !

Je défais ma robe et la laisse rejoindre le sol, n'ayant pas la force de la ranger. Je me déleste de mes sous-vêtements et j'enfile un long tee-shirt. Blessée, je ferme la porte de la chambre à clé. Il est hors de question que je dorme avec lui, le canapé l'accueillera.

Je me glisse sous les draps et pousse un soupir de désespoir lorsque ma tête touche l'oreiller. C'est après quelques larmes de rage et mille questions que je m'endors enfin.

Chapitre 8

Après quelques heures qui semblent être des minutes, je suis réveillée en sursaut. Le cœur battant, je me redresse dans le lit et j'écoute les grands coups qui font trembler la porte accompagnés de ces mots :

« Jade, réveille-toi. »

Il fait nuit noire dehors à travers la fenêtre, même les lampadaires n'éclairent plus les rues, j'en déduis qu'il est tard.

Il continue de m'appeler et j'hésite vraiment à me recoucher et à le laisser dans son pétrin, après tout, j'ai les meilleures raisons du monde. Seulement, ma bonne conscience me fait descendre du lit pour que mes pieds rencontrent le sol froid et me guident jusqu'à la porte. Je tourne le verrou et j'ouvre d'un coup en grand :

« Quoi ? »

Il paraît surpris et ouvre grand ses yeux avant de se reprendre et de pointer derrière moi :

« Eh bien… J'aimerais dormir, quoi. »

Je pousse la porte brusquement en m'exclamant, agacée par sa nonchalance :

« Le canapé fera très bien l'affaire ! »

Il bloque la fermeture avec son pied et pousse la porte comme si ma force était minime :

« Ne me dis pas que tu fais encore la gueule ? »

Il me contourne et retire sa chemise avant de compléter :

« En plus, ce n'était pas très poli, la façon dont tu es partie. »

Ma bouche s'arrondit. Dites-moi que je rêve ! Il n'a pas pu dire ça, tout de même ? Je vois rouge :

« Pardon ? Tu peux répéter ça ? Tu dépasses les bornes, Alexis Morreau ! »

Il déteste quand je l'appelle comme ça et c'est tant mieux car je veux vraiment lui montrer que je suis en colère. Aussi, je le vois me fusiller du regard en déboutonnant son bas.

« Fais attention à ce que tu dis, menace-t-il.

— Ah ouais ? Et toi, faudrait peut-être être un peu plus bavard ! » je l'accuse en croisant les bras sur ma poitrine.

Il ferme les yeux en respirant lentement, loin d'être énervé.

« C'est quoi, cette histoire de pas de couple ? »

Il pose ses deux mains sur mes épaules et s'explique :

« C'est pour le coup de pub, ce n'est qu'une question de mois, bébé. Après tout redeviendra normal. »

Je plisse les yeux tandis que son regard azur essaye de me convaincre :

« Tu te rends compte que ton choix est extrêmement égoïste ? Tu fais passer une carrière qui de base devait être mise de côté pour tes études avant moi, avant nous, Cameron ! »

Il roule les yeux :

« Me fais pas passer pour un connard, bien sûr que je pense à nous ! »

Je le mets au défi :

« Prouve-le. Arrête les paroles en l'air et montre-le-moi. »

Il soutient mon regard :

« Pas de souci, dès lundi je vais voir le boss et tu verras que ce ne sera qu'une question de mois. »

Je n'en démords pas, blessée au plus profond de moi.

« Jure-le », je lâche d'un ton sec.

Il hoche la tête avec d'affirmer :

« Je le jure sur mon père. »

Je ne dis rien, après tous les événements de cet été, le lien entre les deux s'est considérablement agrandit. Il est la chose la plus précieuse aux yeux de Cameron, aussi je suis bien obligée de le croire. Mais la promesse n'enlève en rien la blessure de devoir cacher notre amour/couple et surtout de ne pas avoir appris la nouvelle de sa bouche. Tous mes plans sont chamboulés, je n'avais pas prévu ça, moi. Je m'étais imaginé aller aux fêtes du lycée avec lui ou même à celles de sa fac. Je m'étais imaginé pouvoir me promener main dans la main. Être un couple, quoi ! Je retourne m'asseoir sur le lit, les yeux fixés au sol. J'entends ses pas se rapprocher et il s'accroupit devant moi. De son index, il relève mon menton :

« Hey, trésor. Je t'aime, OK, et moi non plus ça ne m'amuse pas, mais je ne peux pas renoncer à cette opportunité. Toi tu pourras m'attendre, pas eux. »

Je retire mon menton de son doigt d'un mouvement de tête. Je le sens s'asseoir à côté de moi :

« Ce job est une bonne assurance pour l'avenir au niveau financier. »

Ses propos me font réaliser à quel point il a changé, ou alors il essaye juste de trouver tous les arguments possibles :

« Qui est-ce qui va te payer la maison de tes rêves ? »

Du grand Cameron, mais malgré moi, son sourire est contagieux et mes lèvres s'étirent un peu.

« N'importe quoi », je souffle.

Il passe un bras autour de mes épaules et m'attire à lui en embrassant ma tempe :

« Ça ne sera pas si long et puis ce sera chouette, c'est comme si nous étions dans l'interdit. »

Je rigole franchement, se croit-il vraiment dans un film ? Je ne sais plus quoi penser, cette situation a autant d'aspects négatifs que de positifs, c'est vrai que cela pourrait être excitant et que j'aurai peut-être plus de temps pour travailler, mais le fait de ne pas pouvoir me comporter normalement avec lui, de devoir faire comme si nous étions des amis, m'atteint profondément.

« C'est d'accord », je m'entends murmurer.

Je l'aime et parfois aimer signifie faire passer le bonheur de l'autre avant le sien, alors je préfère ne pas être égoïste et le voir s'épanouir. Au fond, qu'est-ce que sont quelques mois par rapport à une vie ? Ça ne peut que passer vite. Mais j'ai peur de le regretter. J'ai peur d'avoir capitulé trop vite et de me faire marcher sur les pieds. Il est vrai que je ne suis pas toujours douée pour prendre des décisions avec les garçons. Les plans d'Evan en sont la preuve. Il embrasse le sommet de mon crâne, coupant court à mes songes :

« Merci. Vraiment. »

On ne dit rien pendant un moment, on reste simplement comme ça. Moi collée à lui et lui un bras autour de mes épaules et sa bouche sur mon crâne.

« Je dois faire quoi, alors ? » je demande.

Je me détache de lui et l'observe. Il réfléchit un long moment :

« Proclamer ton célibat et monter un faux plan de rupture pour ceux qui sont au courant. »

Il se gratte la tête et je pense à Olivia, que je viens à peine de rencontrer et à qui je dois déjà mentir.

« On dira plus tard qu'on s'est remis ensemble. »

Je hoche péniblement la tête.

« Il faut supprimer les photos de nos réseaux », j'articule à contrecœur.

Il approuve :

« Ça attendra demain. Viens là. »

Il tire sur ma main et me colle à son torse en me serrant fort contre lui :

« Tu mérites un gros câlin. »

Il nous fait basculer sur le lit et me murmure :

« Je t'aime. Je t'aime très fort. »

Et il m'embrasse de la plus douce des manières.

Chapitre 9

« Hey, Jade ! » Je sens deux mains se placer sur mes yeux et faire pression dessus. Nous sommes lundi et, aveuglée, je me cogne contre quelques élèves avant que les mains se retirent et que je découvre Olivia tout sourire face à moi. Je lui rends son sourire, contente qu'elle ne m'abandonne pas en ce premier jour de cours officiel. Même si je dois avouer que je suis très nostalgique du petit week-end que j'ai passé avec Cameron. En effet, celui-ci, conscient de la situation dans laquelle nous nous engageons, a fait en sorte de se faire pardonner pendant ce tête-à-tête amoureux. Des petits déjeuners au lit et une sortie au cinéma, je dois avouer qu'il m'a sacrément chouchoutée.

« Du coup on a cours de philo les deux premières heures, on est juste pas ensemble en espagnol et spé », marmonne Olivia.

Elle passe un bras autour du mien et me demande, tout sourire :

« Ça va, toi ? »

Je m'apprête à lui répondre qu'on ne peut mieux et à lui raconter mon petit week-end, mais je me rappelle vite le petit plan que nous avons monté avec mon brun. Aujourd'hui, en plus d'être lundi et mon premier jour de cours dans cette école, je dois jouer les malheureuses.

Aussi j'esquisse un rictus avec un petit :

« Ça va. »

Elle fronce les sourcils.

« Tu as tout sauf une tête de *ça va* », m'imite-t-elle.

Elle s'arrête en plein couloir face à moi, provoquant le mécontentement de certains élèves, qui la bousculent en soufflant des injures. Elle les ignore et moi je suis terriblement gênée car je ne veux surtout pas attirer l'attention.

« Ça a un rapport avec le fait que toi et Cameron Kent ayez supprimé vos photos ? »

Perspicace mais… je ne me rappelle pas l'avoir en amie. Elle semble deviner la question et me devance :

« C'est Rose qui m'a filé l'info, elle adore les potins. »

Je mime un « Ah » avant de la dépasser et de suivre les flèches pour trouver ma salle.

« Alors ? » me rattrape-t-elle.

Une chose est sûre, elle ne lâche pas facilement l'affaire.

« On est plus ensemble. »

Cette phrase que je lâche comme une bombe se répercute au fond de mes entrailles et a un effet dévastateur bien que je sache que c'est faux. Cette phrase me terrifie et je me mords la lèvre pour me punir de l'avoir prononcée. Elle sonne bizarre à mes oreilles et je pourrais presque y croire. Mon expression semble crédible, puisque ses yeux s'adoucissent et qu'elle m'arrête d'une main alors que nous sommes devant la salle.

« Je suis désolée », murmure-t-elle, sincère.

Je la remercie d'un sourire et détourne le regard.

« Ça se voit, de toute façon, qu'il a une tête de connard ! »

Je manque de m'étouffer. Cette fille est pleine de surprises ! Nous ne sommes pas vraiment amies proches, mais enfin ! Qui dirait ça pour consoler quelqu'un après une rupture. Insensé. Je souris pourtant malgré moi.

« Si tu as besoin de parler... » commence-t-elle.

Elle est coupée par l'arrivée d'Eva et Laure, les deux filles de notre classe sur qui tous les garçons ont déjà jeté leur dévolu. Pourtant leur beauté me paraît soudain fade comparée à celle des mannequins que Cameron fréquente.

Elles s'avancent et je suis sûre qu'elles vont nous éviter au dernier moment, mais non, elles viennent bien vers nous. Je me crispe en me rappelant les mises en garde de Cameron. Je vois Olivia croiser les bras tandis qu'Eva, la petite rousse, m'adresse un sourire en se mettant face à moi :

« Jade, c'est ça ?

— En effet », je réponds, sur la défensive.

L'autre, qui porte un joli carré, prend un air triste :

« On a vu pour toi et ton copain... Et on voulait te dire que nous sommes désolées. »

La première cherche quelque chose sur son téléphone avant de me le tendre d'un air navré. Sur son écran est affiché un post de Cameron qui officialise notre « rupture » auprès de tous ses followers.

J'en prends un coup et je ferme les yeux.

« Qu'est-ce que ça peut vous faire ? Allez rapporter ça à votre Lucie, s'agace Olivia, elle sera contente. »

Je la laisse faire car moi aussi je suis intriguée par leur démarche. Eva la fusille du regard et répond froidement :

« On n'est pas ses chiens, on ne cautionne pas toujours ce qu'elle fait.

— Et puis nous on a un cœur, comparées à toi », réplique Laure en insistant sur le dernier mot.

Je vois Liv se glacer sur place et ses yeux se mettent à lancer des éclairs. Je me promets de lui demander quel est ce sous-entendu car une chose est claire : il y a anguille sous roche. Je ne dis rien et Laure reprend la parole :

« En tout cas, si tu as besoin de soutien, n'hésite pas. On s'y connaît. »

Elles m'offrent des sourires chaleureux avant de tourner les talons et d'aller un peu plus loin.

« Pour qui elles se prennent, celles-là ? » bougonne Olivia.

Je ne les quitte pas des yeux et elles ne semblent pas rire entre elles. Peut-être étaient-elles sincères. Ou alors elles sont gentilles car mon copain – ancien copain – commence à être reconnu. Je ne sais pas, en attendant je ne juge pas sur des idées reçues, d'autant plus qu'elles viennent d'Olivia et de Cameron et qu'ils n'ont pas l'air très objectifs sur le sujet.

Quelques instants après, la sonnerie retentit et un homme dans la quarantaine arrive pour déverrouiller la porte.

J'en profite pour sortir discrètement mon téléphone et envoyer un message à Cameron, car toutes ces histoires me bourrent le crâne et j'ai besoin de savoir qu'il est et reste à moi. D'autant plus qu'aujourd'hui est son premier jour de fac. J'ai hâte qu'il me raconte. Je lui envoie un message de soutien ponctué par un « Je t'aime » qui me libère le cœur.

Ce n'est qu'une question de mois.

Chapitre 10

« Tu passes ta carte devant ce capteur et… Hop, tu récupères ton plateau. »

J'imite Florian, l'un des amis d'Olivia, et je passe la petite carte magnétique qu'on m'a attribuée, autrement dit : les clés du self. Je suis en spé SVT avec Florian, aussi c'est lui qui a hérité de ma garde, vu que je ne connais personne.

Il attrape un plateau, je fais de même en ignorant les bousculades des gens pressés de manger derrière nous. On suit le circuit et, après entrée, plat et dessert, nous débouchons dans un grand réfectoire. Je suis toujours Flo, qui lui, forcément, est à l'aise.

Il semble chercher quelque chose du regard et reste immobile. Le self ressemble beaucoup à ceux des films américains, ornés de longues tables, on y repère facilement les différents groupes d'élèves du lycée.

« Par là », m'entraîne le blond.

On marche en portant habilement notre plateau à travers les rangées et très vite on retrouve à une table le reste du petit groupe de l'autre fois : Rose, Olivia et son copain Tristan. Ils nous saluent tous :

« Hey ! »

Je m'assois en face d'Olivia tandis que Rose remplit les verres d'eau.

« Ça se voit que c'est la rentrée, dis donc..., se moque Florian avant de se tourner vers moi, la bouffe se dégrade au fur et à mesure de l'année. »

Je joue avec une frite de ma fourchette tandis que les autres acquiescent et partent dans une longue discussion sur les potins de rentrée :

« Vous saviez que Luna Padres a trompé sa copine cet été et celle-ci s'est mise avec Tom Guarier pour se venger, jubile Rose.

— Mais non ? » s'exclame la bande en chœur.

La jeune fille acquiesce. Il semblerait qu'elle soit la gossip girl de ce groupe. Elle pointe sa fourchette derrière nous :

« Tournez-vous discrètement. »

Bien évidemment, nous sommes tout sauf discrets et, à l'unisson, nos têtes se tournent vers un couple qui rit.

« J'y crois pas, rigole Tristan. Les feux de l'amour à elles seules, ces deux-là.

— Dix balles qu'elles se remettent ensemble ? » parie Olivia.

Des ricanements s'élèvent avant de s'arrêter net. Je vois Olivia plisser les yeux et je me retourne cette fois plus discrètement. Une image qui me hérisse les poils s'offre à moi. Aussi belle et superficielle que d'habitude, Lucie entre dans le self tout sourire, suivie de ses acolytes. Ils se dirigent vers une table qui correspondrait à la table des populaires dans les films, j'y vois aussi Eva et Laure en train de discuter, déjà attablées avec quelques garçons. Ça doit sans doute être la bande dont j'ai entendu parler. Et, même si tous les regards sont braqués sur elle, il semblerait que ce soit le mien qui ait retenu son attention puisqu'elle plante ses yeux dans les miens. Je ne détourne pas le regard et elle m'adresse un faux sourire avant de marmonner quelque chose à ses acolytes et de poser son plateau.

« Je l'aime vraiment pas », soupire Rose.

Je hoche la tête avant de porter une frite à mes lèvres.

Le sujet semble vite dévier sur la blonde et le petit groupe déverse tout un tas de critiques, à un point tel que Lucie doit avoir mal aux oreilles. Je ne sais si c'est le cas mais bientôt, malgré le brouhaha environnant, j'entends des talons marteler le sol. Les yeux d'Olivia se plissent et Florian sirote son eau. Je lève la tête et je me crispe quand la jumelle de Louis s'assoit innocemment à notre table. Armée de son air hautain à souhait, elle nous jauge tous un par un avant de s'arrêter sur moi. Je m'enfonce dans ma chaise. Pitié… Comment je peux être tranquille si les problèmes viennent à moi sans que je les provoque ?

« Comment vas-tu, Jade ? »

Elle incline la tête et prend un air innocent.

« Bien jusqu'à maintenant… »

Je ne me dégonfle pas malgré ma panique intérieure. J'essaye de me rappeler l'aplomb de Pauline et de l'imiter. Lucie ricane :

« Je vois que tu es de mauvaise humeur. »

Elle prend un air triste avant de se pencher vers moi et de poser une main sur la mienne :

« Ça se comprend, Cameron est vraiment un connard. »

Je la fusille du regard et elle croise les bras sur sa poitrine. Désormais, pas mal de personnes nous observent, la plupart doivent connaître l'histoire de cet été et s'attendent à une confrontation. Pathétique.

Je reste très calme pour ne pas rentrer dans son jeu.

« Je t'avais prévenue, il ne sait pas ce qu'il veut. (Elle examine ses ongles.) Ah, les malheurs de l'amour. »

Son regard se met à pétiller :

« Au fond, on est pareilles toutes les deux. »

Elle balaye ses cheveux par-dessus son épaule et je suis prise d'un fou rire nerveux. Je ris vraiment et elle hausse les sourcils.

« Tu veux rire ? Je ne serai jamais comme toi ! »

Elle soupire, faussement vexée :

« Ma pauvre petite... Quoi qu'il en soit, si un jour ta tête retrouve tes épaules, viens donc avec nous. (Elle regarde les autres.) Tes fréquentations ne sont pas... »

Elle grimace en ignorant clairement la présence de Tristan, Olivia, Florian et Rose. J'entends celle-ci bouillir.

« Non mais, pour qui tu te prends ! » rugit-elle, jetant un froid sur le self.

Lucie l'ignore et se relève, elle époussette son jean très skinny et me lance :

« Au fait, Jade, tu manques beaucoup à mon frère et pas que... (Elle m'offre un clin d'œil avant de secouer la main.) À plus tard, ma belle. »

Et telle une diva elle retrouve sa table, me laissant sur les fesses, la gorge crispée. Je ne sais pas à quoi elle joue, mais c'est limite effrayant. D'abord Eva et Laure et maintenant elle... Quelque chose se trame...

Chapitre 11

« Ça sent le coup foireux, pense Pauline à haute voix à l'autre bout du fil. Sérieusement, Lucie n'est pas aimable et encore moins avec toi ! »

Cela fait plus d'une heure que nous sommes au téléphone à débattre de la santé mentale de la blonde.

Après cette première journée de cours, j'ai tout de suite appelé ma meilleure amie pour un débriefing total, et là il est bientôt 20 heures et mon ventre commence à gargouiller.

« En effet, ça cache quelque chose, Cameron m'a dit de me méfier… »

Je l'entends s'agiter :

« Elle ne va pas commencer à te chercher des poux, celle-là, sinon je reviens lui abîmer sa manucure ! »

Je rigole et elle m'imite, je crois que, s'il y a quelqu'un qui déteste autant Lucie que Cameron et moi, c'est bien ma meilleure amie.

« Et Cameron, au fait, tu le vois pas ce soir ? »

Je fronce les sourcils :

« Hum, non… Avec cette histoire de mannequinat, je ne pense pas qu'on va se voir beaucoup la semaine. Il fait un apéro dînatoire avec l'équipe ce soir, il me semble. »

Je repense au rapide et unique message qu'il m'a envoyé ce soir pour me dire que sa première journée s'était bien passée.

« Tu penses que vous allez tenir ? » s'inquiète ma meilleure amie.

Je hausse les épaules pour moi-même :

« On verra bien, de toute façon. »

Je prie pour que mon angoisse ne se ressente pas trop car je n'ai pas envie de me lancer dans un monologue et surtout de me retrouver face à mes doutes. Alors je n'en rajoute pas plus. Qu'est-ce que je peux y faire, de toute façon, Cameron ne peut pas être contrôlé, il ne fera toujours que ce qu'il souhaite… J'espère juste compter suffisamment pour qu'il ne nous délaisse pas.

« Je le sens moyen, personnellement…, soupire Pauline.

— Bref, je la coupe. Et toi, ta rentrée ? »

Elle marque un temps, histoire de réfléchir :

« Comme je te l'ai dit, je suis avec Molly… Beurk. (Je l'imagine faire la grimace.) Y a Maxence aussi. »

Je me creuse les méninges pour poser un visage sur ce gars. Soudain, une petite ampoule clignote dans ma tête : c'est le garçon qu'elle avait en tête avant de venir me rejoindre et de commencer une histoire avec Louis.

Décidément, après Louis justement elle remonte vite en selle. Je ne fais aucun commentaire et de toute façon elle ne m'en laisse pas le temps :

« On s'est parlé vite fait mais je sais pas ce qu'il pense de moi. Je sais pas si on pourrait tenter à nouveau un truc. »

Elle part dans ses pensées avant de se reprendre :

« Au fait ! Evan n'est plus au lycée.

— Ah. »

Cela ne me surprend pas trop, étant donné que son père est militaire, il a souvent voyagé. Peut-être est-il parti vers les îles…

« Sam n'est plus ami avec Dorian à cause de Julia. Je t'avais dit qu'elle réussirait à les séparer… »

Je perds le fil de la discussion, pensant à tous ces gens que je ne reverrai sûrement jamais… J'entends Pauline en parler mais tout ça me semble si loin, j'ai même du mal à me rappeler tous les détails de mon ancien lycée qu'autrefois je connaissais par cœur. La nostalgie m'envahit… Heureusement, mon papa, tel un sauveur, frappe à ma porte et m'appelle pour le dîner.

« J'arrive, je lui réponds. Pauline, faut que je te laisse ! À plus.

— Ça marche. Eh ! T'as pas intérêt à me remplacer par cette Olivia, par contre ! »

Je ris avant de raccrocher et courir rejoindre mon père.

Après lui avoir expliqué en détail ma journée en omettant le facteur Lucie pour ne pas l'inquiéter, je lui demande de me raconter sa journée de travail, et c'est dans la bonne humeur que nous finissons notre petit tête-à-tête. Cela fait bizarre de ne plus partager une table à quatre. De ne plus entendre Cameron ronchonner sur le menu.

Nous débarrassons la table et, alors que je m'apprête à faire la vaisselle, mon père me congédie gentiment :

« File, va. »

Je lui plante un bisou sur la joue en le remerciant et regagne ma chambre baignée par la lumière du crépuscule.

J'ouvre mes fenêtres et ferme les volets à l'espagnolette avant de me débarrasser de ma tenue pour enfiler un tee-shirt que j'ai piqué chez mon copain. Je sors mon PC et je me prépare à passer une soirée tranquille. Cependant, mon téléphone en a décidé autrement. Il vibre sur ma couette et le nom de Cameron apparaît sur l'écran.

« Tu dors ? » m'envoie-t-il.

Je lui réponds en ouvrant la page YouTube :

« À 21 h ? Non. »

Il ne répond pas et, au moment où j'enfonce mes écouteurs dans mes oreilles, un bruit de bois qu'on tape s'élève dans ma chambre. Je sursaute et plisse les yeux vers la fenêtre. Dites-moi qu'il n'a pas osé.

Je me redresse et pousse les volets. L'avantage d'avoir une maison de plain-pied, c'est qu'elle permet de retrouver un Cameron tout sourire devant sa fenêtre.

Il n'attend pas que j'ouvre la bouche pour rentrer et retirer sa veste en jean.

« Qu'est-ce que tu fais là ? »

Je l'interroge d'un air hébété car, celle-là, il ne me l'avait pas encore faite. Je ferme mes volets et ferme ma fenêtre.

« Mon père t'a vu ?

— Je ne pense pas. »

Il hausse les épaules avant de s'étaler de tout son long sur mon lit. Je verrouille ma porte de chambre car, si lui se fiche pas mal que mon père le découvre, moi c'est différent. Non pas que mon père n'aime pas Cameron, c'est juste qu'aucun papa n'apprécierait de trouver un petit copain clandestin dans la chambre de sa fille.

Je le rejoins et m'allonge près de lui en répétant ma question :

« Qu'est-ce que tu fais là ? »

Il embrasse mon front :

« La soirée était pas super-attrayante, j'ai préféré venir te voir. »

Mon cœur se gonfle d'amour et je serre mes petits bras autour de sa taille.

« Alors, ta journée ? me demande-t-il. Ça a été pour annoncer… »

Je ricane et le coupe, ne voulant pas entendre la suite :

« Pitié, j'ai dû le raconter au moins trois fois aujourd'hui, stop. »

Il sourit.

« Raconte-moi plutôt la tienne », j'enchaîne.

Il acquiesce et me décrit les amphithéâtres qu'il a testés aujourd'hui, le rythme des cours de fac, le campus, il a des étoiles plein les yeux. Ça a l'air vraiment bien, la fac. Il en parle comme si c'était sa délivrance et que le lycée était une torture en comparaison :

« Tu verras l'année prochaine. C'est top pour l'instant. »

Je l'observe et j'essaye de l'imaginer en cours. Nous discutons de tout et de rien un bon moment avant que je lui demande :

« Reste dormir là. »

Il hausse un sourcil :

« Et ton père ? »

Je lui mime un « Chut » avec mes lèvres et il rit :

« Si c'est un ordre, alors… La fille est plutôt jolie, en plus… Je reste. »

Je lui donne une tape sur le torse et je me blottis contre lui. Il me parle de sa soirée et de sa rencontre barbante avec les associés du créateur. Un vrai sauvage. Je me perds entre les coupettes de champagne, les petits-fours et autres. Mes paupières se ferment, lourdes de fatigue, et je m'endors contre le corps chaud du garçon avec lequel j'ai annoncé avoir rompu toute la journée.

Chapitre 12

Bip bip bip.

Le réveil aura beau sonner tous les matins à 6 h 30, je pense que je ne m'y habituerai jamais. Il perce mes tympans en même temps que le silence de ma chambre, mettant fin à mes rêves les plus doux.

Ma chambre baigne dans la nuit car la fenêtre est ouverte et les volets sont fermés, laissant passer le petit air matinal qui commence à se rafraîchir.

J'émerge doucement, avec pour seule compagnie l'absence du corps chaud contre lequel je me suis endormie. Bien évidemment, Cameron est parti, et un petit mot trône sur son oreiller :

« Passe une bonne journée, ma belle. Je t'appelle plus tard. Je t'aime. »

Je le laisse là où il est non sans un petit sourire, les draps sentent encore son odeur, c'est fou.

J'enfile mes pantoufles en moumoute avant de tranquillement filer me préparer. J'exécute la routine du matin encore à moitié endormie : douche, brossage de cheveux, habillage.

Pour finir par suivre la douce odeur de café ainsi que le ronronnement de la cafetière vers la cuisine. Mon père est déjà attablé et je l'embrasse sur la joue avant de moi aussi me servir un grand bol de café.

« Bien dormi ? questionne mon père.

— Ça va, merci et toi ? »

Il approuve de la tête :

« Dis-moi je t'ai entendu parler jusqu'à tard hier soir…

— J'étais au téléphone avec Pauline. »

Il fronce les sourcils :

« Elle a une voix sacrément grave, alors. »

Mon père n'est pas dupe et la maison est si petite que je ne sais pas pourquoi je m'attendais à faire passer Cameron incognito. Je ne relève pas et croque dans un croissant avant de laver mon bol et de filer chercher mes affaires.

« Tu veux que je te dépose ?

— Merci mais je vais plutôt marcher, papa. »

Il hoche la tête :

« Comme tu voudras. »

Je le salue et sors.

Le lycée n'est pas loin en voiture mais tout de même à une petite demi-heure de chez nous. Je respire l'air encore frais et m'engouffre à 7 h 15 dans le petit matin. Le ciel a de jolies couleurs. La lune cède sa place au soleil et les oiseaux commencent à chantonner.

Je passe une veste sur mes épaules et presse le pas.

Les voitures sont peu nombreuses ce matin, cependant j'en entends une ralentir derrière moi et bientôt elle roule au pas pour être à ma hauteur. C'est une espèce de petit modèle aux vitres teintées. Celle du côté conducteur se baisse et un visage familier, orné d'un sourire, me toise : Younes.

« Tiens, tiens, mademoiselle Jade.

— Younes », je le salue en continuant ma route sur le trottoir.

Il continue de me suivre :

« Tu sais que la ville n'est pas assez sûre pour marcher seule aux aurores quand on est une jolie fille. Il peut y avoir des psychopathes. »

Je m'arrête en réfléchissant :

« Comme toi qui me suis en voiture, par exemple ? »

Il rit :

« Allez, monte, je te dépose. »

Je pèse le pour et le contre. C'est un ami de Cameron et il semble lui faire confiance, il n'y a pas de danger.

Pour Louis, ça semblait pareil...

Je chasse ces pensées de ma tête et fais le tour du véhicule avant de m'y installer en murmurant un merci. Younes reprend la route.

« Alors comme ça tu n'es plus avec Cam ? finit-il par me demander.

— Il semblerait, je soupire en m'enfonçant dans mon mensonge.

— C'est triste. »

S'il savait que pas plus tard que cette nuit j'ai dormi dans les bras de mon soi-disant « ex » et que tout roule entre nous...

Je m'enfonce dans mon siège et il ajoute :

« Je fais une fête vendredi soir, au fait, passe faire un tour. »

Il s'engage sur le parking du lycée, qui commence à se remplir. Je considère sa proposition.

« J'ai le droit d'inviter des amis ? je questionne.

— Bien sûr, ajoute-t-il en se garant.

— J'y penserai, alors. »

Je lui offre un sourire avant de descendre de la voiture :

« Merci encore ! »

J'ai hâte d'annoncer ça aux autres, même si je ne les connais que très peu. Je suis sûre qu'Olivia sera tout excitée, ça a l'air d'être son genre. Je ne le montre pas, mais je le suis aussi et j'espère que mon père dira oui. J'ai appris à aimer les fêtes en arrivant ici.

Les filles du petit groupe sont déjà arrivées et je les rejoins pour leur annoncer la nouvelle. Comme prévu, Olivia tape dans ses mains de joie. Je sens que je vais vraiment bien m'entendre avec elle.

« Faut en parler aux garçons, mais moi je suis carrément partante ! dit-elle en riant.

— Première fête avec nous, es-tu sûre, Jade ? Olivia est du genre catastrophe quand elle est bourrée », se moque Rose.

Olivia secoue la tête :

« N'importe quoi. »

Rose insiste et Olivia nous prend toutes les deux par le bras :

« Première fête pour les Power Rangers !

— Sérieusement ? s'esclaffe Rose, hilare.

— Ça sonne super-bien ! » se défend Olivia.

Je ris à l'énoncé de ce surnom, même si je dois reconnaître que je l'aime bien aussi. On marche vers le lycée sous le regard de certains qui s'interrogent sur notre hilarité.

À notre arrivée dans la cour, Rose ouvre grand ses yeux tandis que mes zygomatiques me font mal :

« Vous ne savez pas quoi ?

— Non mais tu vas nous le dire », dit mon amie en souriant.

Décidément, il semblerait que la petite brune fasse office de journal people de cette ville :

« Apparemment y a un nouveau !

— Encore ! se marre Liv. Stop à l'invasion, sans rancune, Jade. »

Je mime une moue blessée et elle me fait un clin d'œil. Rose joue avec son piercing :

« Je pose une option dessus, en tout cas. »

Olivia roule les yeux :

« Tu ne sais même pas en quelle classe il est, ni comment il est. »

La brune hausse les épaules :

« J'aviserai sur le moment. Jade est rentrée dans la team célibataire, moi je veux en sortir, dit-elle en allumant une cigarette.

— Pas croyable », ironise l'autre.

On passe du début à la fin de la matinée.

« J'ai vraiment cru m'endormir avec ces deux heures d'histoire. Comment un prof peut être aussi inintéressant ? Sérieusement, ça ne devrait pas exister ! se plaint ma nouvelle amie aux cheveux violets en s'étirant.

— T'as la trace de ton bras sur la joue », je lui fais remarquer.

Elle ouvre de grands yeux et déglutit :

« Mais non ?

— Non », je ris alors que nous nous aventurons dans les couloirs.

Olivia secoue la tête :

« Très drôle. »

Je lui envoie un bisou imaginaire et elle me répond par un doigt d'honneur.

Mon ventre gargouille et nous peinons à rejoindre le self tant la queue est immense. Tandis qu'on attend patiemment notre tour, je remarque Eva contre le mur avec une autre fille. Elles me dévisagent et, quand elles se sentent démasquées, elles m'offrent simultanément un sourire. Bizarre. Je ne relève pas et me souviens de toutes les recommandations. Je ne comprends vraiment pas pourquoi ils sont gentils avec moi alors qu'ils sont infects avec les autres élèves. Le comportement de Lucie est celui qui m'intrigue et m'inquiète le plus. Sa menace plane toujours dans un coin de ma tête, s'ils essayaient de m'enrôler pour ensuite m'humilier ?

Je secoue la tête. Mais qu'est-ce que je raconte, moi ! N'importe quoi, je délire.

J'avance jusqu'à pouvoir prendre un plateau, les sourcils toujours froncés. Je le garnis de denrées et on se dirige vers le self.

« Rose et Florian finissent à 13 heures et Tristan n'a pas cours le mardi matin. On mange en tête à tête, cocotte, sourit-elle.

— Oh non, pitié… Celle que je préfère le moins, super… » je la taquine.

Décidément je me sens naturellement bien avec ces personnes et je suis plutôt à l'aise, ce qui me permet de rentrer dans la taquinerie. C'est très différent d'avec Pauline, elle se sent constamment obligée de me materner.

« Je vais faire une poupée vaudoue à ton effigie si tu continues », me menace-t-elle.

Je roule théâtralement les yeux et balaye du regard la salle pour trouver des places libres. C'est à ce moment que je le vois. Que mon regard accroche son profil. Il est là, je dois rêver. Mon cœur se serre dans ma poitrine. Je suis glacée, j'arrive à peine à entendre Olivia qui m'interroge. Les sons me paraissent bien loin. Je reste là, incapable de bouger. Il est là. Les larmes me montent aux yeux et je ne contrôle plus rien. Aussi, mes mains ne soutiennent plus mon plateau et celui-ci vient s'écraser à terre dans un fracas de verre, créant le silence total dans le self. Je sens tous les regards posés sur moi. Je vois le sien se fixer sur moi et sa bouche s'entrouvrir. Il est là, ici, dans ma ville, assis à la table des populaires. Mon cœur tambourine dans ma poitrine et je m'enfuis à toutes jambes.

Evan est là.

Chapitre 13

Mes yeux laissent échapper des torrents de larmes même si ma tête les supplie de stopper cela immédiatement. J'ai le cœur étrangement retourné… Et le pire ? Je ne saurais même pas l'expliquer.

Alors je cours, mes pas résonnant dans les couloirs, je ne sais pas vraiment où je vais mais, quand je pousse une porte au bout d'un couloir, c'est un petit vent qui m'accueille. Doux et amical. Déboussolée, c'est là que je découvre une autre cour extérieure, sous le regard étonné de certains qui ne se privent pas de me dévisager.

Tu parles, une fille en larmes au bahut, ça prête aux questions.

J'essuie mon nez du revers de la manche. Pas très glamour, je l'accorde. Je ralentis le pas et baisse la tête, essayant malgré tout de ne pas attirer davantage l'attention.

Je me dirige vers le coin le plus tranquille que je repère et me laisse glisser le long d'un arbre en me prenant la tête dans les mains. Mon souffle est saccadé, mon cœur tambourine et mes yeux sont gonflés.

Je ne sais même pas pourquoi je pleure. Lui et moi, c'est passé et enterré. Le choc, peut-être. J'ai Cameron maintenant, je ne l'aime plus. Pourtant tout continue à s'embrouiller dans ma tête et c'est la tempête en moi.

Je passe une main dans mes cheveux pour éviter qu'ils ne collent à mon visage mouillé.

J'entends des pas derrière moi :

« Jade ? »

Je tends le cou et découvre Olivia, les sourcils froncés et les mains sur les hanches :

« Pourquoi tu t'es enfuie comme ça ? J'ai dû tout nettoyer à ta place. »

Elle croise les bras sur sa poitrine, visiblement agacée. Puis elle semble remarquer mes yeux rouges et les traces de sel sur mes joues :

« Ça va pas ? »

Je secoue la tête positivement et hoquette :

« Si, si, ça va, t'inquiète. »

Elle ouvre de grands yeux et lisse sa jupe avant de s'asseoir en face de moi :

« Qu'est-ce qu'il se passe, Jade ? »

Je laisse ma tête basculer contre l'écorce et ferme les yeux. Mes poumons aspirent une grande quantité d'air et je souris faiblement :

« C'est rien. Un coup de mou. »

Elle me dévisage, perplexe :

« En plein milieu du self ? En fixant un mec ? À en faire exploser ton plateau ? »

Elle fronce à nouveau les sourcils et pose une main sur mon bras :

« Tu peux me parler, tu sais. On est copines, toi et moi. »

Puis-je réellement ? J'ai tendance à m'associer aux mauvaises personnes, ces temps-ci. Nerveusement, je joue avec l'herbe et en arrache quelques brins.

Mon cœur est lourd et mon esprit me crie d'extérioriser sous peine de devenir folle. Mais qu'est-ce qu'il m'arrive ?

« Tu vas trouver ça pitoyable, je ricane.

— Dis toujours. »

Je hausse machinalement les épaules :

« Il semblerait que j'aie eu droit à un face-à-face avec mon passé… »

Je la vois me questionner du regard, mais elle ne parle pas.

« Le gars à la table de Lucie que je fixais, je le connais… Très bien même.

— Quoi ? Le nouveau, là ?

— Evan, je la coupe. Oui, il se trouve que c'est mon ancien petit ami. »

Elle ouvre la bouche :

« Mais non ? Mais je croyais que tu avais déménagé au début des vacances. »

Je renifle :

« C'est le cas.

— Mais qu'est-ce qu'il fait ici, alors ?

— Je n'en sais rien, Olivia, je réponds en riant nerveusement entre deux larmes qui ont recommencé à couler. Je n'en sais rien. »

Je les essuie rageusement.

« Et pourquoi tu pleures ? Tu as eu Cameron après.

— Ça non plus, je ne sais pas. Le choc, peut-être. »

Elle semble réfléchir :

« Tu es sûre que tu ne ressens plus rien pour lui ? »

J'ai une pointe au cœur et mon cerveau repasse tout le mal qu'Evan m'a fait. Les soirées à l'attendre, les tromperies à encaisser… C'est finalement quand on pense avoir tourné la page qu'elle nous revient en pleine tête

Puis je repense au soir où Cameron et moi avons brûlé une photo d'Evan et moi, je souris faiblement. C'est Cameron dont je suis amoureuse :

« À cent pour cent. »

Elle se gratte la nuque :

« Et il s'est passé quoi avec lui, au juste ? Sans vouloir être indiscrète. »

Je cherche les bons mots à poser sur mes idées, et rapidement et beaucoup trop confusément j'entame un résumé de nos trois ans ensemble. Je lui raconte tout comme si j'avais Pauline en face de moi. Au diable la méfiance, j'ai envie de me libérer, d'avoir un allié ici. Et ce sera elle.

Je finis mon récit quelque peu essoufflée. Mes larmes ne coulent plus et mes yeux sont secs. Ce petit retour dans le temps fait remonter en moi la colère que j'ai envers lui, et la rancœur prend la place de la tristesse. Ce type est un salaud et j'ai assez pleuré pour lui.

« Eh bien… Tu n'as vraiment pas de chance en amour, toi. »

Je ne relève pas la référence à Cameron et me retiens de lui dire que tout va pour le mieux avec mon chéri. Mais est-ce vraiment le cas finalement ? Vivre caché amène-t-il vraiment le bonheur ?

Je balaye tout ça de ma tête et me concentre sur Evan. Je comprends mieux pourquoi Pauline ne l'a pas vu à la rentrée.

Je soupire, je me demande comment Cameron réagirait s'il apprenait qu'Evan est ici. Misère…

Olivia me regarde et je voudrais me claquer de ne pas tout lui avouer. Je rêverais d'un conseil de génie…

Elle se gratte encore une fois la nuque :

« Je n'aimerais vraiment pas être à ta place… En tout cas, s'il y a besoin de lui botter le derrière, je suis là et volontaire. Quel crétin ! Voilà pourquoi il s'est si bien intégré dans la bande des populaires », elle dit en mimant des guillemets.

Evan a toujours été de ces gens-là et soudain je pense à son association avec Lucie. Quel enfer ! Mon année est fichue, Lucie doit savoir que c'est mon ex. Elle va me ruiner la vie.

Je passe les mains dans mes cheveux et les tire aux racines, paniquée.

« Eh, ça va aller, OK ? On ne va pas te laisser tomber, nous. »

Je lève de petits yeux vers Olivia, qui me sourit pour me rassurer. Et là, je ne sais pas trop pourquoi, je me jette dans ses bras. Elle paraît surprise mais me serre en retour.

« Merci », je lui murmure.

Je la vois sourire encore plus lorsqu'elle m'éloigne à bout de bras.

« Et dire que Rose avait posé une option dessus… » se moque-t-elle.

Un rire nerveux m'échappe et elle reprend :

« Bon ! On ne commence pas une guerre avec le ventre vide et, à cause de toi, on n'a rien mangé ! »

Elle rigole avant de se relever et de me tendre une main :

« On va s'acheter à manger à la cafèt'. »

Je nettoie vaguement le derrière de mon jean :

« Je n'ai pas d'argent.

— T'inquiète. (Elle me fait un clin d'œil avant de m'entraîner vers la porte.) Faut juste que je passe aux toilettes avant. On se rejoint là-bas. Tu vois où c'est ? »

Je hoche la tête, Florian m'a déjà expliqué, ça ne devrait pas être si dur :

« À tout', alors. »

On se sépare à l'intersection de deux couloirs et je continue ma route. Je tente de me repérer dans ces couloirs qui se ressemblent tous et où les élèves se font rares en ce midi. Le nez en l'air, je sens une main s'enrouler autour de mon poignet. Je sursaute et me retourne, intriguée. Mon sang se glace pour la centième fois aujourd'hui. Evan me fait face, la main toujours sur moi. Je me dégage brusquement avant d'enrouler mes bras autour de mon corps.

« Jade…, murmure-t-il.

— Evan », je tranche d'un ton sec.

Je tourne les talons et j'accélère le pas, mais je l'entends me suivre toujours :

« Attends ! »

Je me retourne et je suis sûre que de la fumée pourrait sortir de mon nez tant je suis énervée :

« Quoi ? »

Je laisse de côté la pleurnicheuse et laisse la Jade remontée s'exprimer. Il semble déstabilisé et recule d'un pas :

« Écoute. Je ne suis pas là pour faire des histoires. J'aimerais te parler sérieusement. »

Mes yeux lancent des éclairs en se plissant :

« On a plus rien à se dire.

— Si, Jade. Bien sûr que si. »

La façon dont il prononce mon prénom me donne des frissons. Si Cameron le fait rouler sensuellement sur sa langue, Evan, lui, lui donne un côté autoritaire, ardent.

Je respire fort :

« Fous-moi la paix ou je te jure que ça va mal se terminer. »

Je me retourne et pars à grandes enjambées pour ne pas risquer de perdre contenance devant lui.

« Jade… »

Je l'entends m'appeler dans mon dos.

Chapitre 14

Le reste de la journée s'est déroulé sans nouvelles péripéties. Après avoir tout raconté à Olivia, nous avons passé l'après-midi à soigneusement éviter Evan.

Aussi, lorsque j'emprunte le chemin du retour vers chez moi, mon estomac se dénoue et la boule dans ma gorge se dissipe. J'apprécie chacun des pas que je fais, même s'ils se font sur un trottoir des plus dégoûtants. Je remonte mon sac à main sur mon épaule avant de sortir mon téléphone. J'ai besoin de voir Cameron après cette journée mouvementée. Je lui écris un rapide message lui demandant s'il est libre et s'il peut passer me voir. J'ai bien pris soin d'ajouter à la fin que c'était urgent. Je dois lui dire. Notre relation n'est pas des plus faciles et, si je commence à lui cacher des choses, nous ne sommes pas sortis de l'auberge… Surtout le retour de mon ex. C'est un problème constant, j'ai l'impression, après Lucie, Evan… Je ne peux pas le lui cacher. Je ne peux cependant m'empêcher de me demander si lui me raconte vraiment tout de sa vie.

Je préfère chasser ces pensées, j'ai d'autres chats à fouetter. Je range ensuite mon appareil car je sais qu'il ne me répondra pas aussi rapidement que je le voudrais et je continue ma route avec le chant des oiseaux dans les oreilles et une douce odeur de fleurs qui vient chatouiller mes narines. L'été touche à sa fin et c'est bien triste, bientôt les feuilles jaunes couvriront les arbres dans un paysage orangé.

Je me presse et, une demi-heure plus tard, me voilà à franchir le seuil de la porte et crier :

« Je suis rentrée ! »

Mon père, comptable, travaille parfois de la maison et aujourd'hui, à cette heure-ci, il y est. C'est ce que m'a confirmé la porte déverrouillée.

Je passe devant son bureau pour aller à ma chambre.

J'y jette un coup d'œil, tiens, tiens, il ne risquait pas de me répondre. Il est affalé sur sa chaise tournante de bureau, la bouche ouverte d'où une respiration assez forte s'élève. Seuls son ordinateur ouvert devant lui et le tas de papiers à ses côtés peuvent témoigner de son acharnement au travail.

« Joshua Astier ! » je le réveille sans aucun scrupule.

Quelle horrible fille je fais ! Mais, à en juger par son filet de bave au coin de la bouche, il doit dormir depuis un petit moment déjà. Il sursaute, les deux mains à plat sur les accoudoirs.

Il cligne des yeux en observant autour de lui. Je lui souris tandis qu'il soupire en se massant l'arête du nez :

« Tu es déjà rentrée ? Quelle heure est-il ? »

Je viens l'embrasser sur la joue :

« 17 h 30, papa. »

Il s'étire avec des petits grognements :

« Je me suis assoupi un moment, dis donc. »

Il se gratte la tête. J'avais raison.

« Je vais faire mes devoirs, moi.

— Ils vous donnent déjà des devoirs ? » s'étonne-t-il.

J'acquiesce :

« Oui, des petits exercices pour nous dérouiller et refaire partir les machines après les vacances. »

Il me pointe du doigt tandis que je quitte la pièce.

« Excellente idée, ça », me taquine mon père.

On rigole car si d'ordinaire pendant les grandes vacances j'avais l'habitude de travailler un peu afin d'avoir bien assimilé l'année et de ne pas avoir de lacunes à la rentrée, là je n'ai vraiment rien fait, mis à part travailler mon self-control à cause de tous mes problèmes.

Je le laisse retourner à son travail et je jette mon sac sur mon lit arrivée dans ma chambre. Je jette un œil à mon téléphone. Pas de nouvelles de Cameron. Il n'a pas dû voir mon message. Je passe à autre chose en entamant des exercices de maths et une frise chronologique en histoire à compléter. Je ne vois pas le temps passer, si bien que c'est mon père qui me tire de mon boulot après 19 heures.

Il passe la tête par l'entrebâillement et considère mes cahiers étalés sur mon lit :

« Je pense qu'on devrait vendre ton bureau. »

Il se moque mais je sais très bien que me voir, le dos courbé, faire mes devoirs sur mon lit l'agace. C'était pareil pour maman car c'est une habitude que j'ai prise quand j'étais petite.

« Tu rigoleras moins quand tu devras porter un corset », me grondait-elle.

Je n'ai pas le temps de tomber dans la nostalgie car il m'ordonne :

« À table, c'est prêt. »

Je repousse mes cahiers et le suis.

« Je t'ai préparé du canard à l'orange. J'espère que tu as faim. »

Je m'installe en contemplant le plat alléchant et son odeur appétissante se glisse dans mon nez. Aussi, mon estomac me rappelle qu'à part un paquet de chips je n'ai rien mangé à midi.

En réponse, je tends l'assiette vers mon père et plonge directement la fourchette dedans. Je mastique tandis qu'il me questionne :

« Alors l'école, ça va ? »

Je hausse les épaules. Les repas sont calmes sans Pierrick ni mon copain.

« Tranquillement. »

Je ne m'attarde pas et ça lui met la puce à l'oreille. Il me connaît par cœur :

« Tu es sûre ? »

Il me scrute. Je fronce les sourcils :

« Oui ! »

Il accentue théâtralement son plissement d'yeux en s'avançant vers moi :

« Pourquoi tu mens ? »

Je joue avec ma fourchette. Si je dois en parler à Cameron, je dois forcément aussi le faire avec mon père. Après tout, c'est lui le premier homme de ma vie.

« C'est pas ça… C'est juste qu'il y a un nouveau au lycée…

— Et tu vas laisser tomber Cameron ? me coupe-t-il.

— Quoi ! je m'étrangle. Non ! »

Mon père a tendance à se faire des films avant d'avoir la vérité :

« Ouf, ça m'aurait embêté de me fâcher avec Pierrick. »

Je penche la tête sur le côté. Je ne dirais pas que mon père est contre ma relation avec Cameron, forcément il aurait aimé mieux qu'un garçon qui a changé d'identité et qui a un oncle fou en prison… Mais, ce qui l'embête le plus et le freine, c'est de perdre son amitié avec Pierrick si ça devait se finir.

« Alors quoi ? »

Je ne sais pas comment le lui dire.

« Il a été méchant avec toi ?

— C'est Evan, papa. »

Il plante ses yeux dans les miens. Mon père sait tout de ma relation avec lui car, à la mort de maman, c'est lui qui me consolait. Là, il ne réagit pas :

« Evan ?

— Evan Quispe. »

Il ouvre la bouche avant de s'exclamer :

« Cet Evan ? »

Il ouvre de grands yeux :

« Qu'est-ce qu'il fait là ?

— Je n'en ai aucune idée, je soupire, j'ai refusé de lui parler. »

Mon père approuve :

« Tu as bien fait, ce gamin est un vrai petit con, encore plus que Cameron.

— Papa… »

Il sourit faiblement :

« Tu as changé, ma puce, je sais que tu ne te laisseras pas marcher sur les pieds… Mais je suis ton père et papa les gros muscles accourt si on fait du mal à sa fille, alors n'hésite pas ! Même si le fait qu'il soit là pourrait ressembler à du harcèlement… »

Il part dans ses pensées en marmonnant et je souris en finissant mon assiette. Mon père, ce héros…

Nous finissons le repas tranquillement. Et je retourne dans ma chambre avec le besoin de parler à Cameron. Mais c'est la déception qui m'accueille. Il ne m'a toujours pas envoyé de message. Je me surprends à être triste. Peut-être qu'il a du boulot avec la fac ou alors une réunion pour le mannequinat. Il avait pourtant dit qu'il m'appellerait…

Si je n'ai pas de message de l'être désiré, j'en ai quand même un plutôt surprenant. Je l'ouvre.

Je n'aurais jamais pensé voir à nouveau son nom accompagné d'un texto emplir l'écran de mon téléphone. Evan.

Et, si à une certaine époque j'en aurais pleuré de joie, là je ressens juste du dégoût.

> Ne m'ignore pas, Jade, j'ai beaucoup à te dire. S'il te plaît…

Je ne prends pas la peine de répondre. J'ai changé, a dit mon père. Cameron m'a fait changer. Je ne suis plus faible. Je ne me laisserai plus avoir. J'efface son message avant de prolonger ma soirée sur les réseaux sociaux.

Rapidement, j'atterris sur Instagram et sur une publication datant d'hier soir sur le fil d'actualité de Cameron. Il y a une photo qui est un collage de nos deux têtes avec un cœur brisé au milieu et en légende :

« *C'est confirmé, suite à la suppression de leurs photos, notre beau Cameron a officialisé sa rupture sur twitter avec @xjadeex_ Ça n'aura pas duré longtemps.* »

J'en prends un coup au cœur. Ça a beau être faux, ça me touche et, pour ne rien arranger, j'ai la merveilleuse idée de regarder les commentaires :

« *Pff tant mieux. Elle est pas assez belle pour lui.* »

« *Nan mais franchement Lucie est mieux, il aurait dû rester avec elle -_-* »

« *Le couple le plus bidon de l'univers.* »

Mes yeux me piquent. Pourquoi les gens sont-ils aussi méchants ? Je les regarde un par un et tous me descendent. Je verrouille mon téléphone et le serre contre ma poitrine. Et Cameron qui ne répond toujours pas !

Je lui en veux, je lui en veux de nous avoir mis dans cette situation et je lui en veux de ne pas m'en protéger !

Chapitre 15

C'est ainsi que je me lève le lendemain avec les yeux gonflés et rouges, vestiges de ma crise de larmes…

Ils m'accompagnent aussi lorsque mon père me dépose au lycée, il n'a fait aucun commentaire, pourtant j'ai bien vu à sa mine qu'il s'inquiétait.

Je ne prends pas la peine d'attendre Olivia, de toute façon nous n'avons pas cours ensemble vu qu'elle est en spé mathématiques et moi en SVT. Je me dirige directement vers la salle en empruntant les couloirs grouillant déjà de jeunes empestant le parfum. J'en ai mal à la tête.

J'enfonce mes écouteurs dans mes oreilles, arrivée à destination, et je m'appuie négligemment contre le mur. Quelques personnes se joignent à moi en attendant la sonnerie, certains me sourient même. *Lane Boy* de Twenty One Pilots hurle dans mes oreilles, quand on m'arrache un écouteur :

« Salut, toi. »

Je sursaute face à Florian qui me sourit :

« Hey. »

Il fait la moue :

« Bah alors, t'as une sale tête.

— Merci, c'est gentil. »

Il lève les yeux au ciel :

« Tu m'as compris. Ça va ? »

Je hausse les épaules :

« On fait aller… »

Je n'ai pas le temps de continuer que mon regard accroche la silhouette d'Evan, qui lui aussi, casque sur les oreilles, se plante devant la salle.

Et merde…

C'est la meilleure, celle-là, il a choisi spé SVT. Ce n'était pas au programme la dernière fois que je l'ai vu, lui qui criait sa fascination pour la physique-chimie.

Je l'ignore délibérément tandis que Florian grimace. Je l'interroge du regard. Olivia leur aurait-elle déjà tout raconté ?

« Olivia m'a dit que tu connaissais le nouveau et qu'apparemment c'était pas le grand amour. »

Bingo.

« Elle t'a dit quoi d'autre ?

— Euh, rien, on n'a pas parlé longtemps. »

Il est coupé par la sonnerie. Qu'Olivia en parle ne me pose pas problème, seulement je suis contente qu'elle n'ait pas tout raconté car, si mes nouveaux amis doivent connaître les détails de mon histoire avec Evan, ce sera de ma bouche.

La professeure arrive essoufflée et ouvre la salle :

« Entrez dans le calme. »

On s'engage en file indienne et on se place avec Flo vers le milieu de la salle. Je remarque qu'Evan, lui, se met devant. Il est nouveau, aussi personne ne s'assoit à côté de lui, même Laure file avec Eva au fond de la salle. Ça me fait un peu de peine. Il n'est pas de nature timide et j'avoue être étonnée qu'il ne cherche pas à s'intégrer.

« OK, bonjour à tous. J'espère que vous avez pris vos blouses, on fait TP cette heure-ci. »

Je sors la mienne tandis que Mme Deneuf fait l'appel avant de sortir des photocopies de son sac :

« Nous allons travailler sur la photosynthèse des végétaux chlorophylliens et tout d'abord observer les cellules chlorophylliennes. »

Elle les distribue.

« Mettez-vous par deux. Vous utiliserez les microscopes qui sont sur votre paillasse ainsi que le matériel à disposition en suivant le protocole et réaliserez un dessin scientifique. »

Je me tourne vers Florian et il hoche la tête. J'enfile ma blouse et lui branche le microscope. Les autres forment aussi leur binôme dans un énorme brouhaha, quand la voix de Mme Deneuf s'élève :

« Ah oui, monsieur Quispe, on m'a parlé de vous, bienvenue dans notre école, j'imagine que vous n'avez pas de binôme. »

On fixe tous la professeure ainsi qu'Evan, qui a rougi légèrement. Une voix monte du fond :

« Il n'a qu'à aller avec Jade, ils se connaissent plutôt bien. »

Je me fige avant de me tourner vers la jeune fille au carré noir : Laure. Je la fusille des yeux alors qu'elle ne me regarde même pas et je maudis mon ex de leur avoir déjà exposé notre relation.

C'est un cauchemar, je vais forcément me réveiller, c'est sûr, le sort ne peut pas s'acharner autant. Non, je vais ouvrir les yeux et me retrouver dans mon lit douillet. Pourtant, quand je les ouvre, c'est la conclusion de la prof qui m'achève :

« Problème réglé. Florian, tu passes avec Sarah. Mademoiselle Astier, je vous invite à passer devant. »

Florian semble navré et je serre les poings si fort que j'en ai mal. Je m'exécute à petits pas et j'ignore tellement fort Evan qu'à sa place je douterais de ma propre existence. Je fais mine de m'intéresser aux outils proposés tandis que lui plonge le nez dans sa feuille de TP.

La salle est relativement calme, mais j'entends à peine Evan qui m'explique :

« Il faut préparer deux lames. Une avec un rameau qui a été à la lumière et l'autre à l'obscurité. Il faut ensuite les tremper dans l'eau iodée. »

Je ne prends pas la peine de le remercier et commence la préparation. Je m'applique tout en restant le plus loin possible de lui. Lorsqu'il le remarque, il soupire :

« Jade… »

Je ne relève toujours pas et il se rapproche :

« Je ne suis pas là en tant qu'ennemi. J'aimerais vraiment qu'on ait une discussion. »

Je place la première lame sur le microscope et le règle en ne répondant toujours pas.

« S'il te plaît. »

Je sors une feuille blanche et commence mon travail.

Après sa tentative, il n'essaie plus de me reparler. Chacun de notre côté nous finissons nos productions. Il peut toujours courir, de toute manière. Je ne ressortirai pas avec lui.

À la fin de l'heure, je rassemble le plus vite possible mes affaires et, sans attendre Florian, je file aux toilettes.

J'ai besoin de me rafraîchir. Evan me donne la migraine.

Je pousse la porte, laisse tomber mon sac et me passe un coup d'eau froide sur le visage. C'est pourquoi je ne remarque pas tout de suite que quelqu'un s'est glissé dans les toilettes, et c'est la voix que je cherche à éviter qui me fait faire un bond :

« Ça suffit, maintenant, Jade. »

Je me retourne, Evan est adossé à la porte en la bloquant. Ses sourcils sont froncés. Je garde mon sang-froid et réplique simplement :

« Tu es dans les toilettes des filles. »

Il rit nerveusement :

« Mais je n'en ai rien à foutre, Jade. Tu ne peux pas m'éviter indéfiniment. On doit parler. »

Je replace mon sac sur l'épaule :

« Je n'ai rien à te dire et d'ailleurs si, je le peux. Regarde, je pars là. »

Je saisis la poignée de porte mais il attrape mon poignet. Je me dégage brusquement :

« Ne me touche pas.

— Tu n'iras nulle part. »

Je ris :

« Bien sûr que si ! Je suis déjà en retard en EMC, là. »

Je retente une autre fois, mais il me bloque encore la porte :

« Tu ne veux pas me parler, très bien. Alors écoute-moi, au moins. Tu ne te demandes pas ce que je fais ici ? »

Si, je me le demande, mais je me demande surtout ce que va penser mon père quand il va recevoir un texto dû à mon absence en cours.

« Je m'en fiche, laisse-moi passer.

— Non », dit-il fermement.

Je réfléchis un instant :

« Très bien, alors je vais crier "Au secours". »

Rapidement, il bouge son corps vers moi et sa main se plaque sur ma bouche :

« N'y pense même pas. »

Je le mords.

« Aïe ! »

Il secoue la main et je lui ordonne :

« Ne me touche pas, j'ai dit ! »

Il lève les mains au-dessus de sa tête et il me fait vaguement penser à Cameron, qui fait ce geste pour capituler.

Cela doit faire dix minutes que les cours ont repris, et Evan n'a pas l'air décidé à me laisser passer puisqu'il s'est remis contre la porte.

Je croise les bras sur ma poitrine, l'écoute, je n'ai que ça à faire, de toute façon. Au moins, ensuite j'en serai débarrassée.

« Je t'écoute et vite. »

Il se masse la nuque :

« J'aime pas quand tu me parles comme ça. »

Je le fusille du regard :

« Et moi je n'aimais pas quand tu me trompais, on n'a pas toujours ce qu'on veut dans la vie. »

Il grimace et murmure :

« Touché… Jade, écoute, j'ai été con…

— Je ne te le fais pas dire. »

Il serre les dents avant de reprendre :

« Mais je le reconnais… Et je suis ici pour toi, pour me rattraper.

— Pardon ? »

Je suis estomaquée et la bouche m'en tombe.

« Tu sais que mon père est militaire, on l'a muté dans la ville de son choix. Je savais que tu étais ici, alors j'ai glissé l'idée… »

Je secoue la tête, perdue :

« Arrête ! »

Je ne veux pas entendre un mot de plus, ma tête tourne et mes yeux piquent.

« Non, je n'ai pas assuré avec toi, je n'ai pas été là pour te soutenir avec ta mère. J'ai profité de ta générosité, et la liste est longue ! Mais c'est fini ! Je suis là pour me racheter. »

Je secoue la tête. On dirait un passage d'un mauvais roman à l'eau de rose…

« Quand t'es partie, j'ai été ravi, je me suis même mis avec Molly. Mais très vite tu m'as manqué et… J'ai changé, Jade…

— Tais-toi…, je murmure.

— J'ai grandi et je veux te le prou…

— Stop ! » je hurle.

Mon corps frissonne et une larme roule sur ma joue. Je respire lentement, je ne peux pas perdre pied devant lui. Je ne dois pas lui montrer que ça me touche. Car c'est le cas, le livre de mon passé s'est rouvert alors que je pensais l'avoir brûlé, mon premier amour est revenu et, putain, qu'est-ce que c'est violent !

Je pense chaque mot avant de les prononcer distinctement :

« Il n'y a plus rien entre toi et moi. Il n'y aura plus jamais rien. Je n'ai pas besoin d'un mec comme toi. »

J'ai Cameron… je pense tout bas, et je meurs d'envie de le lui balancer et que celui-ci vienne me sortir de cette situation. Mais, comme d'habitude, je suis seule :

« C'est fini, Evan, tu perds ton temps ici. »

Mes yeux sont secs et je suis fière de moi de rester aussi calme alors que j'aimerais gifler sa figure à l'air angélique.

« Soyons amis alors, au moins, me presse-t-il. Je veux vraiment te montrer que j'ai changé. S'il te plaît. »

Je m'avance vers lui, décidée à sortir d'ici :

« T'as bousillé tes chances. Tu m'as brisé le cœur, si tu as grandi comme tu le dis, assume et laisse-moi passer. »

Il plante son regard dans le mien et, pendant quelques instants, je nous revois à nos débuts. Heureux. Je me rappelle les sentiments que j'ai éprouvés pour lui… Si forts… Puis je me rappelle le désastre que nous sommes devenus. L'amour inexistant de sa part. Je reviens à moi et j'ai comme l'impression qu'il veut me prendre dans ses bras. Je n'ai pas besoin de sa pitié. Je saisis rageusement la poignée et il ne résiste pas, j'arrive à l'ouvrir et je m'enfuis en courant. Je n'ai plus cours après l'heure d'EMC. Alors je cours loin de ce lycée, loin de lui.

Chapitre 16

Mon père travaille toute la journée, ce qui m'arrange bien, je n'aurai pas à me confronter à lui à propos de mon absence en cours. Je peux aussi m'affaler comme il se doit sur le canapé, armée d'un paquet de chips au poulet braisé. Et ça m'est bien égal si j'hérite de boutons dus au gras tant que je peux occuper mon esprit autrement qu'en pensant au retour d'Evan. Une boule s'est logée dans mon estomac et je ne saurais décrire la tempête qui fait rage en moi.

Et, comme tout cela est bien trop douloureux, j'allume la télé pour tomber sur une émission de téléréalité. Mon cerveau est tellement en stand-by que je ne change même pas de chaîne. Je reste simplement là à mastiquer devant les crises hystériques de certains candidats.

Leurs voix se mêlent à celle d'Evan dans ma tête. Mon cerveau rejoue la scène et je crois halluciner quand je réalise enfin. Evan est là pour moi, pour se faire pardonner. Le premier homme à m'avoir brisé le cœur, à s'être joué de moi, est de retour pour moi ? Il y a quelques mois, j'aurais fondu en larmes et nous serions déjà bras dessus bras dessous. Mais les temps ont changé et je me suis difficilement émancipée de lui. J'ai un autre énergumène dans ma vie, qui m'apporte d'autres problèmes certes, mais que j'aime. D'autant plus que son histoire de changement amène d'énormes doutes. Quand je le fréquentais, il était pourri jusqu'à la moelle. Je ne peux pas y croire. Non, plus loin de moi il sera, mieux je me porterai.

J'abandonne mon paquet de chips et je plante un coussin sur ma tête. Je pousse un énorme cri de frustration dedans. Ma vie est un cauchemar.

Et pour ne rien arranger la sonnette de la porte d'entrée sonne rageusement. Je ne me lève pas tout de suite. La personne repassera. Pourtant l'individu abandonne le carillon pour donner de grands coups dans le bois de la porte.

Je fronce les sourcils. Je jure que, si Evan se tient derrière, j'appelle la police. C'est du harcèlement, à ce niveau !

J'éteins la télé et, prudemment, je vais ouvrir la porte pour que ce vacarme cesse. Ce que les gens sont pénibles… Je l'ouvre à la volée et mon cœur loupe un battement quand j'aperçois un perfecto noir que je connais bien. Alors que je préparais déjà des avis de recherche pour lui, il se tient là. Ses yeux bleus aussi glacés que la mer arctique et la mâchoire crispée. Ma bouche s'entrouvre face à un Cameron visiblement hors de lui.

« Salut », je tente.

Il plisse le nez avant de me bousculer afin d'entrer en crachant :

« Salut, ouais, c'est ça. »

Je ferme la porte en murmurant un « OK » pour moi-même. Très jolie atmosphère, alors que nous ne nous sommes pas vus depuis lundi soir. Je croise les bras sur ma poitrine :

« Je ne te demande pas si ça va. »

Il me fusille du regard :

« Vaut mieux pas, non. Ton père est là ?

— Non.

— Parfait », fulmine-t-il.

Je soupire :

« Et tu vas me dire ce qu'il se passe, à la fin, ou je vais devoir le deviner moi-même ? »

Un rictus s'empare de la commissure de ses lèvres tandis qu'il récupère son portable dans la poche arrière de son jean. Il pianote dessus à la recherche de quelque chose. Mais qu'est-ce qu'il se passe ?

Il me le tend finalement, comme s'il avait entendu mon impatience. Je me retrouve face à l'écran, qui m'affiche une publication Instagram et plus précisément sa légende. Décidément, le fil d'actualité de Cameron est un vrai problème. Je lis :

« Hello, mes petits fans de Cameron. J'espère que vous allez bien. Moi oui ! J'ai un nouveau scoop pour vous. Si je vous annonçais la rupture de Jadron, il semblerait que Jade ait d'autres chats à fouetter. De source sûre, je sais que son ex-petit ami Evan Quispe vient de refaire surface dans sa vie, hihi ! Et ce n'est pas tout, il aurait déménagé pour elle et souhaiterait la reconquérir. Si ce n'est pas meugnon, ça ! Il y aurait cependant eu une petite altercation dans les toilettes de leur lycée et la belle semble décidée à faire galérer son prétendant. Cameron bientôt remplacé ? »

Je n'arrive pas à détourner les yeux. Et je relis en boucle. Ce n'est pas vrai ! Il y avait quelqu'un dans les toilettes !

Je ferme les yeux un instant avant de les lever lentement sur Cameron, qui bouillonne toujours, et il a de quoi. Je ne sais pas comment j'aurais réagi si la situation inverse s'était produite.

« Tu peux m'expliquer ce bordel, Jade ? Est-ce que c'est vrai ? Est-ce qu'il est revenu ? »

Il hausse le ton et j'en tremble. Je lui rends son téléphone, qu'il range promptement :

« Calme-toi, s'il te plaît… »

Je me détourne de lui et vais m'asseoir sur le canapé. Il m'y rejoint mais prend soin de se mettre le plus loin possible de moi. Je me racle la gorge, n'ayant pas très envie de parler, mais je dois finalement le faire :

« Oui, Evan est revenu et, oui, ce post raconte la vérité… »

Je vois ses muscles se bander sous l'effet de la colère et je m'empresse d'ajouter :

« Mais ce post oublie aussi de mettre l'accent sur le fait que je l'ai rembarré. Ce n'est en aucun cas un prétendant ou un concurrent, c'est fini, lui et moi. »

Ses yeux lancent des éclairs :

« Je ne peux pas te croire. Quand on s'est connus, tu ne jurais que par lui. Tu es restée trois ans avec lui ! Bordel, Jade ! Comprends que je ne puisse pas supporter de te voir près de lui ! »

Il se lève, le corps tremblant, en furie, il fait les cent pas et je me lève d'un bond. Ça me blesse qu'il ne me fasse pas confiance même si je trouve du beau dans sa jalousie. Et voir qu'il tient à ce point à moi me gonfle le cœur. Mais je ne peux pas laisser passer son manque de confiance :

« Tu n'as pas confiance en moi ? Sérieusement ! C'est toi qui fréquentes des bombes atomiques et qui ne donnes aucune nouvelle et c'est de moi que tu doutes ! Réellement ? »

Il me lance un regard mauvais et je sens que la situation risque de s'envenimer, alors je baisse le ton, je m'approche de lui et j'encadre de mes deux mains son visage en plantant mes yeux dans les siens, qui me poignardent :

« Je t'aime, Cameron. Je t'aime vraiment. Et crois-moi car si ce n'était pas le cas je ne supporterais pas tout ça…

— Supporter quoi ? » tranche-t-il en se dégageant.

Décidément, lui n'est pas prêt à calmer le jeu. Les larmes menacent. Je voudrais le serrer dans mes bras, l'embrasser, il me manque tellement, et pourtant nous sommes là à nous hurler dessus. Je chuchote :

« Que tu me laisses à l'écart. Que tu ignores mes messages, que tu ne prennes pas de nouvelles, que ce soit toi qui décides quand on peut se voir, que tu nous caches… »

Un son proche du rire sort de sa gorge :

« Alors on en est là ? On parle de toi, je te signale, alors ne commence pas à me foutre sur la gueule ! Tu étais d'accord, Jade, tu savais que ça n'allait pas être facile… »

Il se tait pour inspirer profondément, je ne l'ai jamais vu autant en colère et une larme perle de mon œil. On dirait que tous les garçons de la planète se sont concertés pour me faire pleurer.

Cameron ouvre des yeux si noirs que les ténèbres en seraient jalouses et son ton est tellement froid que j'en grelotterais :

« S'il s'approche de toi, je le bute. »

Sur ce, il renifle avant de se détourner.

« Où tu vas ? » je panique.

Il ne se retourne pas et lance seulement :

« Là où je ne causerai pas de meurtre. »

Un sanglot me secoue :

« Reste, s'il te plaît. »

Il ouvre la porte :

« Je t'appelle plus tard. »

Il marque un temps, à moitié dehors, tandis que je serre mon corps de mes bras.

« Je t'aime », chuchote-t-il.

Je n'ai pas le temps de répondre que la porte se ferme violemment. Immédiatement, je fonds en larmes.

Je ne saurais pas dire combien de temps mes larmes ont coulé, je sais juste que, lorsque mon père vient m'appeler pour le dîner, je décline son offre, les yeux mouillés, roulée en boule sur mon lit, dans le noir. Il n'insiste pas et après un temps il s'en va sans un mot. Je serre un coussin contre ma poitrine. Cette douleur est horrible, je suis amoureuse de Cameron et le creux dans ma poitrine qu'il a provoqué le prouve. C'est la pire douleur que j'ai jamais ressentie après la perte de ma mère. Mes cheveux collent à mon visage et j'essuie vaguement mon nez avec un mouchoir qui traîne sur ma table de chevet. L'écran de mon portable crève le noir avec sa lumière agressive. Je saute dessus dans l'espoir de recevoir un message de Cameron. Non mais qu'est-ce que je suis devenue ? Mon cœur ralentit quand je vois qu'il ne s'agit que de Pauline qui prend des nouvelles. Si elle savait… Elle aurait sauté dans un train pour castrer mon copain. Je ne prends pas la peine de lui répondre, j'ai besoin d'être seule et non d'un appel de deux heures à entendre sa vie parfaite.

Je me tamponne les yeux avec un nouveau kleenex et décide de ne pas quitter mon téléphone. Je ne vais pas rester là à me morfondre à ne rien faire. J'examine mes réseaux, grave erreur, Snapchat me propose la story récente de mon copain. Il ne m'envoie pas de message mais prend le temps de s'afficher, rien que là mon ego en prend un coup. Les réseaux sociaux sont vraiment l'œuvre du diable.

Je me ronge le pouce en ouvrant la story. Mon sang se glace. Sur l'écran, j'observe un visage féminin qui se filme sous tous les angles. Je la reconnais immédiatement : Johanna.

Elle offre un large sourire éclatant à la caméra avant de faire rentrer dans le cadre le visage rayonnant de Cameron, qui boit un verre. Il sourit lui aussi avant de se coller à elle afin de rentrer un peu plus dans l'image. De la musique et des rires résonnent en fond. C'est la goutte de trop lorsque je vois la belle des îles poser ses lèvres sur la joue de mon copain.

Je verrouille mon téléphone en furie. Je suis tellement en colère que de la fumée pourrait sortir de mes narines.

Respire, Jade, respire.

Je tente de me calmer comme je peux alors que je meurs d'envie de l'incendier. Je suis là comme une épave alors que lui vit sa meilleure vie !

Mes mains tremblent, mais mon cerveau décide de ne pas se laisser abattre et crie vengeance.

Chapitre 17

Le pinceau glisse sous mes yeux. Je camoufle mes cernes avec du correcteur avant de boucler mes cheveux et recourber mes cils. Une fois que le miroir me renvoie une image à peu près satisfaisante, j'enfile un top noir moulant à manches longues qui se porte sur les épaules ainsi qu'un jean bleu qui sait me mettre en valeur. J'ajoute ensuite mes bottines noires préférées. Et, étonnamment, je me trouve belle ce matin. Tenue simple mais efficace. J'ai décidé de camoufler mon être pitoyablement négligé en étant un brin puérile ce matin. Et mon image me tromperait presque tellement elle semble joyeuse.

Pourtant, mon cœur est malheureux et, si on regarde de plus près, mon sourire sonne faux, mais ça, moi seule le sais. Je sais parfaitement que je ne croiserai pas mon soi-disant copain aujourd'hui même si je sais par le nombre de vues que font ses stories que je vais en entendre parler. Les gens vont parler et moi je dois jouer l'ex complètement indifférente.

J'enfile mon perfecto noir et je respire un bon coup.

Mon père n'a pas passé la tête dans ma chambre ce matin et je le trouve accompagné de son éternel café dans la cuisine. Je lui plante un baiser sur la joue :

« Salut. »

Il me lance un regard étrange en me considérant de la tête aux pieds les yeux plissés. Je ne fais aucun commentaire et m'installe avec lui.

Il me fixe toujours avant de verrouiller son téléphone et de se racler la gorge :

« Jade, qu'est-ce qui se passe ? »

Je secoue la tête. Je sais que sa question fait plus référence à hier soir.

« Rien, pourquoi ? Tout va bien. »

Non, papa, ça ne va pas. *Pourquoi le seul homme qui ne me décevra jamais, c'est toi ?* J'ai mal, papa. Je ne laisse rien paraître et tente un petit sourire. Il prend un air grave :

« Je n'ai rien dit hier soir, mais… J'ai reçu un message de ton lycée me disant que tu avais séché les cours. »

C'est donc ça… Je toussote en frottant mes mains sur mon jean :

« J'étais pas très bien et puis je n'avais qu'une heure… »

Il se penche vers moi et pose une main sur mon bras :

« Si quelque chose ne va pas, tu peux m'en parler. Hier soir tu pleurais, tu sèches les cours. Je reste convaincu que quelque chose ne va pas… »

Je secoue la tête en fermant mes yeux lourds :

« C'est bon, papa, ça va. S'il te plaît… »

Il soupire :

« Comme tu voudras. »

Il jette un œil à l'heure et demande, hésitant :

« Tu veux que je te dépose ? »

Je bois rapidement un verre de jus d'orange :

« Oui, s'il te plaît... »

Il hoche la tête et récupère ses clés de voiture :

« Très bien, on y va, alors. »

Le trajet est silencieux, l'atmosphère est étrange, comme si nous ne savions pas quoi nous dire. Ma gorge est serrée et je ne peux m'empêcher de me demander ce que fait Cameron. A-t-il passé la nuit avec elle ? A-t-il ruiné notre couple ? Le lycée approche et bientôt mon père plisse les yeux, il fixe quelque chose en s'engageant sur le parking :

« Eh bien, il a pas changé, ce merdeux. »

Je suis son regard et tombe sur Evan en grande conversation avec deux autres garçons.

« Il faut croire..., je murmure en récupérant mon sac. Merci, papa, à ce soir.

— Jade ! Ne m'attends pas ce soir, je mange chez Pierrick, tu as des trucs dans le frigo, sinon commande-toi à manger. Il y a des sous dans le tiroir de ma chambre. »

J'approuve de la tête en fermant la portière.

Je repère Rose près du portail et je la rejoins. Elle discute avec Florian. Ils se taisent quand j'approche.

« Vous parliez de quoi ? je tente de m'intégrer.

— D'à quel point c'est la lose d'arriver deux heures en avance au lycée, soupire Rose.

— Ah bon ? Vous n'avez pas cours ? »

Florian écrase sa cigarette :

« Ouais, on commence à 10 heures mais elle comme moi on n'a personne pour nous amener plus tard. Du coup, on a deux heures à tuer. »

Il roule les yeux.

« Et nous aussi ! »

Je sens un poids sauter sur mon dos et je manque de tomber.

« Nous non plus, on a pas cours ! »

Olivia descend, toute joyeuse, et Rose la questionne.

« M. Buzard est pas là, c'est indiqué à la vie scolaire. Adieu les deux heures de maths ! » crie-t-elle, ce qui attire les regards.

Je souris, ravie de cette nouvelle, la journée commence bien.

« Super, on va se faire chier à quatre », rigole Florian, ce qui lui vaut un coup de coude de Liv.

— Un peu plus d'enthousiasme, s'il te plaît ! »

Ils rigolent ensemble tandis qu'il est convenu de passer ces deux heures à la cafétéria du lycée.

Celle-ci se libère lorsque la sonnerie retentit. La plupart des élèves quittent les tables pour aller en cours tandis que nous choisissons la nôtre à l'écart.

Florian pousse un soupir de joie lorsqu'il s'affale sur sa chaise. Moi je retire mon blouson. Olivia pose une main sur mon bras en souriant :

« Eh ! T'es canon, aujourd'hui, meuf !

— Mais grave, confirme Rose en me reluquant de la tête aux pieds avant de se pencher en avant. C'est pour séduire Evan ? »

Elle hausse plusieurs fois les sourcils en m'offrant un regard complice. Moi je me fige et plisse le nez. Olivia me devance :

« N'importe quoi, toi ! »

Je m'assois finalement et Rose entortille une mèche de cheveux autour de son oreille :

« C'est que… Il me plaît bien, il est dans notre classe. Je t'avoue que ça m'ennuie un peu si tu veux le reconquérir, mais… »

Olivia roule les yeux et je la coupe :

« Il n'y a aucun souci. »

Rose me sourit :

« Cool, alors. »

Elle détourne son regard derrière mon épaule. Très peu discrète, je me tourne et découvre quelques tables plus loin Evan accompagné des deux garçons avec qui il discutait.

Il n'a vraiment pas changé… Son style, ses mimiques… Une pointe de nostalgie m'envahit. Je le fixe un peu trop et son regard croise le mien. Je me détourne immédiatement.

« Vraiment fonce, t'inquiète », je rassure Rose, mal à l'aise.

Elle se mord la lèvre :

« On est à côté en physique, il a une voix trop sexy. »

Je ne l'écoute plus vraiment, les louanges sur mon ex ne m'intéressent pas trop…

« Rose. C'est bon. Jade n'a peut-être pas envie qu'on parle de ce mec. »

Je gratifie d'un sourire Florian, qui croise les bras sur sa poitrine.

« Pardon », s'excuse-t-elle.

Et, quand je pense que nous allons changer de sujet, Rose repart mais cette fois en pire :

« Mais ça s'est vraiment mal passé entre vous ? »

Je ne peux m'empêcher de rigoler et je hausse les épaules, ne sachant pas trop quoi répondre. Je ne sais pas si j'ai vraiment envie de leur raconter ma vie :

« Vraiment très mal. C'est compliqué mais, crois-moi, je n'ai vraiment pas envie de revenir avec lui. »

Olivia lève les yeux au ciel :

« Et puis ressortir avec son ex… Non merci, quoi !

— Tu viens en plus de te séparer », ajoute Florian.

Un rictus étire mes lèvres :

« Oui, les hommes, très peu pour moi, maintenant, surtout mon ex. »

Je tente de sourire mais je n'y parviens pas. Je pense à Cameron puis à Evan. Mon cœur se remplit de la douleur et de la haine que je ressens à leur égard, si bien que la tête me tourne.

« Et ça va ? Tu la vis bien, ta rupture ? » demande Olivia.

Je secoue la tête positivement et murmure :

« Ça va…

— Ouais, j'ai vu sa story Instagram hier, il s'affichait avec une meuf… »

Décidément, elle la met partout, celle-là.

« Rose ! » la gronde Flo.

Je baisse la tête car elle me fait mal. Mes yeux ne semblent pas suivre mon cerveau. J'ai une impression de ralenti, je me lève :

« Y a pas de mal. Euh… Je vais aux toilettes, je reviens. »

Je titube tandis que dans mon dos j'entends Olivia réprimander son amie :

« Tu peux pas te taire, des fois… »

Je passe devant Evan, qui me regarde bizarrement, je l'ignore et file rapidement aux toilettes. J'espère qu'il ne va pas me suivre. Je risque de ne pas le supporter.

Je pousse la porte avec un soupir. Je m'arrête net quand j'y trouve Eva et Laure en pleine discussion. Elles s'arrêtent elles aussi et me dévisagent.

« Pardon », je m'excuse, je ne sais pas trop pourquoi.

La rousse penche la tête sur le côté :

« Ça va ? »

Mais combien de fois je vais entendre cette phrase aujourd'hui ?

Je secoue la tête.

« Tu es vraiment pâle », ajoute Laure.

Je fais couler l'eau et m'en mets un peu sur le visage.

« Jade ? »

Je sens une main fine se poser sur mon bras et les deux yeux verts d'Eva expriment son inquiétude :

« On ne se connaît pas bien… Mais là tu as l'air très mal…

— C'est à propos des commérages sur toi et Evan ? On les a vus », enchaîne Laure.

Ça ne cessera jamais ? Je hais Evan d'être venu pourrir ma vie.

« Jade, regarde-nous. »

Je tourne lentement le regard et Eva pose ses mains sur mes avant-bras :

« Il faut que tu passes au-dessus de ça. Y aura toujours des gens qui s'occuperont de ta vie. Passe au-dessus, ce sont juste des minables qui ont besoin de ton existence pour vivre la leur, tellement ils n'en ont pas.

— Ça s'appelle des parasites », ajoute Laure.

Je me frotte les yeux, surtout pour cacher une larme, au risque d'abîmer mes efforts de ce matin.

« Allez, ça va aller. Tu es une femme, chérie. Tu es sortie avec Cameron Kent. Et un des plus beaux mecs du lycée te court après. Lève la tête, princesse. »

Eva pose deux doigts sous mon menton et relève mon regard :

« C'est toi qui mènes la danse, pas eux. »

Les neurones de mon cerveau se connectent. Les informations fusent. Elle a raison. Ma détermination de ce matin reprend de la vigueur. Je ne suis pas dépendante de Cameron et Evan. Je vais éloigner Evan et récupérer Cameron. C'est moi qui décide, maintenant.

Je prends une grande goulée d'air :

« C'est vrai. Tu as raison. »

Laure pose une main sur sa hanche, un sourire sur sa bouche rouge :

« J'aime cette détermination.

— Sèche tes larmes, maintenant, me conseille Eva, et file. »

Elle semble si réconfortante que je lui obéis et, comme un bonheur n'arrive jamais seul, mon téléphone vibre.

C'est un message de Cameron. Mes lèvres s'étirent automatiquement :

`> Ce soir café 17 h, je t'envoie les coordonnées, c'est à 5 minutes de chez toi. Si tu arrives avant moi, trouve un endroit à l'écart. Bisous.`

À nous deux.

Chapitre 18

« Tu restes ou tu rentres chez toi ? »

Olivia me questionne tandis que la fin de la dernière heure de cours retentit dans tout le lycée :

« Je dois rentrer… Mon père m'attend », je prétexte.

Elle fait la moue et je la prends brièvement dans mes bras :

« On se voit demain. Bye. »

Elle m'adresse un signe de la main tandis que nous nous séparons au croisement de couloirs. Je remonte mon sac sur mon épaule et marche rapidement vers la sortie du lycée. Si bien que j'arrive assez vite chez moi. Dans moins d'une heure j'ai rendez-vous avez Cameron et j'avoue être légèrement stressée, même si les paroles d'Eva tournent en boucle dans ma tête. Evan est revenue et je ne l'ai pas choisi. Cameron n'a pas à déverser sa colère sur moi. Je n'y suis pour rien et je compte bien me faire entendre.

Je mène la danse.

Je file dans ma chambre pour réarranger mon apparence. J'essuie le mascara qui a un peu bavé et ajoute du baume à lèvres. Mes cheveux ont perdu en boucles, mais les ondulations sont tout de même très jolies. Je me souris dans le miroir avant de secouer la tête, me sentant ridicule. Je troque mon sac de cours contre mon petit sac à main. Je ne suis définitivement pas une fille qui transpire d'assurance et je me pose dans le salon, réfléchissant à ce que je pourrais bien dire à mon copain.

Je m'imagine notre future conversation. Va-t-on se réconcilier ? Sera-t-il un peu moins con ? Je me masse les tempes tandis que je revois Johanna très proche de lui :

« Bon sang ! » je m'énerve.

Ce rendez-vous ne peut que mal finir. Nous ne sommes certes plus ensemble aux yeux du monde, mais nos cœurs sont toujours liés. Comment ose-t-il ! Il savait très bien que j'allais le voir !

Tout sang-froid disparaît. Il va m'entendre. Je perds toute assurance tandis que la jalousie me ronge et, si je voulais montrer que cela ne m'atteint pas, je commence à sérieusement douter de mes capacités.

C'est donc les jambes tremblantes et les poings fermés que je suis sur mon téléphone le plan qui me guide vers l'endroit en fonction des coordonnées qu'il m'a envoyées. En effet, ce n'est qu'à cinq minutes de chez moi. J'arrive devant un petit endroit très chaleureux. Quand je pousse la porte, une odeur de café me prend immédiatement le nez. Il y a quelques personnes qui sont quasiment tous des étudiants. Je remarque qu'il faut aller au comptoir pour commander, alors je fais comme tout le monde. Je lis les panneaux en attendant qu'un membre du personnel vienne prendre ma commande. Et, comme si l'univers entier s'était acharné sur moi, c'est un jeune homme au tee-shirt noir moulant frappé du logo du café que je ne connais que trop bien qui me fait face. Nous sommes tous les deux surpris un temps et les yeux noisette d'Evan me distinguent, fuyants :

« Un cappuccino. S'il vous plaît. »

Mon ton est froid et ne laisse rien paraître de mon malaise.

Il tape sur la petite borne devant lui tandis qu'une alarme rouge sonne dans ma tête.

Merde.

« Ça fera deux euros, s'il te plaît. »

Je fouille dans mon porte-monnaie et lui tends une pièce.

« Ça arrive. »

Je le remercie d'un signe de tête et j'attends sur le côté.

Cameron et Evan dans le même endroit ? Je vois déjà le bain de sang arriver. Je cherche des yeux un coin tranquille, j'en repère un vraiment à l'écart. Parfait. J'espère ainsi que Cameron n'apercevra pas mon ancien copain.

Evan me tend ma boisson et je file sans demander mon reste. Je m'assois en envoyant un message à mon copain lui annonçant mon arrivée. Il est 16 h 55, connaissant sa ponctualité, il ne devrait pas tarder. Je trempe le bout de mes lèvres dans mon gobelet en lançant un jeu sur mon mobile pour faire passer le temps. Je passe plusieurs niveaux et finis même mon cappuccino avant de me décider à regarder l'heure de nouveau : 17 h 20.

Je fronce les sourcils. Peut-être ne m'a-t-il pas vue. Je lui envoie un message pour lui indiquer précisément mon emplacement et j'attends.

Je suis légèrement agacée mais je me calme en me disant qu'il est peut-être coincé sur la route ou par un rendez-vous et qu'il va finir par arriver.

Il m'aurait prévenue s'il avait un empêchement, quand même ?

À 18 heures, pourtant, mon cœur s'emballe d'énervement. Quel con ! Il ne viendra pas. C'est certain. Inconsciemment, je broie mon gobelet vide en insultant mentalement Cameron. Il va me le payer, il ne fait que rajouter des taches sur le tableau blanc de notre couple. Ça ne va pas se passer comme ça !

Je lui envoie un joli « *Va bien te faire voir, Alexis Morreau* ».

Je sais qu'à la vue de son vrai prénom celui-ci risque de comprendre vraiment ma colère ! Sauf s'il s'en moque royalement.

Je pince les lèvres en secouant la tête. Je suis déçue plus que vexée, mais qu'est-ce que nous sommes en train de devenir ?

« Jade ? »

Je lève la tête tandis que ça s'emballe dans ma poitrine, mais ce n'est pas celui que j'attends qui me détaille. C'est simplement Evan qui retire son tablier. Je ne cache pas mon mépris et baisse la tête sur mon téléphone. Peut-être ainsi partira-t-il. Je suis d'humeur massacrante et je sens qu'il ne va rien arranger.

« Qu'est-ce que tu fais ? insiste-t-il quand même.

— J'attends quelqu'un. »

Je ne me soucie plus de l'arrivée de Cameron, il ne viendra définitivement pas.

« Tu attends depuis longtemps, quand même. »

Je lui lance un regard vide et il tire la chaise en face de moi.

Oh non, pitié…

« Tu veux un autre café ? Je suis plus de service mais je peux t'en offrir un. »

Je ne peux m'empêcher de sourire.

« Non merci », je murmure tout de même, consciente de sa gentillesse.

Mon esprit me met en garde. Il t'appâte pour mieux te lâcher, comme il l'a toujours fait.

Je m'enfonce un peu plus dans la chaise.

« Je suppose que tu attends un garçon… »

Je ne réponds pas et fixe mon gobelet détruit.

« En tout cas, il est vraiment con de ne pas être venu », répond-il face à mon silence.

Je grimace et plisse les yeux. Qu'est-ce qu'il me fait là ? C'est l'hôpital qui se fiche de la charité.

« Arrête, Evan. Tu me posais toi aussi des lapins. »

Il sourit, les yeux dans le vide, avant d'approuver de la tête :

« C'est vrai, et je n'ai jamais prétexté avoir été malin. C'est justement pour l'avoir fait que je peux dire que ce gars est un crétin. »

Je ris. C'est vraiment du n'importe quoi, là. On l'a lobotomisé, ce n'est pas possible. Il se penche sur la table :

« J'ai appris qu'on ne réalise la valeur des choses que lorsqu'on les a perdues.

— Arrête… » je soupire.

Mon cœur se serre, il remue le passé et je ne peux m'empêcher d'imaginer comment aurait pu être mon couple avec lui s'il avait eu cette mentalité.

« Non c'est vrai, Jade, j'ai été un vrai gamin. Tu ne veux plus de moi maintenant… (Je m'apprête à protester mais il continue :) Et je le respecte. Je veux juste que tu fasses attention à toi. Tu as tendance à attirer les mauvais garçons. »

Je secoue la tête, je ne sais pas comment digérer cela. Tant de fois j'aurais voulu qu'il se soucie de moi comme à cet instant, tant de fois j'ai pleuré à cause de lui. Et pourtant, d'entendre ces paroles me libère en quelque sorte. C'est comme une rupture nette. Comme si nous tirions un trait tous les deux sur le passé. Je me détends et considère sa frimousse surplombée par un sourire en coin.

« Je t'aimais vraiment, tu sais. »

Je ne sais pas pourquoi j'ai lâché ça, mais je sens que c'est maintenant que je dois vider mon sac. Poser le passé sur cette table pour le laisser ici en sortant de ce café. Cameron n'est pas venu et cela semble être le destin, comme si cette discussion avec Evan était nécessaire :

« Je sais, et moi aussi, crois-moi… Je ne savais juste pas le montrer…

— Tu rigoles ? dis-je en levant les yeux au ciel.

— C'est la première fois que je tombais amoureux, Jade, j'ai paniqué…

— Pendant trois ans ? »

Il hoche la tête :

« Justement je paniquais encore plus, j'avais beau te faire du mal, tu restais et je t'aimais encore plus, ce qui m'effrayait. Je me suis enfermé dans un cercle vicieux dont tu as été la victime. »

Je croise les bras sur ma poitrine tandis que le café fourmille de plus en plus.

« Quand t'es partie, je me suis dit que rompre était la meilleure chose à faire. Je m'en suis mordu les doigts, crois-moi… »

Je lui lance un regard en biais en assimilant son récit. C'est du délire. Vraiment.

« Et puis Molly n'était pas franchement terrible », lâche-t-il en riant.

Et je ris également, étrangement. Cela ne me fait plus mal de les imaginer tous les deux.

« Je t'avais prévenu, dis-je en haussant les épaules.

— C'est vrai. »

Il penche la tête sur le côté et me regarde un instant. Je me sens rougir :

« Quoi ?

— C'est cool de pouvoir parler comme ça, posément.

— Qui l'eût cru… ? »

Il ouvre des grands yeux avec un haussement de sourcils et le silence s'installe entre nous. Il finit par déclarer :

« Amis ? »

Un rire s'échappe de ma bouche :

« Peut-on être ami avec son ex ?

— On peut toujours essayer. »

Je n'y crois réellement pas et il ajoute :

« Et puis tu es la seule personne que je connaisse bien dans ce trou perdu. »

Je m'offusque :

« Quispe, on ne sera pas les meilleurs amis du monde. On va dire que je te tolère. (Il met une main sur son cœur en feignant d'être vexé.) Et cet endroit est génial ! »

Il regarde autour de nous :

« Notre chez-nous était mieux. »

Je plante mes yeux dans les siens :

« Mon chez-moi, c'est ici. »

Mon chez-moi est auprès de Cameron, crie mon cœur.

Evan ne relève pas et se tord les mains :

« Vu que ton rencard n'est pas venu… Tu veux que je te ramène ? »

Je lui souris poliment et décline :

« Non merci, j'habite pas loin. »

Je ne veux surtout pas qu'il croie que j'ai passé l'éponge et que nous allons devenir comme cul et chemise. Evan est mon ex et rien de plus.

« Comme tu veux. »

Je jette un coup d'œil à mon téléphone : 18 h 30, et aucun message de Cameron. Il est temps de rentrer, me dicte ma fierté. Je rassemble mes affaires et j'emporte mon gobelet à jeter :

« Bonne soirée, Evan. »

Il se tourne sur sa chaise :

« Merci, à toi aussi ! »

Je souris rapidement et rentre chez moi.

Chapitre 19

L'eau glisse sur ma peau, je rince mon dernier shampooing tandis que l'eau chaude crée de la vapeur dans toute la salle de bains.

Je suis exténuée par le trop-plein d'événements aujourd'hui. À une période, je me demandais comment pourraient se passer d'éventuelles retrouvailles avec Evan. Serais-je bouleversée, dévastée, en colère ? Je n'aurais jamais pensé être apaisée. C'est bien le mot. La colère s'est transformée en sérénité. Cet après-midi, je l'ai définitivement laissé derrière moi. Tout est mis à plat, nous ne nous devons plus rien. Nos trois ans sont restés dans ce café. C'est comme si un poids s'était retiré de ma poitrine… pour être remplacé aussitôt par un autre du nom de Cameron. Je n'ai toujours pas de nouvelles.

Ce garçon est si compliqué. Tout mon être me crie d'abandonner tandis que mon cœur, lui, persiste. Je ne sais pas où nous allons et ça me fait peur. Pourquoi ce garçon qui a réussi à balayer trois ans de mon ancienne relation a-t-il autant changé ? Il n'était pas comme ça cet été. Mais peut-être que finalement je ne le connais pas vraiment, il est connu que les vacances créent toutes sortes de nouvelles personnalités…

J'éponge mes cheveux à l'aide d'une serviette avant d'en enrouler une autre autour de mon corps. Je me démêle les cheveux et j'essuie la buée du miroir. Mes yeux sont rouges, j'avoue avoir pleuré un moment, armée d'un pot de glace, en rentrant du café. Je cligne des yeux avant de me rendre compte que c'est l'heure du repas. Je me rappelle les indications de mon père et file chercher le billet de vingt euros, que je trouve dans sa chambre.

Je tape rapidement le numéro de la pizzeria la plus proche, accroché au frigo, et commande une pizza quatre fromages. Je file enfiler quelque chose pour ne pas ouvrir, lorsque le livreur arrivera, vêtue d'une simple serviette.

Je m'arrête devant la porte de ma chambre fermée. Il y a du bruit à l'intérieur. Je fronce les sourcils, peu rassurée. Je pousse la porte du bout des doigts alors que mes jambes aimeraient me porter loin d'ici. Je l'ouvre d'un coup. Elle est assez petite comparée à celle que j'avais chez Pierrick, aussi je n'ai pas besoin de longtemps pour trouver l'imposteur. Ma mâchoire se serre tandis que l'intrus, allongé sur mon lit, me réprimande :

« Tu ne devrais pas laisser tes fenêtres ouvertes. N'importe qui peut entrer. »

Je n'ai pas envie d'être gentille avec lui :

« C'est ce que je me disais. N'importe qui peut entrer, Cameron. »

Il roule les yeux, mon cœur tambourine dans ma poitrine et j'ai envie de l'incendier pour m'avoir blessée à cause d'Evan, pour m'avoir laissée en plan et pour Johanna. Pourtant, je dis simplement :

« Sors d'ici. »

Il ne réagit pas tout de suite, peut-être le temps de comprendre :

« Jade…

— Sors d'ici, je t'ai dit ! Je suis sérieuse. Je ne suis pas à ta disposition, si tu voulais parler, c'était cet après-midi au café à 17 heures, tu te souviens ? »

Je tiens ma serviette d'une main tandis que de l'autre j'essaye de le relever. Ce n'est vraiment pas pratique. Il me considère, perplexe, tandis que j'abandonne.

« Vraiment je ne suis pas d'humeur, va-t'en ! »

J'essaye d'être autoritaire dans ma voix mais le désespoir y fuse, j'aimerais qu'on me laisse tranquille.

« Non, on doit parler. »

Je me prends la tête entre les mains. Cet homme va me rendre folle :

« Oui, on avait rendez-vous pour ça. Et tu n'es pas venu ! »

Il soupire tandis que je libère toutes mes émotions.

« Je n'ai pas pu. Calme-toi. »

Je ris nerveusement :

« Tu n'as pas pu ? Réellement ! Tu étais trop occupé avec Johanna, plutôt. »

Je pince les lèvres tandis qu'il me jette un regard d'incompréhension en se levant enfin. Il tente de me prendre le bras, mais je l'esquive vivement :

« Ne me touche pas. J'ai vu ta story. »

Il comprend et murmure mon prénom.

« Ne gâche pas ta salive avec de quelconques excuses, sors de chez moi, Cameron. »

Il secoue la tête :

« C'est pas ce que tu crois, bébé. J'étais énervé et j'ai beaucoup bu ce soir-là. Mais il ne s'est rien passé, je te le jure sur mon père. Ce n'est vraiment pas mon style de fille… »

Je ferme les yeux un temps tandis que mes neurones fument.

« Et pour cet après-midi je n'ai vraiment pas pu, on a eu une réunion par rapport à un shooting. Le photographe voulait essayer autre chose et on a dû s'y coller tout de suite. Je n'ai pas pu te prévenir. Vraiment. »

Son excuse pourrait être crédible, mais mon ego est touché à cause de lui. Je ne sais pas quoi penser et je n'ai pas envie de calmer les choses :

« Admettons que ce soit vrai et que je te croie, je pense qu'ils auraient bien voulu que tu m'envoies un texto. Pour ne pas me laisser seule ! »

Je m'emporte en m'accrochant désespérément à ma serviette. Je respire plus vite et lui se pince l'arête du nez :

« Arrête de crier. S'il te plaît. »

Je ris de plus belle alors que la sonnette d'entrée retentit. Cameron est intrigué :

« T'attends quelqu'un ?

— Ouais, un mec un peu plus attentionné. »

Je le fais marcher et il serre les poings, les yeux emplis de colère.

« J'ai commandé une pizza ! »

Je m'apprête à aller chercher ma commande, mais Cameron m'arrête :

« J'y vais, tu ne sors pas comme ça. »

Je considère ma serviette et m'apprête à répliquer mais il part déjà.

« L'argent est sur la table ! » je lui crie.

J'en profite pour enfiler rapidement un léger pyjama et il revient quelques instants plus tard avec ma pizza :

« Ça tombe bien, j'avais faim. »

Je la lui prends des mains :

« Tu ne restes pas, je lâche sèchement.

— Jade, tu ne vas pas…

— Stop. »

Je place une main devant lui pour l'arrêter :

« Je ne veux rien entendre. Ça suffit, Cameron… Tu m'as beaucoup blessée et tu ne peux pas taper un scandale chez moi, me planter ensuite et revenir comme une fleur.

— Et pourquoi Evan, lui, le peut ? »

Mes sourcils froncés barrent mon visage. Et c'est reparti, il ne lâchera pas l'affaire avec lui.

« Quoi ? Mais ça n'a aucun rapport, Cameron ! Je n'ai pas choisi qu'il soit là. Et puis ça n'a aucun rapport ! Il n'est pas un exemple !

— Mais il y est, là. »

Je croise les bras sur ma poitrine :

« Et c'est une raison pour me hurler dessus comme tu l'as fait hier ? Je t'aime, Cameron, mais parfois tu as des réactions vraiment excessives. »

Il me fixe sans rien dire, les lèvres pincées.

« Et ça ce n'est pas possible… »

Il passe une main sur son visage avant de s'asseoir sur mon lit. Il se mord la lèvre inférieure en réfléchissant.

« Je ne sais pas quoi dire », admet-il.

Il se gratte la nuque :

« Comprends-moi, ton ex est dans le même bahut que toi. Ton premier amour, Jade. »

J'ouvre la bouche mais il me coupe :

« J'ai jamais été jaloux avant. Je ne sais pas comment réagir… »

Décidément, j'ai le chic pour tomber sur des garçons qui ne savent pas s'y prendre. J'omets d'ironiser sur le sujet et je soupire :

« Ce n'est pas une excuse, on est un couple, on doit discuter, on doit se faire confiance. »

J'insiste sur ce dernier mot.

« Même quand le premier amour de sa copine débarque ?

— Et que son copain pose avec des bombes atomiques et fricote avec ? » j'ajoute.

Il semble intégrer et il penche la tête sur le côté :

« Je n'aurais pas dû réagir comme ça… »

Je m'assois à côté de lui et il pivote vers moi :

« J'avais l'intention de m'excuser, en plus…

— Oui, en me posant un lapin, c'est une belle façon de s'excuser. »

Il me supplie des yeux :

« Je suis un connard de base, je te rappelle… »

Il place une mèche de mes cheveux mouillés derrière mon oreille.

« Mais j'essaye vraiment de m'améliorer pour toi, ajoute-t-il, parce que le coup du café, c'était pas volontaire, ni pour Johanna. »

Je souris faiblement face à sa mini-déclaration.

« Ne t'attends pas à des excuses, par contre, et la seule promesse que je peux te faire, c'est de lui briser les couilles. »

Je le frappe sur le torse et il rit avant de saisir mon poignet et de m'attirer à lui. Je me laisse faire, ayant besoin de ce contact. Il caresse mes cheveux, le nez dans mon cou :

« Je suis désolé, je vais faire des efforts et mieux m'occuper de toi. »

Il recule avant de me donner une petite tape sur le bout du nez avec l'index. On se regarde un instant et je lui saute au cou, le serrant très fort dans mes bras, comme s'il pouvait partir à tout instant. C'est Cameron après tout, il est imprévisible.

« Je veux bien te pardonner mais tu arrêtes de m'ignorer, tu te préoccupes un peu plus de nous et tu arrêtes d'être jaloux. »

Il embrasse le sommet de mon crâne :

« Merci, mon ange. »

Il enveloppe ma joue de sa main et me donne le plus doux des baisers. Ses lèvres pressent les miennes avant de les dévorer et les mordiller. Hors d'haleine, il me murmure :

« Je t'aime vraiment, tu sais. »

Je le regarde dans les yeux en caressant ses cheveux, il est tellement beau, mon petit cœur est sur le point d'exploser. Ces moments sont si rares. L'instant est très solennel et bientôt je risque de pleurer tant je suis heureuse de le retrouver, alors je détends l'atmosphère :

« Moi aussi, mais pas assez pour laisser une minute de plus ma pizza refroidir. »

Je rigole en me détachant et me jetant sur le carton.

« Quelle garce ! » s'offusque mon copain.

Je lui lance un sourire enfantin en lui tendant une part de pizza prédécoupée :

« C'est la pizza de la réconciliation. »

Il croque dedans.

« Elle a bon goût », marmonne-t-il la bouche pleine.

J'en prends aussi une et je la savoure.

« J'avais tellement faim ! s'agite-t-il en en prenant une deuxième.

— Raconte-moi ta journée, sinon. »

Et il se lance dans un monologue où il me parle de ses shootings, de ses cours. Je ne l'écoute pas vraiment tant je suis heureuse que les choses se soient arrangées et occupée à le contempler. Je suis surprise quand il me demande :

« Et toi ? »

Je me mets d'accord intérieurement pour ne pas lui parler de la discussion avec Evan et je lui parle plutôt de mes nouveaux amis, de la difficulté de faire comme si j'étais célibataire alors que Tristan et Olivia se lavent littéralement la bouche toute la journée. Je lui parle aussi de Laure et Eva. Il ne relève pas mais son regard me met encore en garde.

« Sinon, je vais à une soirée vendredi.

— Où ça ?

— Chez Younes. »

Il ouvre de grands yeux :

« Vraiment ?

— Oui, pourquoi ? » je demande, intriguée.

Il m'offre un sourire en coin :

« Je crois bien que je suis aussi invité. »

Je le considère la bouche ouverte :

« Comment ça se fait ? »

Il rigole :

« Je te rappelle que c'est mon pote, à la base. »

Ah oui, c'est vrai. Je hoche la tête avant de faire la moue :

« Mais je n'aurai pas le droit de t'approcher ? »

Il m'offre un sourire compatissant avant de secouer la tête.

« C'est pas juste ! je m'indigne. Je n'aime pas être ton ex. C'est trop dur. »

Je croise les bras sur ma poitrine et il rit de mon attitude. Il passe une main derrière ma nuque et m'attire à ses lèvres :

« Et pour moi ça va être dur de te regarder te trémousser sans pouvoir t'emmener dans une chambre. »

Il embrasse mes lèvres avant de descendre vers mon cou. Du grand Cameron, ça. Je pousse un « Oh » faussement indigné et je m'apprête à répliquer, mais sa main qui retire mon tee-shirt et ses lèvres sur les miennes me font vite taire.

Au diable la pizza !

Chapitre 20

Cette fois-ci Cameron n'est pas parti, il est toujours là à mon réveil, la tête posée sur ma poitrine, ses bras encerclant ma taille et me serrant dans son sommeil. Je n'ose pas bouger de peur de le réveiller, dans dix minutes mon réveil va sonner pour une nouvelle journée et d'ordinaire j'aurais profité d'être réveillée en avance pour prendre un bon petit déjeuner. Seulement, ce matin, je prends le temps d'admirer son corps sur le mien. Je l'entends respirer lentement. Cette vision balaye Evan de toute compétition. Cameron est vraiment le seul dans mon cœur et je veux passer plus de temps avec lui… Même si nous ne pouvons pas nous montrer.

Ma main se perd dans ses cheveux et je masse du bout des ongles son crâne, je sais qu'il adore ça. Je le sens soupirer et bouger légèrement. Alors que je pense qu'il s'est rendormi, sa voix grave du matin emplit ma chambre :

« Tu es déjà réveillée ? »

J'arrête mon mouvement et je l'embrasse sur le front comme pour le lui confirmer. Il colle son nez dans mon cou et murmure :

« Continue, s'il te plaît. »

Je ris légèrement et lui sourit dans mon cou tandis que je reprends mes gratouilles.

J'aimerais rester ainsi toute la journée aussi, quand mon réveil sonne, je l'éteins sans m'en soucier. Cameron semble s'être à nouveau assoupi et moi je contemple le jour qui se lève derrière mes volets clos.

Mais… C'était compter sans mon père, qui, tout sourire, entre dans ma chambre :

« Ma chérie, debout… »

Il s'arrête net tandis que Cameron se lève brusquement. J'avais oublié que mon père n'était pas au courant. Je remonte le drap sur moi et mon paternel nous regarde tour à tour avant de fixer un coin du sol :

« Cameron, tu veux bien remettre un caleçon, s'il te plaît ? »

Celui-ci jure dans sa barbe avant d'attraper le tissu par terre et de l'enfiler. Je me racle la gorge, relativement gênée. Mon père ne fait aucun commentaire et lâche simplement avant de partir :

« Le petit déjeuner est prêt. »

On reste là avec Cameron à fixer la porte. Je sais que mon père ne va pas apprécier le fait que je ne l'ai pas prévenu même s'il n'était pas là.

« La vache, souffle Cameron, je crois que la dernière fois qu'il a vu ma queue je venais de naître. »

Il se gratte la nuque, visiblement très mal à l'aise. Je me lève, puis j'enfile mon pyjama et passe une main dans mes cheveux.

« Il n'a pas dû être dépaysé, alors », je le nargue.

Il ouvre la bouche, vexé, avant de me jeter un coussin que j'esquive en me dirigeant vers la cuisine. Mon père a le nez plongé sur son ordinateur portable. Je m'assois à ses côtés et il ne cille pas. J'attrape une tartine qu'il a déjà beurrée et je mords dedans.

Je ne sais pas trop quoi dire. Cameron arrive à son tour, cette fois bien habillé, et s'assoit lui aussi là où mon père a ajouté une tasse en plus.

« Josh, je suis… » commence Cameron.

Mon père lève enfin les yeux et le coupe :

« Ça ne fait rien, vous êtes grands, mais la prochaine fois j'aimerais que tu préviennes quand tu passes. Ça évitera ce genre de situation. »

Il rit nerveusement pour détendre l'atmosphère. Mon papa est vraiment top. Il se tourne vers moi :

« Surtout, quand je ne suis pas là, je ne veux pas que tu fasses n'importe quoi. Compris ? »

Il nous dévisage, mon copain et moi, et nous opinons du chef :

« Bien. »

Après un déjeuner et un débat avec Cameron qui voulait à tout prix que je prenne une veste par peur que j'attrape froid, je me dirige vers l'école, toute joyeuse. Cameron aurait bien voulu m'y emmener mais nous ne pouvons pas.

Aussi je suis de bonne humeur et ce sentiment perdure lorsque ma matinée passe relativement vite. Nous avons conclu avec les filles de nous retrouver à 14 heures chez Rose afin de nous préparer pour la fête comme nous n'avons pas cours cet aprèm.

Je rentre manger chez moi et remarque que mon père bosse à la maison aujourd'hui. Je mets la table tandis qu'il fignole le repas.

« Papa, tu pourras me conduire chez une amie vers 14 heures ? On va se préparer, tu sais, pour la fête dont je t'ai parlé. »

Il nous sert avec un regard contrarié :

« Ça ne me plaît pas trop que tu ailles faire la fête chez des gens que tu connais à peine…

— Cameron sera là… » je tente de le rassurer.

Il rit avant de s'asseoir :

« Justement ! »

Je lui tire la langue et il réfléchit :

« D'accord, je t'y amènerai, mais pas de bêtises. Tu vas rentrer dormir ?

— Probablement pas, on va dormir chez Rose », je lui apprends, des spaghettis à la bouche.

Il fronce les sourcils :

« Qui ça "on" ? »

Je roule les yeux :

« Moi et tous les beaux garçons de la soirée. »

Il me fusille du regard, tout de même amusé, et j'explique :

« Olivia et moi. »

Il hoche la tête et nous finissons le repas.

J'ai vraiment hâte de faire la fête avec mes nouveaux amis. Je n'oublie pas pour autant Pauline, à qui je téléphone pour lui faire un rapide résumé de ces derniers jours une fois levée de table. Je lui demande aussi quelle robe je devrais mettre.

« T'as dit qu'il y aurait Cameron ? »

Je confirme et elle laisse un blanc dans la conversation :

« Vu ce qu'il t'a fait, tu devrais te venger gentiment. Il ne pourra pas te toucher ni t'approcher. Faut que tu sois méga-bonne ! »

Je ris, ce serait une façon de le punir légèrement.

« Tu as toujours la robe beige que je t'avais filée ? »

Je me rappelle la fête où Lucie m'a jetée dans la piscine et coince le téléphone entre ma joue et mon épaule. Je fouille dans mon armoire et la trouve sans difficulté. C'est vrai qu'elle me va plutôt bien. Je la fourre dans un sac avec d'autres affaires et raccroche. Très vite, il est l'heure d'y aller et mon père me conduit selon ses indications chez Rose.

Après de multiples recommandations, il me laisse enfin à mes deux amies et, tout excitées, nous gagnons la chambre de la brune. J'apprends qu'elle ne vit qu'avec sa mère et que celle-ci est encore au travail. Leur maison me fait vaguement penser à celle de Louis et Lucie. Je ne m'y attarde pas plus et me concentre plutôt sur la déco très girly de Rose. Si ses murs ne sont pas roses, la plupart des accessoires le sont. Elle a bien intégré son prénom, dis donc. Je pose mon sac dans un coin et j'imite Olivia, qui s'allonge sur le lit. On discute tandis que Rose nous montre des magazines de mode. On se chamaille sur les différents styles. Peut-être qu'un jour Cameron sera lui aussi sur un magazine. La conversation s'oriente rapidement sur la tristesse de Rose à cause de l'absence d'Evan à la soirée de Younes.

Tant mieux. Ça m'arrange bien.

Je change vite de sujet en leur demandant comment elles sont devenues amies, Olivia et elle.

« On s'est rencontrées en seconde, m'explique Rose en tapant dans ses mains. Au départ, on ne s'aimait pas trop. On était… rivales en quelque sorte. »

Elle lance un regard à Liv, qui détourne les yeux, ne souhaitant pas prendre la parole :

« On était amoureuses du même garçon et c'est cette nénette qui l'a eu ! Puis, quand ils se sont séparés, on s'est rapprochées. »

Elle hausse les épaules et je suis intriguée.

« Et c'était qui, ce garçon ? » je questionne avec un regard plein de sous-entendus.

Olivia coupe la parole à Rose :

« Ça n'a pas d'importance. »

Je reste bouche bée par son ton net et ne relève pas. Je crois que c'est préférable. Pourquoi réagit-elle comme ça ? Rose remarque le malaise et propose de regarder un film et de faire du popcorn. On accepte et elle descend. Olivia me donne un petit coup de coude pour attirer mon attention :

« Désolée d'avoir été… agressive. C'est juste… Ce gars est un vrai connard ! »

Je lui souris en murmurant un « T'inquiète ».

Puis Rose revient et nous regardons *LOL*.

Si bien que, lorsque le film finit, c'est déjà l'heure de se préparer. J'ai hâte d'enfiler ma robe, alors je n'attends pas, de toute façon les filles sont déjà en train de passer les leurs.

Comme cet été, elle me colle immédiatement à la peau, en moulant chaque parcelle. Elle m'arrive au-dessus des genoux.

« Ce décolleté ! s'exclame Olivia. J'en connais une qui veut en finir avec le célibat. »

Elle me fait un clin d'œil et je réajuste mes seins, comprimés. Mes amies sont superbes elles aussi. Olivia a assorti à ses cheveux violets une robe de la même couleur, bustier et évasée à la taille. Rose, elle, porte une robe moulante en velours bleu nuit qui contraste avec son piercing doré au nez. Elles sont magnifiques. Je les complimente aussi et nous nous bouclons les cheveux toutes les trois. Aucune de nous ne s'y connaît en maquillage, alors on se contente de mascara.

« On est trop belles ! » s'écrie Rose en nous voyant dans le miroir.

Et elle a bien raison.

« C'est ma mère qui nous dépose. Vous voulez une pochette ? J'en ai quelques-unes. »

On accepte volontiers et j'en choisis une petite noire toute simple où je glisse mon téléphone. Suite à cela, on descend et pour ma part je fais la connaissance de la maman de Rose, qui est extrêmement gentille. Elle s'appelle Béatrice. Elle nous prépare rapidement à manger et, un peu avant 21 heures, nous montons en voiture direction la fête !

Chapitre 21

La maison de Younes se situe à l'autre bout de la ville, si bien qu'il nous faut facilement quinze minutes pour y arriver. Sa demeure est relativement grande, ainsi que son jardin. Elle me fait penser à la maison de Cameron. Béatrice nous dépose en nous souhaitant une bonne soirée et on remarque à l'entrée deux garçons que nous connaissons bien. Olivia saute au cou de Tristan tandis que Florian nous salue. De la musique résonne depuis l'intérieur et pas mal d'invités sont dans le jardin même si l'air commence à se rafraîchir. Notre petit groupe se décide à entrer. Immédiatement, mes oreilles subissent le vacarme ambiant et mon pouls s'accélère au rythme de la musique. Il fait chaud, mais je me sens déjà bien.

Rose me prend la main et nous nous faufilons en commençant déjà à nous dandiner. Younes passe ses bras autour de nos épaules en criant :

« Youyou ! C'est cool que vous soyez venues, faites comme chez vous ! »

Il offre un clin d'œil à Rose, qui se penche à mon oreille.

« Je vais nous chercher à boire », crie-t-elle.

J'approuve et Younes prend un air désolé en s'approchant :

« Au fait, je suis désolé mais j'ai aussi invité Cameron. »

Mon cœur s'accélère tandis que je hausse les épaules en lui lançant un « Pas grave ».

Il ne le sait pas mais j'ai hâte de le voir. J'essaye même de deviner comment il est habillé. Il ne peut qu'être beau, de toute façon.

« Tu es vraiment très belle, en tout cas. »

Younes me complimente en bougeant son corps sur la musique. Je le remercie et il attend que Tristan, Olivia, Florian et Rose reviennent vers moi avec des bières pour disparaître.

Je bois une gorgée et j'apprécie le liquide qui coule dans ma gorge en pétillant. C'est rafraîchissant. J'ai vraiment envie de passer une bonne soirée et de tout oublier.

On se déplace vers le salon, où il y a un peu plus de monde. Comme d'ordinaire dans ces soirées, on dirait que toute la ville a été invitée. Je reconnais même quelques têtes du lycée.

Et puis soudain je le vois dans la foule. Il est appuyé contre un mur en face de moi et un garçon semble lui parler. Mon cœur loupe un battement et mon estomac se serre. La commissure de mes lèvres s'étire. Il est encore plus beau que ce que j'avais imaginé. Avec un look presque *all black,* il porte une chemise noire légèrement ouverte moulant son torse ainsi qu'un jean de la même couleur et une ceinture. Pour seule touche de couleur, il a un perfecto en daim marron.

Dieu, qu'il est à tomber. Je suis clouée sur place, la bouche presque ouverte. Et je me sens fondre lorsque son regard croise le mien et qu'il l'accroche. Je sens ses yeux me déshabiller et je meurs d'envie de courir dans ses bras. Je le vois m'adresser un clin d'œil discret avant de tremper ses lèvres dans son gobelet.

Je me mords l'intérieur de la joue avant de détourner le regard à contrecœur. Si je le regarde trop longtemps, ça pourrait paraître louche. Je reprends une gorgée de bière tandis qu'Olivia chante à tue-tête, au grand dam de ses amis. Elle s'en moque pas mal et prend ma main libre pour me forcer à danser. Je me laisse faire pour ne pas trop penser à Cameron. Rose me tape sur l'épaule et colle sa bouche à mon oreille :

« C'est pas ton ex, là-bas ? »

Je suis son regard. Cameron ne me regarde plus. Il est en grande discussion avec une blonde. Mes poils se hérissent. Que fait Lucie avec lui ? Je remarque que mon copain fronce les sourcils et a la mâchoire serrée. Qu'est-ce qu'il se passe ?

La blonde sourit et s'en va avec un petit signe de la main.

« On dirait que Lucie n'a pas lâché l'affaire », continue Rose.

Mon poing se serre, elle ne le sait peut-être pas mais je suis toujours en jeu, elle peut toujours courir, il est à moi. Nous avons passé l'été à nous confronter et, si cela doit continuer, soit.

Cameron a reporté son attention sur son ami, Younes les a rejoints. Il leur montre un endroit du doigt, mon copain hoche la tête et ils s'en vont.

Olivia fourre un verre dans ma main en me retirant ma bière vide. Je renifle le contenu, je reste prudente suite à l'incident avec Louis. Il ne me paraît pas suspect, alors je l'avale en grimaçant. C'est vraiment pas bon.

Je me vide la tête, rejette Lucie très loin dans mon esprit et m'amuse avec mes amis. C'est le but de cette soirée, après tout. On chante hyper-fort en dansant comme des fous, quand le maître des lieux revient vers nous. Il nous fait signe d'approcher et on tend l'oreille. Il crie pour se faire entendre :

« Bon, les Power Rangers, y a une soirée plus calme au sous-sol, ça vous dit ? »

Tristan approuve tout de suite et nous nous retrouvons embarqués dans un étroit escalier sous le regard des petits curieux encore sobres. À la fin des marches, sans une égratignure et toutes les vertèbres en place, on débouche sur un mini-salon garni de vieux canapés et d'un écran plat.

L'espace est déjà pas mal rempli, avec notamment Eva et Laure qui discutent avec leur groupe d'amis. Je ne remarque pas Lucie. La télé est allumée et des garçons disputent une partie de jeu vidéo. Cameron est là aussi. Toujours avec le garçon avec qui il discutait.

Je baisse les yeux et fais en sorte de paraître mal à l'aise. S'il vous plaît, je mérite un oscar. On s'étale sur un des canapés libres avec mon groupe, et deux garçons nous rejoignent les bras chargés de bouteilles. Younes ferme la porte derrière eux. La pièce est quelque peu insonorisée, ce qui nous permet de ne pas nous exploser les oreilles et de parler normalement.

Mon copain ne se préoccupe pas de moi et je fais de même en parlant avec mes amis.

Je sens le regard de quelques garçons se poser sur moi et je descends ma robe sur mes cuisses, gênée, tandis qu'Olivia récupère un joint qui tourne avant de me raconter une anecdote sur une soirée de l'année dernière, hilare. Je ris aussi, même si je ne comprends pas tout, et un grand gaillard aux cheveux extrêmement blonds m'aborde, une bouteille à la main :

« Hey, tu t'appelles comment ? »

Il tente un sourire charmeur mais c'est raté, je remarque que Cameron a les sourcils froncés.

« Jade. »

Le garçon porte une cigarette de sa main libre à ses lèvres et souffle :

« Michaël, enchanté. »

Je n'ai pas le temps de répondre qu'un brun bouclé lui tape sur l'épaule en ricanant :

« T'es culotté, mec. Tu sais que c'est l'ex de Cam ? »

Ledit Michaël me dévisage en riant. La pièce est petite, tout le monde a entendu. Si bien que Cameron renifle en portant un verre à sa bouche :

« Y a pas de mal. C'est mon ex, je m'en fous maintenant. »

Aïe.

Ses mots sont durs et froids. Ils résonnent en moi et me blessent involontairement. Je sais qu'il joue un rôle et pourtant je baisse les yeux. Et, comme si ce n'était pas suffisant, Michaël se tourne vers lui :

« T'es sûr, mec ? »

Et là c'est le coup de grâce. Mon brun roule les yeux et voile son regard d'un masque glacial :

« Je te l'ai dit : tu peux la baiser, je n'en ai rien à foutre. »

Un poignard s'enfonce dans mon cœur. Cameron me lance un regard en douce et j'y vois mille excuses.

C'est faux, Jade, c'est du cinéma. Il est amoureux de toi.

Je soupire et tente de refouler des larmes tandis que je serre les poings sur mes cuisses. Le grand blond insiste alors, plus serein :

« Du coup… ? »

Je suis à deux doigts de lui crier dessus, mais c'est la personne que j'attendais le moins qui me sauve. Eva, de ses petits bras, pousse mon prétendant :

« OK, OK. Ça suffit, maintenant, tu la laisses tranquille. »

Elle n'est pas très imposante et après une gorgée Michaël tente de répliquer, mais Eva, les mains sur les hanches, l'en dissuade.

Elle me tend une main :

« Viens, on va prendre l'air, beauté. »

Je regarde un instant sa main et je sens que les filles à côté désapprouvent. Pourtant je glisse mes doigts dans les siens si pâles et fins. Elle m'entraîne vers le rez-de-chaussée, où la musique forte me revient aux oreilles comme une vague violente. Je la suis jusqu'à l'extérieur, et l'air du soir me fouette le visage. Je serre les bras autour de mon corps. Eva grille une cigarette et tire dessus :

« Ça va ? »

Je hoche la tête, pourtant peu sûre de moi. Ça m'embête de toujours avoir besoin de quelqu'un pour me sortir des situations embarrassantes. Elle me dévisage avant de me proposer de quoi fumer. Je refuse. Je n'aime pas ça du tout, et cracher mes poumons est la dernière chose que je désire.

« Je ne sais pas ce qu'il se passe entre Cam et toi, mais c'est sûr qu'il y a un truc. »

Je l'interroge et elle souffle une bouffée de fumée :

« Il est resté je ne sais pas combien de temps avec Lucie et pourtant pas une seule fois il n'a autant assassiné du regard un gars qui parlait avec sa copine. »

Elle plonge ses yeux dans les miens en passant une main dans ses cheveux roux :

« Il t'aime encore, c'est sûr. »

Elle écrase sa cigarette à moitié finie et je panique. Si elle devine, tout est fichu pour Cameron.

« Ça m'étonnerait, je réponds en me forçant à rire, il m'a plaquée et il a été clair sur le sujet. J'étais une grosse erreur. »

Elle réfléchit un instant :

« J'ai toujours dit que ce type était un connard. »

Elle rit et je tente de l'imiter. Elle regarde le ciel et la lune déjà bien haute :

« C'est agréable, ce temps. »

Elle ferme les yeux et je ne sais pas quoi dire. Elle les ouvre brusquement et affiche un sourire :

« Dis-moi, ça te dirait de venir faire les boutiques avec Laure et moi demain ? »

Je reste sans voix. Deux filles populaires veulent m'embarquer. Qu'est-ce qu'il se passe ?

« Euh, je ne sais pas…, je bégaye.

— Ça va être super, et puis t'as l'air vraiment gentille, faut qu'on fasse plus connaissance. Dis oui. »

Elle joint les mains et me supplie comme une enfant. Je ris. Je lui dois bien ça. Elles ne sont peut-être finalement pas comme Lucie. Je ne peux pas juger sans m'être fait une opinion et pour cela il faut que je les fréquente, même si je sais que cela ne va pas plaire à beaucoup… Elle fait la moue et je cède :

« D'accord, d'accord. »

Elle tape dans ses mains et ses boucles rousses tressautent autour de son visage rond :

« Je te donne mon numéro. »

Je m'exécute et sors mon téléphone de ma pochette, que je n'ai par miracle pas perdue. Je crée un nouveau contact et j'entre le numéro qu'elle me dicte. J'enregistre et mon téléphone vibre. Je lis le message :

> De Cameron :

Rejoins-moi aux toilettes du premier discrètement, vite.

Je fixe un temps mon téléphone et bredouille :

« Tu m'excuses, faut que j'aille aux toilettes. »

Chapitre 22

Je me faufile à travers la foule, jouant des coudes et surtout veillant à ce que personne ne me renverse son verre dessus. Je cherche un temps les escaliers, cette maison est tellement grande ! J'évite un gars titubant qui m'offre un grand sourire et j'accélère le pas. Je les trouve enfin, un couple se bécote très sérieusement contre le mur. J'ai l'impression que ce couple existe à toutes les fêtes. Je le contourne et monte à toutes jambes.

À l'étage, plusieurs portes s'offrent à moi et je peste intérieurement. Je ne veux surtout pas prendre le risque d'ouvrir sur une chambre, alors j'envoie un message à Cameron en espérant qu'il me réponde vite. Et c'est le cas : je reçois l'indication de continuer tout droit jusqu'au fond puis de gagner la dernière porte à droite. Je range mon téléphone et j'avance, plus sûre de moi. Je frappe trois petits coups même si je suis sûre qu'avec la musique il ne les entendra pas. Je pousse la porte, qui ne résiste pas, et j'entre dans une salle de bains très spacieuse.

Aussitôt on me bouscule gentiment pour fermer la porte à clé. Je regarde Cameron le faire minutieusement avant de se jeter sur moi. Une de ses mains se glisse sur mes reins tandis que l'autre vient derrière ma nuque. Il me presse contre lui en dévorant mes lèvres. Je réponds volontiers à son baiser sauvage et il me plaque contre le mur. Il pousse un soupir de soulagement quand ma langue caresse la sienne et que mes mains se glissent dans ses cheveux. Je mets de côté tout ce que j'avais à lui dire et me concentre sur tout l'amour qu'il me transmet à cet instant et sur ce baiser fougueux. Le temps semble s'arrêter et une éternité passe avant que nous nous décollions. Nous sommes tous les deux essoufflés et il caresse ma joue de son pouce avant d'embrasser mon front :

« J'en ai eu envie toute la soirée. Tu es tellement belle. »

Il me détaille de la tête aux pieds avec un regard meurtri. Il replonge sur ma bouche et la malmène encore. Je ne suis pas contre, alors je réponds. Quelques instants plus tard, on se sépare de nouveau avec le sourire.

« Ça va ? »

Il n'a pas besoin de parler bien fort, la salle de bains, comme le sous-sol, est assez bien insonorisée.

Je lui souris :

« Assez bien, maintenant. »

Mon sourire est contagieux puisque ses lèvres s'étirent aussi :

« Qu'est-ce que tu faisais avec Eva dehors ? »

Je ne peux m'empêcher d'embrasser encore une fois ses lèvres avant de lui répondre :

« On va dire que j'avais besoin de calmer mes pulsions meurtrières. »

Il comprend le sous-entendu concernant Michaël et penche la tête sur le côté :

« Je m'en suis douté, même moi ça m'a fait bizarre de dire ça. »

Il grimace :

« Qu'il n'essaye même pas de te toucher, ce con. »

Je joue avec le col de sa chemise :

« Maintenant que tu lui as donné ton autorisation… »

Cameron me serre contre lui en enfouissant son nez dans mes cheveux :

« Tu es à moi. »

Mon cœur est touché en plein milieu et tout mon petit être devient flasque tant je suis comblée. Je caresse son dos et il rit :

« Comme tu l'as dit : c'est nul d'être ton ex. »

Je secoue la tête et m'exclame :

« Ce n'est pas moi qui nous ai embarqués là-dedans !

— Bébé ! » tente-t-il de se défendre dans mon cou.

Il se détache finalement en gardant ma main dans la sienne et va s'asseoir sur le rebord de la baignoire. Je reste debout en face de lui entre ses jambes. Ainsi je peux caresser ses cheveux.

Il fronce les sourcils :

« En parlant d'ex, Evan est là ? »

Je secoue la tête négativement :

« Rose m'a dit que non. »

Il renifle avant de prendre un air grave :

« J'ai parlé avec Lucie… »

Il ignore mon « Oui, j'ai vu » et continue :

« J'ai appris quelque chose de très intéressant. »

Son regard bleu semble perdu au loin alors qu'il se remémore la conversation.

Je lève un sourcil et l'encourage à parler. Il me fixe gravement, tellement que j'aimerais détourner les yeux :

« C'est Lucie qui a fait venir Evan. »

Je tombe sur les fesses et bredouille un « Quoi ? ». Comment aurait-elle pu ?

« Il faut croire que c'était ça, sa vengeance. »

Je cligne des yeux, essayant d'y voir plus clair, incapable de parler.

« Elle est venue me demander si j'appréciais le petit invité surprise dans ta vie. Je te jure, un jour je vais....

— Quelle garce ! » je le coupe en réalisant enfin.

Mille questions tournent dans ma tête. Elle savait que ça allait être le chaos avec lui en plus dans ma vie. Elle savait qu'il m'avait fait beaucoup de mal. Quelle garce ! C'est le seul mot qui me vienne à l'esprit. C'est du délire. C'est un gag ? Un film ? Un livre ? Réveillez-moi ! Je serre les poings.

« Elle va m'entendre. »

Il rit doucement :

« Il me semble qu'elle est déjà partie. »

Mon cerveau turbine vite et je plisse les yeux :

« Je te rappelle que je suis au lycée avec elle. »

Il me considère un instant et semble deviner les événements futurs. Il secoue la tête :

« Oh non ! Du calme, chérie, pas de confrontation, je vous connais toutes les deux, ça va mal finir !

— Il n'y a pas le choix, là ! je m'indigne.

— Elle va te pourrir ton année, tu ne l'as pas encore cernée ? Elle va tout faire pour se venger ! C'est déjà assez réussi pour l'instant. »

Je me masse les tempes, une discussion avec Evan s'impose ainsi qu'avec Lucie. Je sens que la semaine prochaine va être intense. Cameron se lève et me surplombe de toute sa hauteur.

La poignée de la porte remue rageusement et je crie :

« Occupé ! »

Ce n'est pas le moment de m'enquiquiner.

« Ne fais rien de stupide, s'il te plaît. »

Il me soulève le menton pour que je regarde ses yeux inquiets. Je finis par céder :

« Ne t'en fais pas. »

Même moi je ne suis pas sûre de moi… Il répond par une étreinte :

« Tu devrais y aller, vingt minutes aux toilettes, ça commence à devenir suspect.

— Avec un beau gosse comme toi. Ce n'est pas étonnant. »

Il m'offre un regard de tombeur et un sourire avec toutes ses dents blanches :

« Eh oui, le succès est difficile parfois. »

Je le frappe sur le torse et il rit face à ma force minime. Il m'attrape la main et la porte à ses lèvres.

Je comble l'espace entre nous et viens l'embrasser en agrippant sa nuque. Je caresse ses lèvres du bout des miennes ainsi que de ma langue, il soupire de plaisir et je souris. Sa bouche va si bien sur la mienne… C'est encore essoufflés et la bouche rouge de désir qu'on se sépare. Il fait un mouvement de tête vers la porte :

« File ! »

Je hoche la tête et me détourne, quand il me saisit la main :

« Te dandine pas trop. Ça m'emmerderait de devoir fracasser du monde ce soir. »

Je roule les yeux, faussement indignée, et lui murmure « Promis ».

Il caresse ma paume de son pouce.

« On va se revoir bientôt ? je le questionne tandis que mon cœur se froisse à l'idée de le laisser.

— Promis », répond-il en reprenant mes mots.

Je me décide finalement à partir, mais il ne lâche pas ma main :

« Je t'aime, Jade. »

Ma bouche s'entrouvre avant de sourire et je réponds, la plus heureuse du monde :

« Moi aussi je t'aime, Cameron. »

Il rit et baisse les yeux. Cameron Kent rougit ! Pincez-moi, s'il vous plaît. Il essaye de le camoufler en me demandant de déguerpir :

« Allez, oust ! »

Je glousse assez fort et quitte cette salle de bains les jambes toutes molles.

Le couple n'a pas bougé et moi j'ai un sourire jusqu'aux oreilles, ça ferait presque peur à voir.

Je traverse la foule et tombe sur mon groupe d'amis :

« T'étais passée où ? crie Rose. On t'a cherchée partout. »

Je me penche à son oreille :

« J'avais besoin d'aller aux toilettes. »

Elle hoche la tête et m'annonce :

« On va rentrer, Olivia n'est vraiment pas bien. »

Je hoche la tête en considérant mon amie aux cheveux violets hilare dans les bras de son copain. Il la soutient car elle ne semble plus capable de le faire. Je grimace. Les joies de l'alcool. On se dirige dehors.

« J'appelle ma mère », indique Rose.

Florian appelle son frère et moi j'envoie un message à Cameron pour lui dire que je rentre et qu'il ne doit pas faire de bêtises. Il me répond un « Bonne nuit » suivi d'un cœur, et je monte encore plus au ciel.

Non mais ça ne va vraiment pas, moi ! Je suis vraiment folle de ce garçon...

La maman de Rose arrive rapidement et Tristan nous aide à installer Olivia sur la banquette arrière. Je m'y glisse aussi et pose la tête d'Olivia sur mes genoux en espérant qu'elle ne vomisse pas. Celle-ci rit toute seule devant le regard amusé de Béatrice.

Le chemin jusqu'à leur maison me paraît bien long, d'autant plus que Liv s'égosille à raconter n'importe quoi, si bien que Rose monte le volume de la musique dans l'habitacle. Je suis finalement soulagée d'arriver sans encombre. On essaye de porter Olivia tant bien que mal et, une fois dans la chambre de Rose, on la borde dans le grand lit :

« Je vais lui chercher de l'eau. »

Je reste seule à dégager le front d'Olivia de ses mèches violettes qui collent avec la sueur. Rose revient avec une grosse bouteille et soulève le visage de notre amie :

« Bois. »

Celle-ci refuse de la tête en grimaçant. Mais Rose la force :

« Allez, Olivia ! Tu me remercieras demain. »

Elle obtempère et boit quasiment toute la bouteille. Une fois cela fini, elle s'endort. Rose soupire en lui retirant sa robe :

« Bon, à nous, je vais chercher un matelas à mettre par terre. »

Elle disparaît encore et je retire ma robe avant d'enfiler un short et un tee-shirt de Cameron que j'avais apportés comme rechange. Elle revient avec un gros matelas, je l'aide à l'installer avant de m'affaler dessus. Rose me balance une couette et je m'enroule dedans. Je ne l'entends même pas se changer tant je tombe rapidement dans les bras de Morphée, vers 3 heures du matin.

Chapitre 23

« Argh… La vache… Ma tête ! »

Cette exclamation proche du rugissement animal me tire de mon sommeil malgré moi et me fait grogner. J'enfonce ma tête dans l'oreiller et ça gigote à mes côtés :

« La ferme… », soupire Rose.

Le regard encore embrumé, je me redresse en replaçant une mèche de cheveux rebelle derrière mon oreille. J'admire Olivia, qui tente de s'extirper des couvertures dans lesquelles on l'a enroulée hier soir. Elle a rapidement un haut-le-cœur et plaque sa paume devant sa bouche :

« Je me sens vraiment pas bien. »

Elle s'affale à nouveau sur le lit et un coussin vole dans la chambre pour venir s'écraser sur elle.

L'auteur de ce geste peste :

« Il n'est même pas 10 heures, Liv, rendors-toi ! »

La brune appuie ses mots en se rallongeant tandis que l'autre se plaint :

« Facile à faire quand on a pas une armée d'éléphants enragés qui saute dans son crâne.

— Fallait pas boire. Tu ne tiens pas l'alcool ! »

Olivia lui tire la langue et prend sa tête entre ses mains.

Moi, bien réveillée, j'étire mes bras un à un avant de tâter les environs à la recherche de mon téléphone. Rose avait raison, il est à peine 10 h 15. J'ai deux messages.

Le premier, datant de 5 heures et quelques du matin, vient de Cameron, qui me dit qu'il est bien rentré chez lui, et le second vient d'un contact tout nouveau :

`> De : Eva`

`14 h on passe te prendre.`

Je jette un coup d'œil aux filles en me mordant la lèvre, je ne sais pas si je devrais leur dire…

Je tape un rapide « OK » en envoyant mon adresse et verrouille rapidement mon téléphone.

Je devrais rentrer me rafraîchir et me préparer, alors je me redresse lentement et rassemble mes affaires :

« Je dois partir, j'ai des trucs prévus cet aprèm… »

Je ne m'attarde pas trop tandis que Rose me lance ma robe roulée en boule à côté d'elle. Je la réceptionne.

« Déjà ? » geint Olivia.

Je bourre mon sac et j'enfile mes vêtements de l'avant fête avant de les prendre chacune dans mes bras en commençant par Olivia, à qui je conseille :

« Essaye de te reposer, ça ira vite mieux.

— Laissez-moi mourir ! » crie-t-elle.

On rit et je serre Rose.

« Tu veux que ma mère te dépose ? me demande-t-elle.

— T'inquiète, je vais appeler mon père. »

Elle hoche la tête et je rassemble mes affaires.

Je tente de ne pas me perdre dans sa maison et finalement j'atteins la cuisine. Béatrice prépare la table en la garnissant de tartines, bols et jus. Je suis touchée par sa gentillesse et me sens coupable de partir aussi vite. Je me tords les doigts en me raclant la gorge. Elle sursaute et me scrute un instant :

« Oh, tu t'en vas ? »

Je grimace, désolée.

« Prends un croissant, au moins. »

Je n'ai pas le temps de parler qu'elle m'en colle un dans les mains. Elle tâte ses poches et ajoute :

« Je vais te déposer, il faut juste que je cherche mes clés… »

Elle s'active mais je l'arrête :

« Oh non, ce n'est pas la peine, je vais appeler mon père. »

Elle lève les yeux au ciel :

« Ne l'embête pas, voyons, ce n'est pas un problème pour moi. »

Elle fait tinter ses clés qu'elle a retrouvées, tout sourire :

« En voiture. »

Béatrice est vraiment une femme charmante, j'apprends pendant le trajet qu'elle a divorcé de son mari il y a dix ans, que Rose l'a très mal vécu et qu'elle ne souhaite plus voir son père, qui lui… a pour habitude de tarder niveau pension.

Elle est tellement gentille que je me sens obligée de l'inviter à entrer pour boire un café. Je suis sûre que mon père ne sera pas contre et puis… Je me surprends à penser que mon père aurait besoin de rencontrer d'autres femmes. Je ne veux pas effacer maman de notre vie… Je ne souhaite juste pas que mon père s'arrête de vivre, je suis sûre que c'est ce qu'elle aurait voulu.

Béatrice accepte et effectivement mon père est surpris, mais il n'y voit pas d'inconvénient. Il m'embrasse et je lui annonce mes plans pour cet après-midi tandis que lui me murmure :

« Tu as un invité dans ta chambre. »

À mon tour d'être surprise. Je les laisse ainsi et presse le pas tandis que mon cœur bat fort.

« J'ai failli attendre, Astier ! »

La voix grave et faussement lassée de Cameron me fait sourire. Il prend tout l'espace de mon lit et je ne peux m'empêcher de lui sauter dessus.

Il geint de douleur et j'appuie de tout mon poids en riant :

« Qu'est-ce que tu fais là ? »

Je remonte sur son torse tandis qu'il prend mon visage en coupe dans ses mains :

« J'avais rien à faire, alors je suis venu voir si une nana voulait bien de moi.

— Et je suis le numéro combien sur la liste ? »

Il plisse les yeux avec un petit rictus et murmure, hésitant :

« La cinquième… »

Je m'indigne avant d'essayer de le frapper mais, bien plus fort que moi, il m'emprisonne dans ses bras pour m'immobiliser et il me mordille le cou tandis que des gloussements m'échappent.

« Non, en vrai je suis venu kidnapper ma nana pour le week-end. »

Il m'offre un sourire malicieux tandis que je penche la tête sur le côté.

« J'ai pas mal de trucs à me faire pardonner et surtout je veux arrêter de te négliger. Donc on se casse chez moi. »

Il joue avec mes mains tandis que je fais la moue. Il est craquant et je suis vraiment contente de son initiative, mais je ne peux pas annuler la sortie avec Laure et Eva :

« Oh, Cam, tu es adorable… Mais maintenant tout de suite, ça va être compliqué. Je dois passer l'aprèm avec Laure et Eva. »

Il secoue la tête, un peu vexé :

« Pourquoi tu t'obstines à fréquenter ces filles ? »

Je hausse les épaules :

« Pour l'instant, elles sont cools. Mais je me méfie toujours, ne t'en fais pas. »

Il n'est pas convaincu, alors, joueuse, j'embrasse le bout de son nez.

« C'est OK si après je te récupère et tu viens chez moi ? »

Ses yeux brillent et je balance mes bras autour de son cou :

« Bien sûr que oui. »

Il me serre plus fort encore. J'aime quand il est comme ça, d'autant plus lorsqu'il accepte de m'accompagner sous la douche.

Chapitre 24

Béatrice est partie un peu avant midi et Cameron est resté manger. Mon père a accepté que je passe la fin du week-end chez mon copain et on a mis au point une stratégie : il passera la journée au même endroit que nous et nous nous donnerons un point de rendez-vous pour rentrer ensemble quand j'aurai fini avec les filles, je leur dirai que j'attends quelqu'un. Mon père, sceptique, nous demande encore une fois de lui expliquer pourquoi nous devons nous cacher. Il trouve tout cela bien bête et je suis d'accord avec lui.

Mais je ne demanderai pas à Cameron de choisir entre moi et sa carrière, d'autant plus qu'il est réglo dans notre couple et que sa fac se passe bien. Je décide de lui faire pleinement confiance et je retrouve enfin le bonheur total qui m'échappait depuis peu.

À 14 heures pétantes, une voiture se gare devant mon allée, Cameron regarde discrètement par la fenêtre, le nez plissé. J'attrape mon sac et une veste avant d'embrasser mon père.

« Bien évidemment, c'est Damien qui vous emmène. Je hais ce mec. »

Mon brun serre les dents et j'embrasse ses lèvres :

« Tu n'aimes aucun garçon, de toute façon. »

Il fronce les sourcils avant de me prouver que j'ai tort en me citant une liste de noms masculins qu'il porte dans son cœur. Je roule les yeux avec le sourire et il me prend dans ses bras.

« À tout'. »

Il me répond contre mes lèvres avant de s'y attarder, je mets fin à notre baiser et me dépêche de rejoindre les autres.

Je découvre le fameux Damien, adossé à sa voiture. Il a les cheveux de la même couleur que ceux de Cameron mais ses yeux à lui sont verts, il ressemble drôlement à sa sœur, Laure, avec qui il discute. Eva, elle, pianote sur son téléphone :

« Hey ! »

On fait les présentations et je suis sûre que mon copain regarde toujours par la fenêtre.

Aussi, j'y jette un coup d'œil en m'installant dans la voiture et j'ai un sourire de triomphe quand je remarque que j'ai raison.

Comme prévu, Damien emprunte la route qui mène à la grande ville, celle qui abrite les meilleurs commerces, celle où j'ai shooté avec Cameron accompagnée de Pauline et Louis. Y être va me rappeler plein de souvenirs.

Pendant le trajet, je discute par SMS avec Rose, elle m'apprend qu'Olivia s'est finalement rendormie et qu'elle ronfle encore à cette heure-ci. Elle me dit aussi que sa mère trouve mon père charmant. On en vient à délirer sur une potentielle relation entre nos parents. Mais ne mettons pas la charrue avant les bœufs.

« Alors comme ça tu es nouvelle dans le lycée de ma sœur ? » me questionne Damien en me détaillant dans le rétroviseur.

J'approuve de la tête.

« Et ça va l'adaptation ?

— Oui, je me suis fait une bande d'amis déjà…

— Elle traîne avec Olivia », me coupe froidement Laure en informant son frère.

Je le vois froncer les sourcils :

« L'ex-copine de Cameron Kent, l'amie d'Olivia Paddel, dis donc, tu choisis mal tes fréquentations. »

Laure ricane tandis que, vexée, je me tourne vers Eva à côté de moi, qui me fait signe de laisser couler.

Apparemment, l'hostilité entre Cameron et Damien est partagée et je suppose que c'est pour une ancienne querelle de lycée. Par contre, je ne comprends pas pourquoi Olivia, elle, n'est pas appréciée et je me sens obligée de la défendre :

« Olivia est adorable. »

Les yeux verts me dévisagent toujours et je me sens mal à l'aise, alors je détourne le regard et parle par SMS avec Cameron le reste du trajet. J'espère ne pas regretter cet après-midi et je commence à avoir une boule au ventre. Damien va-t-il rester avec nous ?

J'ai ma réponse lorsque nous nous séparons une fois arrivés. Apparemment, il doit voir des potes. Je me laisse guider par les filles, Laure semble s'être radoucie et je suis facilement intégrée à leur conversation. Et je trouve même agréable de faire les boutiques avec elles.

Elles fouillent les portants avec une excitation digne de Pauline :

« Regardez ce haut. Canon !

— J'adore ! »

Et ça continue jusqu'aux cabines. J'ai pour ma part un peu de mal à être si détendue, ces filles respirent la confiance en elles, ce qui n'est pas mon cas. Aussi, contrairement à elles, je sors timidement de ma cabine et n'en fais pas des tonnes devant les grands miroirs. Pourtant, elles me complimentent. Elles doivent sentir que je suis un peu gênée et elles se lancent une mini-compétition pour savoir qui réussira à me trouver la meilleure tenue. Elles filent donc et Eva revient en premier avec une jupe en daim cannelle et une blouse noire aux manches évasées et au joli décolleté.

Elle me la tend et j'en profite pour me faufiler l'enfiler avant de réapparaître tout sourire. Eva tape des mains :

« Je vais gagner, c'est sûr ! »

Elle prend ma main et me fait tourner :

« Waouh ! »

Je dois dire qu'elle me plaît bien aussi. La jupe allonge mes jambes et élance ma silhouette et la blouse tombe parfaitement bien. Laure n'est toujours pas revenue, alors j'en profite pour demander à Eva, qui a toujours les yeux brillants :

« Pourquoi Damien n'aime pas Olivia ? »

Son regard change et elle grimace :

« C'est une longue histoire… Ils sont sortis ensemble quand on était en seconde et elle lui a brisé le cœur. »

Ma bouche forme un O. Qui l'eût cru. Olivia et Damien ? C'est lui le garçon qui a créé la rencontre de Rose et Olivia ? J'ai du mal à croire qu'une fille comme elle puisse sortir avec un gars comme lui. Il est… si différent de Tristan.

Laure arrive et je n'ai pas le temps de questionner plus Eva :

« J'ai trouvé. »

Elle me remplit les bras d'habits et me pousse les essayer.

Perplexe, je tire le rideau et j'examine les étoffes. Elles ne sont pas amies pour rien. En effet, j'ai dans une main une jupe mais cette fois en cuir avec un grand zip sur le devant et le haut est une espèce de cache-cœur en soie blanche qui se noue devant.

Je l'essaye, elle me va vraiment bien aussi. Je décide de ne pas sortir et de faire mon choix dans la cabine, j'ai ma petite idée. Je replace les pièces sur les cintres et sors à mon tour tout sourire.

« Alors ? » s'exclament-elles en chœur.

Je place les articles que je ne veux pas sur un portant et leur annonce :

« Vous avez gagné toutes les deux. Je prends la jupe en daim et le cache-cœur. »

Laure roule les yeux :

« J'ai gagné, y a pas photo, elle veut juste pas te le dire, Eva.

— Rêve, cocotte ! »

Elles se chamaillent en riant et on va toutes les trois à la caisse pour payer nos articles. La vendeuse nous tend nos sacs et Laure souffle :

« Mon frère est chez son pote, il veut qu'on passe, ça vous dit ?

— Ça dépend quel pote, parce que si c'est Rém…

— Tu ne connais pas, coupe Laure, il s'appelle Alex et il n'habite pas loin. »

Eva hoche la tête :

« Ça te dérange, Jade ? »

Je n'y vois pas d'inconvénient, alors j'accepte et on suit Laure dans les rues. Elle semble bien les connaître et pour cause, j'apprends qu'elle habitait ici avant.

Elle s'arrête devant un petit immeuble et on doit monter deux étages pour arriver chez cet Alex. La porte ne couvre pas bien la musique et, quand Laure entre sans frapper, la musique électro qui s'échappe résonne dans le couloir, accompagnée d'un petit bourdonnement que je ne reconnais pas. On débouche sur la minuscule cuisine, où il y a cinq garçons, mais je ne vois pas Damien. Laure tape des bises et nous l'imitons. Je me demande qui est Alex.

« Tiens, t'as grandi, toi, dis donc ! »

Un petit brun attrape Laure par la taille, mais elle le repousse immédiatement :

« Lâche moi, Fred, où est Dam ? »

On lui désigne du menton une autre pièce et elle nous fait signe de la suivre. On passe devant la bande, qui nous dévisage comme de la viande en tirant sur des cigarettes.

On tombe sur un salon tout aussi petit où le bourdonnement s'accentue, et je comprends tout de suite son origine quand je vois Damien le dos tourné face à un garçon en train de lui dessiner dessus avec une machine à tatouer.

Laure croise les bras sur sa poitrine et son frère lève la tête pile au moment où le bruit s'arrête et où le tatoueur, visiblement jeune, s'exclame :

« C'est fini. »

L'aîné de mon amie a un grand sourire et nous montre son dos :

« Joli, non ? »

Sur sa peau à vif, rouge, se dévoile la marque qu'il portera à tout jamais, deux serpents entortillés entre eux sur ses épaules. Les traits sont plutôt fins et je dois avouer que c'est pas mal.

« Sympa », lance sa sœur.

Elle va embrasser le tatoueur, qui la prend dans ses bras. Damien repasse son tee-shirt et sa sœur complote avec le tatoueur, qui je crois est le fameux Alex.

Je le vois secouer la tête négativement et Laure semble le supplier. J'entends seulement :

« Demande à ton frère. »

Elle affiche un grand sourire et s'installe sur le canapé à la place de son aîné :

« Mon Damien chéri, tu ne vois pas d'opposition à ce que moi aussi je me fasse tatouer ? »

Il lève les yeux au ciel :

« Je ne suis pas ton père, tu fais ce que tu veux mais t'assumes. »

Elle remonte son tee-shirt, libérant la peau blanche de son bras. C'est du délire, elle ne va pas le faire.

« Laure, tu fais quoi, là ? » s'inquiète aussi Eva.

Son amie lui lance un clin d'œil et je la vois s'étrangler :

« Tes parents vont te tuer !

— Un peu plus, un peu moins. »

Elle balaye l'air de sa main tandis qu'Alex, ayant prévu tout le matériel, imprime déjà le modèle. Elle semble déterminée.

« Elle est folle », s'étrangle Eva.

Laure n'en démord pas et c'est sous nos regards qu'elle se fait tatouer une jolie rose sur l'avant-bras. Elle paraît fière à la fin tandis qu'on lui enroule le bras de cellophane.

Elle embrasse le tatoueur sur la joue et vient nous rejoindre, heureuse.

« À qui le tour ? » demande Alex.

Laure prend le bras d'Eva :

« À elle ! »

Celle-ci ouvre de grands yeux :

« Ça va pas, la tête ! »

Laure la supplie mais Eva campe sur ses positions. J'observe quant à moi toujours la rose sur son avant-bras et j'ai une pensée pour Cameron.

« Bon, toi alors, Jade ? Dis oui. »

Moi ? Oh que non ! C'est hors de question.

« Elle ne le fera pas non plus », nargue Damien derrière nous.

Bien sûr que non, je ne vais pas le faire, mon père me tuerait, je n'ai pas le cran de Laure et puis je ne suis pas sûre que l'hygiène soit aux normes et qu'est-ce qui prouve qu'il a son diplôme ? Je suis mineure aussi et…

« OK », je m'entends dire.

Tout le monde me regarde et Laure me questionne :

« T'as dit quoi ? »

Je tremble de tous mes membres, pourtant je redis :

« C'est d'accord. »

Eva est bouche bée. Ce n'est peut-être pas sérieux, mais ma mère m'a toujours dit de profiter du moment présent… Bon, pas sûr qu'elle parlait de ce genre de situation, mais moi aussi j'ai envie d'être une fille avec du cran. Je me suis trop laissé marcher sur les pieds.

C'est ainsi que je me retrouve sur le canapé à me tordre les doigts, mon Dieu mais qu'est-ce que je fais là ? Et qu'est-ce que va dire Cameron ?

« Tu veux faire quoi ? Et où ? »

Très bonne question. Très bonne idée, Jade, vraiment. Je me gifle intérieurement tandis que mon cerveau turbine.

« Allez, arrête tes conneries, souffle Damien, tu ne veux pas vraiment le faire. »

Je le fusille du regard et donne mes directives :

« Un croissant de lune dans la nuque. »

Alex hoche la tête et prépare un modèle, il m'en propose un relativement petit. C'est parfait, de plus son emplacement sera caché par mes cheveux. Je donne mon feu vert et penche la tête pour dégager ma nuque. Je tremble et je me crie de partir en courant parce que finalement je n'ai peut-être pas assez de cran. La machine se met en route avec un bourdonnement et je retiens mon souffle. Ce n'est pas si grave, après tout. Personne ne le verra.

Je serre les dents et sens l'aiguille gratter ma peau. Ça ne fait pas mal, cela ressemble juste à de grosses griffures. Ce n'est pas vraiment long puisque mon dessin est petit et je m'autorise à respirer une fois que la machine s'éteint. Les filles me regardent et j'ai un sourire crispé. Me voilà tatouée… et mon père va me tuer.

Chapitre 25

Je réarrange mes cheveux pour couvrir ma nuque et, bizarrement, je ne regrette pas mon geste. Certes mon cœur bat à mille à l'heure et mon cerveau ignore les recommandations d'Alex concernant les soins du tatouage dans les jours à venir. Mais je suis finalement heureuse de l'avoir sur moi.

Laure me prend le bras, visiblement fière :

« Lucie avait tort ! T'es pas une mauviette ! »

Je lui souris faiblement, pourtant je ne ressens aucune fierté.

Eva, elle, grimace et souffle :

« Tu es sûre de ne pas le regretter ? »

Que je le regrette ou pas, maintenant c'est trop tard. Je dois avouer que ce tatouage était un de mes projets, mais si vite…

Je hausse les épaules :

« On ne vit qu'une fois. »

Damien hoche la tête :

« Et puis en salon tu l'aurais payé, ici c'est gratuit ! »

Il donne une tape sur l'épaule de son ami Alex, qui range son matériel, visiblement à court de clients :

« Encore merci, mec. On se casse, nous, à plus. »

Damien récupère une bière sur la table basse, penche la tête en arrière et la finit avant de frapper dans ses mains :

« On y va, mesdemoiselles. »

Il bouscule gentiment sa sœur et nous sortons derrière lui. Dehors, je prends une grande goulée d'air et décide de ne pas trop penser à ce que je viens de faire.

Je pense plutôt à Cameron, qui doit me retrouver ici. Je jette un coup d'œil à mon téléphone. Il m'attend sur le parking où Damien s'est garé, dans sa voiture. Une fois arrivée, je leur annonce que je ne rentre pas avec eux.

« Et tu vas faire quoi ici ? Toute seule ? » s'inquiète Eva.

Je secoue la tête :

« J'attends quelqu'un. T'en fais pas. »

Laure souffle un « Comme tu veux » et, après m'avoir saluée, les filles s'installent en voiture.

Damien, lui, traîne un peu :

« Au plaisir de t'avoir rencontrée. »

Il me fait la bise et s'attarde près de mon oreille :

« Chouette tatouage, au fait. »

Il affiche un rictus avant de s'éloigner. La portière ouverte, prêt à s'installer, il me lance :

« Au fait, tu diras à Olivia que je l'emmerde profondément. »

Très classe.

Je ne relève pas et glisse ça dans un coin de ma tête avec le tatouage. Je regarde la voiture manœuvrer et sortir du parking, j'attends qu'elle soit au loin pour examiner toutes les voitures. Je trouve rapidement le petit bijou noir de Cameron. Il claque la portière :

« Dès demain j'annoncerai à Corentin que je ne veux plus me cacher. Ça m'évitera de voir des connards te tourner autour comme ça. »

Cameron aux poings serrés. Définitivement, il n'aime pas Damien. Il a la mâchoire crispée et ses yeux lancent des éclairs. Je ne réagis pas tout de suite à ce qu'il vient de dire. Il faut le temps que l'information soit traduite et qu'elle ait fait le tour de tous mes neurones.

J'ouvre de grands yeux et mon corps lui saute dessus !

« Pour de vrai ? Tu es sérieux ? »

Il réajuste mes jambes autour de sa taille et plisse les yeux :

« Oui, je tiens à reprendre ma place. »

Je le serre contre moi à presque l'étouffer et il grogne faussement puisque ma force est loin de le blesser :

« On va pouvoir être nous à nouveau ? »

Je n'y crois toujours pas et il hoche la tête :

« Je ne te promets rien, mais je vais le lui demander. Moi aussi j'en ai marre. »

Il m'offre un franc sourire, le plus beau de la journée et de loin !

Je pose mes petites mains sur ses joues et l'embrasse franchement. Il se dégage rapidement et murmure :

« En attendant, c'est pas encore accepté, alors on est censés ne pas être ensemble. »

J'affiche une mine déçue, mais me ravise vite puisque je vais passer le reste du week-end avec lui et bientôt bien plus de moments !

« Si mademoiselle veut bien se donner la peine de monter en voiture. »

Il prend tout de même le temps d'ouvrir ma portière tel un gentleman avant de passer derrière le volant :

« Alors, cet après-midi ? Je vois que tu as quelques sacs. »

Je replace derrière mon oreille une mèche de cheveux que le vent qui s'engouffre par la vitre ne cesse de balayer.

« Super, je réponds. Eva est adorable ! Laure, elle est un peu plus… sauvage, mais très gentille aussi. »

Il me lance un regard en biais, une main sur le volant et une autre sur ma cuisse.

« Je pense que tu peux avouer avoir eu tort sur leur compte », je le nargue.

Il plisse les yeux :

« J'ai toujours raison. Peut-être qu'elles ont changé… Je l'espère en tout cas, parce que sinon leur gentillesse cache juste un sale coup à venir. »

Je roule les yeux :

« Arrête d'être aussi dramatique, tout le monde ne me veut pas du mal. »

Il ne dit rien et se contente de pincer les lèvres en fixant la route.

Je remonte un peu la vitre quand nous empruntons la quatre voies :

« Damien, lui par contre, restera toujours un con fini. »

Je lève un sourcil et pars à la pêche aux informations :

« Tu savais qu'il était sorti avec Olivia, une de mes amies ? »

Il me considère, blasé :

« Oui mais je ne savais pas en revanche que c'était la même Olivia. C'est à leur rupture qu'il est devenu con. On était potes avant. »

Je hoche la tête et ne pose pas plus de questions. Nous dépassons le panneau de notre ville et je lance, enchantée :

« Enfin bref, au lieu de s'occuper du couple des autres, occupons-nous du nôtre ! »

Mes lèvres se relèvent en un grand sourire qui s'étire encore plus lorsque Cameron ajoute :

« Et je te promets une soirée de rêve. »

Il me fait un clin d'œil qui remplit mes yeux d'étoiles.

Chapitre 26

« J'ai essayé de ranger en vitesse ce matin mais… Fais pas gaffe au bordel. »

Cameron ouvre la porte de son appartement et s'y faufile avant moi. Il en profite pour rassembler le tas de feuilles et stylos sur la table basse et nettoyer une tasse de café qui traînait par là tandis que je dépose mes paquets dans un coin.

Il s'active à ranger la vaisselle qui reste dans l'évier et ça me fait bien rire. C'est vrai que cela fait un moment que je ne suis pas venue ici. J'encercle sa taille de mes petits bras, derrière lui :

« Calme-toi, Cendrillon. Ce n'est pas bien grave. »

Il me fait face, le regard soudain très doux :

« Je veux juste que tout soit parfait pour toi. »

J'en ai le souffle coupé, et le rouge me monte aux joues. Je bredouille maladroitement :

« Qu'est-ce que tu as fait du Cameron que j'ai rencontré ? »

Il ricane avant d'abandonner son torchon :

« Il est tombé amoureux, malheureusement. »

Il hausse les épaules et je le fusille du regard en le suivant jusqu'au salon. Je n'hésite pas à lui sauter sur le dos. Il paraît surpris mais maintient mes jambes en place.

« Je vais te rendre encore plus amoureux, tu vas voir ! »

Il tente de se secouer dans tous les sens pour me décrocher, mais je tiens bon.

« Pitié, après je ressemble à une grosse guimauve mielleuse avec toi, et je hais la guimauve ! »

J'en tombe de son dos et pousse un hurlement, outrée :

« Pardon ? Tu n'es pas humain ! »

Je martèle son torse de mon index et il lâche, penaud :

« Démasqué. »

Il saisit mon poignet de sorte à ce que je tombe avec lui sur le canapé. Il s'y affale avec peu de classe et je m'installe tout près de lui, la tête presque dans son cou :

« Dis-moi d'autres trucs que je ne sais pas sur toi. »

Il rit :

« Pourquoi ça ? »

J'embrasse le haut de son cou :

« Parce que je ne te connais pas assez bien. »

Je le vois lever les yeux au ciel :

« La dernière fois qu'on a fait une soirée confession, tu m'as parlé d'Evan et moi je suis parti en furie parce que tu avais parlé de ma mère. »

Je grimace à ce souvenir. Cependant, il n'est pas entièrement mauvais puisque ce jour-là Cameron m'a vraiment aidée à tirer un trait sur Evan. Qui aurait cru que quelque temps plus tard je le retrouverais dans mon lycée et dans la classe de spé SVT ?

« Je sais jouer du piano », lâche Cameron.

Je fronce les sourcils avant de réaliser qu'il accepte de parler de lui. Je suis très étonnée, connaissant sa patience, je l'imagine mal enchaîner les touches blanches et noires.

« Je ne t'ai jamais vu en faire, je réponds, surprise.

— Je n'en ai jamais eu l'occasion. »

Je le scrute, un petit sourire aux lèvres :

« Vous marquez des points, monsieur Kent. »

Il hausse plusieurs fois les sourcils :

« C'est justement pour draguer de la minette comme toi que je me suis mis à en faire. »

Je fais mine de l'étrangler et il pousse de faux gargouillis de gorge. On rigole un bon coup et il finit par caresser la paume de ma main, puis il me demande :

« À toi. »

Je fouille ma mémoire au plus profond de mon passé. Et un souvenir plutôt récent me revient immédiatement. Ça devrait le surprendre aussi :

« Je suis ceinture noire de judo. »

Il ne réagit pas comme je l'attendais, il me regarde, perplexe, avant de pouffer de rire :

« On a dit des vrais trucs, Jade. T'es une crevette !

— T'es un connard, Cam ! »

Il se calme enfin :

« Je ne te crois pas.

— Tu demanderas à mon père. »

Il joue avec mes doigts en réfléchissant :

« Donc, si je t'attaque, tu saurais te défendre ? »

Un drôle de lueur brille dans ses yeux et je mets un temps de trop à la déchiffrer. Ce qui me porte préjudice, puisqu'il me saute dessus, et je me retrouve plaquée en moins de deux sur le canapé. Il pèse de tout son poids, si bien que je suffoque. Finalement, il redresse la tête au-dessus de moi et déclare, tout fier :

« T'es une menteuse. »

Geste qui à son tour le trahit puisque j'en profite pour croiser mes mains, glisser mes pouces dans son col et presser ses carotides de sorte à l'étrangler. Je ne serre pas vraiment fort, juste le nécessaire pour lui faire comprendre que je maîtrise le *nami-juji-jime* et bien d'autres techniques. Il devient rouge, plus surpris que meurtri, je relâche la pression et le libère. Il masse son cou et rigole :

« La vache ! »

Je remonte vers lui et embrasse ses lèvres, fière de lui avoir coupé le sifflet. Et si lui ne parle plus, trop occupé à m'embrasser, son téléphone sonne rageusement dans la poche arrière de son jean. Il grogne et l'attrape avant de contempler un moment l'écran. J'y jette un œil aussi. C'est le contact nommé *Boulot* qui nous dérange et je sais qu'il va répondre. Je détourne le regard mais il ne fait rien : au contraire, il désactive le son de son mobile avant de le déposer sur la table basse. De son index sous mon menton, il tourne mon visage vers lui, puis il plonge ses yeux couleur océan dans les miens. Et, comme touchée par l'ivresse de la mer, je me laisse transporter par sa voix :

« Ce soir, c'est seulement toi et moi. Personne d'autre. »

Chapitre 27

« Je meurs d'envie d'un bon bain chaud. »

Cameron souffle cela en déposant tout le long de ma colonne vertébrale des baisers sur ma peau nue.

Je redresse la tête de l'oreiller :

« Avec plein de mousse ?

— Tellement que tu ressembleras à un bonhomme de mousse. »

Il dépose un baiser sonore sur ma joue avant de déguerpir rapidement.

« Je vais préparer ça ! Commande à manger pour 20 heures pendant ce temps. T'as des numéros sur le comptoir. »

Je me prélasse un temps dans le lit en écoutant le robinet de la baignoire laisser échapper son eau. J'aimerais arrêter le temps, Cameron est tellement mignon que c'en est inquiétant. Je me demande s'il est malade. Malade d'amour, peut-être ? Peut-être que j'ai finalement réellement réussi à briser sa carapace. Lucie ne sait vraiment pas ce qu'elle a perdu, en tout cas ! À moins qu'il ne soit comme ça qu'avec moi.

J'enfile le tee-shirt de Cameron qui traîne par terre et je récupère mon téléphone dans mon sac. J'hésite entre différents types de plats et opte finalement pour des nouilles chinoises. Cameron en raffole. J'attrape aussi le téléphone de Cameron, qui ne nous a pas suivis dans nos ébats, et y jette un coup d'œil. Je n'ai pas l'intention de fouiller, je ne veux pas être ce genre de petite amie. Il doit me faire confiance, alors moi aussi. Je regarde juste si son appel lui a laissé un message car je ne veux pas qu'il soit pénalisé à cause de moi. Mon instinct avait raison, il a bien un message qui dit :

`> Demain 14 h, shooting.`

Je vais le lui amener dans la salle de bains, un peu déçue de partager mon week-end avec son travail :

« Tu as un shooting prévu pour demain. »

Je lui montre l'écran et il me réprimande :

« On avait dit pas de téléphone. »

Il me le prend gentiment des mains et le pose sur le rebord du lavabo.

Le bain est prêt, la mousse déborde presque, si bien que Cameron récupère sur son index de la mousse qu'il pose négligemment sur le bout de mon nez. Je glousse. Il trempe ensuite un orteil pour vérifier la température et y glisse son corps en entier. Je relève mes cheveux en chignon et ôte le tee-shirt. Je sens son regard posé sur moi et mes joues prennent une teinte rosée. Je me laisse aller à mon tour dans l'eau en poussant un soupir de plaisir quand elle entoure complètement ma peau. Je m'appuie sur le torse de Cameron et promène mes doigts dans la mousse, jouant avec. Il ne m'a pas vendu une arnaque, ce bain est parfait. Je sens la bouche de mon copain embrasser mon épaule alors que je contemple la vapeur que crée l'eau chaude. Il me serre contre lui et je me surprends à penser que, si je devais mourir à cet instant, je serais en paix. Et, pour ne pas me déplaire, ses pouces viennent rouler délicatement sur mes omoplates. Je ferme les yeux, transportée de plaisir. Mais j'atterris bien vite dans la réalité quand il questionne durement :

« C'est quoi, ça ? »

Je fronce les sourcils et me retourne un peu vers lui. De quoi il parle ? Il m'éclaire assez durement :

« Tu t'es fait tatouer ? Ta peau est encore rouge. T'as fait ça cet aprèm ? »

Il m'assaille de questions et je soupire en migrant de l'autre côté de la baignoire :

« Ne gâche pas tout, s'il te plaît. »

Il ne me lâche pas des yeux et attend des explications.

« Oui, je l'ai fait cet après-midi…

— Pourquoi tu ne m'en as pas parlé ? Et sans l'autorisation de ton père ? Qu'est-ce qu'il t'a pris ! »

Je me pince l'arête du nez :

« Arrête de crier, tu n'es pas mon père.

— Heureusement, sinon je t'aurais botté le cul. »

Je roule les yeux :

« Il n'en saura rien, il ne se voit pratiquement pas…

— Ce n'est pas le problème, comment tu l'as fait faire ? Pourquoi tu ne m'en as pas parlé ? »

Je le fusille du regard :

« Coupe-moi encore la parole et je ne t'explique rien. »

Il se redresse, les bras de part et d'autre de la baignoire. Son regard est impatient et… Dieu qu'il est sexy. Ses cheveux humides sont ramenés en arrière, ses joues sont rougies par l'eau chaude et ses pectoraux parsemés de petites gouttes sont saillants.

Je meurs d'envie de l'embrasser mais, au lieu de ça, je lâche :

« Je l'ai fait chez un pote de Damien. Il tatouait chez lui, gratuitement. Au début, je ne voulais pas le faire, mais… Tout le monde pensait que j'allais me défiler, et puis j'en avais envie… »

Cette fois, la colère danse dans ses prunelles et je suis sûre qu'il me trouve irresponsable.

« Toi aussi, tu es tatoué ! Ce n'est pas un drame ! »

Un ricanement sort de sa gorge.

« Je ne suis pas un exemple, dit-il en baissant d'un ton alors qu'il paraît déçu cette fois. Alors tu t'es fait faire ce truc comme ça. Par un gars qui aurait très bien pu ne pas être tatoueur. Sans signification, juste pour la provocation. »

Je redresse vivement la tête. Il ne peut pas dire ça.

« Bien sûr que si, il en a une ! »

Il secoue la tête, lentement. Il ne me croit pas. Je cherche mes mots tandis que mes yeux me piquent. Ce tatouage n'est pas anodin et je sens que je vais avoir beaucoup de mal à m'expliquer.

Je déglutis :

« Traite-moi de copieuse si tu veux mais il est en rapport avec ma mère. »

Je le vois jeter un œil au petit triangle et au mot latin qui ornent son poignet. Il ne dit pourtant rien et attend.

Pour ma part, je me contrôle pour ne pas pleurer. C'est bête, mais je n'ai définitivement pas fait mon deuil.

« Ma mère adorait l'astrologie, je bégaye. Elle était fascinée par la lune, elle pouvait passer des heures à la regarder. D'ailleurs elle m'a toujours raconté que mon père et elle s'étaient rencontrés un beau soir de croissant de lune. »

Cette fois-ci, Cameron a la bouche légèrement entrouverte et il est redevenu un fleuve tranquille. Il m'invite en silence à continuer.

« Elle portait le même sur la cheville. »

Je baisse les yeux, je suis fière de moi, je n'ai pas pleuré, cependant, ma vue est quand même brouillée de larmes, à tel point que je ne distingue plus mon copain en face de moi. J'entends juste l'eau remuer autour de moi et je sens une paume se poser juste au-dessus de mon tatouage et exercer une pression suivie d'un :

« Viens là. »

Je plonge dans deux gros bras qui m'entourent et me serrent fort. Je m'autorise à libérer quelques larmes silencieuses. Elles vont rejoindre l'eau savonneuse tandis que Cameron caresse mon dos en embrassant le sommet de mon crâne :

« Je n'aurais pas dû gueuler comme ça. Excuse-moi. »

Je ne réponds pas et le serre juste autant que je peux contre moi. Il me berce un instant avant de me repousser délicatement. Son pouce vient essuyer les vestiges de mes larmes et sa bouche vient délicatement caresser la mienne tandis qu'il trace des cercles sur mes joues. Je lui transmets toute ma peine dans ce baiser et lui tout son amour. Le mélange me fait frissonner et agite mille papillons en moi. On en perd presque haleine et quand on se sépare je n'ose pas le regarder :

« J'ai plombé l'ambiance, pas vrai ? »

Son rire mélodieux chatouille mes oreilles :

« J'y suis aussi pour beaucoup. »

Il attrape mes mains et les embrasse :

« Allez viens, ma petite bad girl, tu es toute fripée. »

Il embrasse un de mes doigts et sort de l'eau sans se soucier d'en mettre partout. Il attrape une petite serviette qu'il entoure autour de sa taille, il en attrape une autre et la déplie :

« Viens vite. »

Je ne me fais pas prier et passe une jambe après l'autre par-dessus la baignoire en faisant attention de ne pas tomber.

Cameron m'enroule dans le drap blanc tout doux et me frictionne délicatement les bras. Je vois bien qu'au fond de lui il se sent coupable. Je le ressens à sa façon de fuir mon regard et de chercher quoi dire. Je ne lui en veux pas, il a toujours été maladroit et on ne le changera jamais.

« Je commence à avoir faim, j'espère que le livreur ne va pas tarder », je tente pour détendre l'atmosphère.

Un sourire illumine finalement son visage :

« Moi aussi et s'il ne vient pas rapidement c'est moi qui vais te manger ! »

Comme pour le défier, la sonnette de sa porte d'entrée sonne enfin.

Il plisse les yeux et me lance en riant :

« Tu as de la chance. »

Il enfile rapidement un boxer avant de partir à grands pas récupérer nos nouilles.

Je passe moi aussi un de ses tee-shirts et me cale dans sa chambre pour l'attendre. Je remarque un changement, une télé est désormais fixée au mur en face du lit, un bel écran plat. Dis donc, ça paye bien, mannequin…

Je ne me gêne pas pour m'en servir et, après m'être battue un temps avec la télécommande, je fais défiler les chaînes. Il n'y a vraiment pas grand-chose d'intéressant. Mon sauveur arrive rapidement, suivi d'une bonne odeur de nourriture, et je suis sûre que mes yeux brillent. Il me tend une box.

« Baguettes ou fourchette ? »

Je considère un temps les deux bouts de bois qu'il me tend. Je ne pense pas que ce soit une bonne idée. Je m'empare alors du bout de métal. Cameron se glisse sous la couette et pointe une baguette vers l'écran allumé :

« Pas mal, hein ? »

Je hausse les épaules et plaisante :

« Tu aurais pu économiser pour me faire un cadeau… Comme pour mon anniversaire. »

Il me jette un coup d'œil espiègle :

« Je n'ai pas oublié, ne t'en fais pas. »

Je suis sûre qu'il a oublié et qu'il va s'empresser par la suite de regarder la date sur Facebook. Mais je lui laisse le bénéfice du doute et lui offre un tendre sourire.

« Tu auras une journée de reine. »

J'ai droit à un clin d'œil et j'ouvre de grands yeux. Il mâchouille ses pâtes en déchiffrant mon regard.

« Oh non ! finit-il par dire, je ne te dirai rien !

— S'il te plaît ! »

Je ne veux pas vraiment savoir pour ne pas tout gâcher, mais je suis au moins à l'affût d'un petit indice. Il secoue la tête :

« N'insiste pas, ma belle. »

Il me fait les gros yeux, et son air supérieur pour me réprimander me fait éclater de rire.

« Mon amour que j'aime, dis-moi… »

Je joins mes mains et il dépose sa box, dont il a déjà entièrement avalé le contenu. Il embrasse mon front et rit aussi :

« S'il faut te faire mijoter pour entendre des mots doux… Ça me va ! »

Je repense instantanément à la règle numéro 1 qu'il avait tenté d'instaurer lorsque notre couple n'était qu'à ses débuts :

« Oh, mon doudou, je ne savais pas que tu aimais ces petits surnoms, mon choupinou. Il fallait me le dire, mon chéri. »

Il grimace en remontant la couverture sur son torse :

« Pitié. »

J'abandonne mon repas et je m'appuie sur son torse pour lui faire face :

« Je vais t'appeler mon doudou.

— C'est hors de question ! » grogne-t-il.

Je fais mine de réfléchir et propose :

« Ou mon sucre d'orge. »

Il s'empare de mon poignet et me serre fort contre son torse, de mon nez je peux chatouiller son cou :

« Tais-toi, Jade. Tu es un monstre. »

Je me dégage :

« Eh bien alors, mon petit… »

Sa main vient se plaquer sur mes lèvres et il me menace :

« Il fait frais dehors et ce n'est pas très sûr, tu sais. Continue et tu finis dehors.

— Tu n'oserais pas ! »

Il me scrute en passant une main dans ses cheveux. Il ne dit rien et se contente de me regarder dans les yeux avec un petit sourire. Il désigne finalement la télé, qui marche toujours :

« Choisis un film avant que je ne change d'avis ! »

Je me mords l'intérieur de la joue en me retenant de le narguer tandis qu'il me met la télécommande dans les mains. Je reproduis le même mouvement que plus tôt et passe les chaînes en revue. Cette fois, un film retient mon attention. J'observe un beau jeune homme habillé simplement dans le style du début du xxe siècle. Il joue aux cartes avec une bande d'amis à lui et semble avoir gagné deux places pour un voyage à bord d'un paquebot. Le *Titanic* ! Je tape dans mes mains et Cameron râle :

« Non, on ne regardera pas *Titanic*, Jade ! »

J'affiche une moue boudeuse :

« Mais si.

— Non, je suis sûr que tu l'as vu au moins vingt fois. »

Certes, mais je ne me lasserai jamais du jeu ni de la belle personne de Leonardo Di Caprio.

« Tu m'as dit de choisir un film, j'ai choisi !

— Je ne suis pas d'accord…

— Considère que c'est pour te faire pardonner de t'être emporté pour mon tatouage. »

Il croise les bras sur sa poitrine en soufflant comme un enfant. Il capitule tout en grognant et on éteint les lumières. Il vient tout de même se blottir dans mes bras, même si je rêve de l'étrangler pour ses critiques agaçantes du film.

« De toute façon, Rose finit avec Jack et lui… Il va mourir. Comme la plupart des gens. »

Je lui donne une tape sur le bras et il se tait un instant… avant de reprendre quelques minutes plus tard :

« Je suis sûre que tu regardes rien que pour mater. »

Je l'ignore et me concentre sur la tentative de suicide de Rose. Jack ne la retient que par une main et je me surprends à penser qu'il suffirait d'une crampe pour qu'il perde son amour à tout jamais. Je frissonne : finalement, c'est un peu ça, être en couple avec Cameron, tout ne tient qu'à un fil…

Je remarque que celui-ci ne fait plus de remarques et pour cause, je sens que ses bras serrent moins fort ma taille et que sa respiration s'est ralentie. Il s'est endormi. Je passe une main délicate sur sa joue avant de caresser son dos. Nous avons, il semblerait, trouvé un équilibre et comme Jack je ferai tout pour préserver Cameron, quitte à perdre la vie dans les eaux glacées du chagrin.

Chapitre 28

« Jade… »

Inconsciemment, je me tourne en emportant dans mon sommeil ce qui semble être la couette. Je m'enroule avec des mouvements lents à l'intérieur. Ma tête retrouve une place confortable dans l'oreiller et très vite je replonge dans mes rêves.

Mais… C'était compter sans la voix qui reprend :

« Ma petite sauvage… Debout. »

Je ne discerne pas tellement les mots et mes yeux refusent de s'ouvrir. Je veux dormir plus. Je sens alors des lèvres parsemer ma joue de baisers avec de gros bruits. Je grogne et, pour me protéger, je rabats la couette sur mon visage. Pitié…

Celle-ci finit très vite par être tirée par le fauteur de troubles. Mon visage se retrouve rapidement sans édredon et je me frotte les yeux. Je finis par distinguer une masse au-dessus de moi. Cameron est tout sourire, tandis que mes paupières papillotent. Il est penché au-dessus de moi, alors j'en profite pour m'accrocher à lui et l'étendre sur le lit avec moi :

« On est dimanche, laisse-moi dormir. »

Je grimpe tant bien que mal sur lui et il me caresse les cheveux tandis que je me cache dans son cou.

« Je t'ai fait des gaufres. »

J'ouvre un œil et je réfléchis un temps :

« Est-ce que tu me trompes, Cameron Kent ? »

Je l'entends s'exclamer et il me repousse à bout de bras :

« Mais ça va pas ! »

Je m'assois sur son ventre et bâille avant de pointer un doigt accusateur vers lui :

« Tu es trop mignon… C'est suspect… »

Je plisse les yeux et lui roule les siens avant de me repousser sur le côté sans ménagement. Je retombe mollement sur le matelas et m'indigne :

« Aïe ! »

Pour seule réponse, il s'en va et hurle de la cuisine :

« Si t'es pas là dans cinq minutes, il n'y aura plus rien ! »

Mes yeux s'ouvrent en grand en même temps que mon ventre se manifeste. Ni une ni deux, je trottine vers une bonne odeur matinale. Là-bas, une vision tout à fait divine s'offre à moi. Cameron, debout, toujours en caleçon, déguste une gaufre recouverte de Nutella. Il mange tranquillement et je me hisse sur un tabouret du plan de travail. Je remarque qu'il a au coin des lèvres un peu de pâte à tartiner, alors je me penche par-dessus le bar et lèche le chocolat :

« Tu es adorable. »

Il me répond en m'embrassant. En mâchouillant une gaufre, je me surprends à me demander comment il en est arrivé là. Lui le gros dur à la copine blonde aussi superficielle que lui et maintenant un jeune homme tout à fait charmant avec moi. Alors qu'il y a de cela quelques mois on se criait dessus.

« À quoi tu penses ? »

Je déglutis :

« À pourquoi tu m'as levée si tôt ? Il est à peine 9 heures. »

Je lui mens en gardant mes réflexions pour moi, c'est sûr qu'il va trouver ça niais, lui.

Il se frotte les mains :

« J'ai un shooting cet aprèm, tu te rappelles ? Je vais faire un peu de sport et me préparer pour être là-bas en avance. »

Je finis ma gaufre avant de poser la question qui me brûle les lèvres et que lui, j'en suis sûre, redoute :

« Et tu vas me laisser seule ici ? »

Gagné… Il affiche une moue désolée.

« Tu pourrais m'emmener ? »

Il soupire :

« Bébé…

— Je ne vois pas en quoi ça pose un problème. T'avais dit qu'on passait le week-end ensemble. »

Je descends de mon perchoir et vais entourer sa taille de mes bras en faisant ma mine la plus attendrissante.

« Tu as bien passé le samedi aprèm avec tes potes. »

Il mime des guillemets avec ses doigts sur le mot « potes ». Je fronce les sourcils :

« Ça ne compte pas, c'était déjà prévu. »

Il joue avec une mèche de mes cheveux, signe qu'il est mal à l'aise.

« S'il te plaît… » j'insiste.

Il se masse la nuque :

« Je ne peux pas, Jade, tu vas être une source de distraction et il faut que je me concentre et…

— Moi ? Mais je ne fais pas de bruit. Je suis aussi petite qu'une souris. »

Je lui décroche un sourire, il baisse les yeux vers moi et j'en profite pour lui faire ma plus belle mine en le suppliant. Il secoue la tête, résigné :

« OK, OK, mais je ne te garantis pas que Corentin soit content. »

Je tape dans mes mains comme une enfant avant de me hisser sur la pointe des pieds et de l'embrasser. Lui a l'air assez inquiet, mais il ne sait pas que jamais je ne me permettrais de jouer en sa défaveur. Il n'a rien à craindre :

« Fini les gaufres, je vais aller courir un peu. »

Il en prend une pour moi avant de me la faire croquer. Il rit à cause du Nutella qui orne mon nez et je lui tire la langue. Il disparaît rapidement en tenue de sport et moi je finis mon déjeuner par une bonne tasse de café. Cette petite virée tombe à pic, je vais pouvoir porter mes nouvelles fringues. Je suis surexcitée. Cela fait tellement longtemps que je n'ai pas vu Cameron shooter. Et puis je suis fière car je vais en profiter pour rappeler aux autres filles de l'équipe que je suis toujours sa petite amie.

Je file sous la douche et la règle à la température la plus chaude que mon corps puisse supporter. Je lave aussi mes cheveux, qui commencent à être relativement longs. Je mets un certain temps à les sécher en pestant. Il faut vraiment que je les coupe. J'enfile mon nouvel ensemble à 10 h 15. J'ose même me pavaner devant le miroir en dansant un peu. Décidément, Cameron me fait beaucoup de bien.

Je profite qu'il ne soit toujours pas revenu pour répondre aux messages de Rose et Olivia et je fais un message groupé prévenant les deux filles plus Pauline que samedi j'ai fait une petite bêtise. Histoire d'introduire mon tatouage.

La porte d'entrée s'ouvre vers 10 h 30 et un Cameron ruisselant de sueur fait son entrée dans la chambre alors que je regarde des dessins animés. Il retire ses écouteurs et abandonne son téléphone :

« Je suis claqué. »

Il passe une main dans ses cheveux trempés et on pourrait croire qu'il a fait une virée sous la pluie.

Il me détaille un instant :

« Waouh. Tu es très… jolie. »

Cameron a encore du mal avec les compliments.

Il attrape ma main et tente de me tirer à lui, mais je résiste :

« Hors de question, à la douche d'abord ! »

Il râle en me dévisageant encore un instant. Il s'attarde sur mes jambes et son regard remonte petit à petit :

« Oust ! » je m'exclame.

Il sursaute avant de me fusiller gentiment du regard et de se résigner à passer sous l'eau.

Chapitre 29

« Mange au moins un bout, s'il te plaît. »

Je tends ma fourchette en face de moi vers mon copain, qui secoue la tête. Aussi têtu qu'une mule. Comme la dernière fois, il refuse de manger avant son shooting et je persiste à croire que ce n'est vraiment pas bon, alors j'essaye au moins de lui faire manger les haricots verts que j'ai préparés :

« Cameron ! »

Rien à faire, et en plus cette fois il se détourne pour faire la vaisselle. De plus, comme Cameron ne serait pas Cameron sans ses éternelles piques, il lance :

« En plus c'est toi qui les a préparés, je suis sûr que c'est atroce. »

Il tire la grimace et je m'indigne :

« Eh bien merci ! »

J'en prends une grande bouchée :

« Hum, c'est délicieux ! »

Il m'ignore et je mastique en silence. Pour une fois que je réussis un plat, il a tort.

« On ne va pas tarder par contre », dit-il en débarrassant promptement mon assiette.

Je plisse les yeux et j'examine ses gestes rapides :

« Tu as l'air stressé, Cam. »

Il hausse les épaules, nonchalant, et répond le plus simplement du monde :

« Non. »

À travers le comptoir, j'attrape sa main et je le force à me regarder. Je le sonde tandis que lui me défie du regard.

« Je te connais par cœur. »

Il se dégage et hausse vivement les sourcils cette fois.

« C'est juste que ça va me faire bizarre de poser à nouveau devant toi, c'est tout », confesse-t-il.

Et, puisqu'il s'échappe immédiatement en filant vers la chambre, je sais qu'il ment. Il attrape ses chaussures au pied du lit et les enfile en se concentrant un peu trop dessus.

« Et la vérité, c'est quoi ? »

Ses yeux bleus me transpercent et je sens qu'il est agacé :

« Quoi ? »

Je soupire. C'est fatigant de devoir constamment se battre pour savoir ce qu'il ressent.

Je passe une main dans ses cheveux, debout devant lui, et il semble s'adoucir.

« Parle-moi », je murmure.

Il attrape ma main et embrasse la paume avant d'enfin s'expliquer :

« J'ai peur de la réaction des filles. »

Je fronce les sourcils et ma main retombe le long de mon corps.

« Elles ne sont pas franchement gentilles et j'ai peur qu'elles ne le soient pas avec toi, c'est tout. »

Mon cerveau me renvoie l'image parfaite de Liza et Johanna mais aussi la scène où la métisse était très proche de mon copain.

Je hausse les épaules. Je n'aurai qu'à faire abstraction d'elles.

« Derrière l'appareil je ne pourrai rien faire. Je ne pourrai pas te protéger. »

Je souris malgré moi :

« Arrête de croire que je suis toujours en danger. Tout ira bien. »

Ses yeux se voilent :

« Tu as beaucoup trop confiance en l'homme, Jade. »

Je roule les yeux et tourne les talons.

« Et tant mieux ! On n'avance pas en étant pessimiste. »

Je l'entends soupirer derrière moi, mais je l'ignore. Aussi, je récupère mon sac et je sors, suivie de près par mon copain. Sans un mot, on se glisse dans sa voiture et nous voilà partis.

Le trajet n'est pas très long, il a rendez-vous dans une petite ville dans les environs de la nôtre. Rapidement, il s'engouffre dans un parking souterrain au pied d'un immeuble. Il enclenche le frein à main et m'incite à sortir. Ce n'est pas très bien éclairé et une forte odeur d'essence envahit l'air. Je me demande bien où nous sommes tombés, Cameron semble, lui, savoir quoi faire, alors je le suis en glissant ma main dans la sienne timidement. Nous empruntons un petit escalier et, en poussant une porte, nous arrivons dans le hall de l'immeuble.

« C'est au troisième étage. »

Je hoche la tête et il me tire pour grimper rapidement les marches. Sans manquer de me briser le cou, nous arrivons devant une grande porte blanche.

Cameron frappe mais n'attend pas la réponse pour entrer. L'intérieur est immense ! On se croirait presque dans le sac de Mary Poppins tant c'est miraculeux que tout un studio soit recréé dans une pièce qui de l'extérieur paraît minuscule.

Ça grouille de personnes et Cameron lâche ma main. Sur le sofa, je remarque rapidement une grande brune aux yeux extrêmement clairs. Elle est perdue sur son téléphone tandis qu'une femme plus petite lui parle. Elle lève finalement la tête et affiche un petit sourire quand elle remarque Cameron. Elle se redresse sur ses longues jambes et vient le serrer contre elle :

« Tu es presque en retard. »

Elle se recule et fronce son petit nez quand elle me voit à ses côtés :

« Oh, Jade, salut. »

Je lui adresse un petit signe de tête.

« Je pensais que tu l'avais plaquée pour de vrai », lance-t-elle en se détournant.

Je fronce les sourcils en jetant un coup d'œil à Cameron qui, lui, roule les yeux. Je n'ai pas le temps de faire des commentaires puisqu'il se dirige vers une partie reculée de l'appartement qui n'est autre qu'une grande pièce dans un style très baroque. Une grande toile gris clair prend une place importante dans la pièce. Johanna se détache de ce fond. Plus belle que jamais, son corps minutieusement recouvert d'une robe en cuir courte très sophistiquée, elle affiche un air séducteur et à la fois inaccessible. Ses cheveux bouclés d'ordinaire ont été lissés. Son grand œil vert transperce l'objectif qui la prend en photo sous tous les angles.

Le photographe ne cesse de faire des clichés tandis qu'elle change professionnellement de profil et de position. Un jeune homme se tient à côté du photographe. Il est petit et frêle, il porte une simple chemise et affiche un air soucieux en se tenant le menton. Je suis sûre qu'il est à peine plus âgé que Cameron. Celui-ci, justement, s'approche de l'homme en question et échange une poignée de main avec lui.

« Te voilà. Katia t'a préparé toutes les affaires, tu passeras après Jo. »

Mon copain hoche la tête et on me remarque :

« Jade, je suppose. »

Je m'avance et lui tends la main en acquiesçant.

« La fameuse… Je suis Corentin De Auguste. Enchanté. »

Le fameux. Je murmure un « De même » et il retourne vite à sa supervision de shooting.

Cameron me prend par la taille et me chuchote à l'oreille :

« Je vais aller me changer, tu peux t'asseoir là, dit-il en désignant un petit fauteuil dans un coin. Et tu n'auras qu'à admirer la beauté que je suis. »

Il me fait un clin d'œil et je lui donne une tape sur l'épaule face à son manque de modestie.

Il se penche et effleure rapidement mes lèvres avant de tourner les talons vers son travail.

Chapitre 30

En moins de temps qu'il n'en faut pour le dire, je me retrouve plongée quelques petits mois en arrière. Lors du premier shooting auquel j'ai assisté. Aujourd'hui, Cameron est encore plus beau, il paraît plus sûr de lui, plus confiant. Il a beaucoup évolué dans ce domaine et ça se ressent.

Il capte toujours aussi bien la lumière, il est époustouflant. Il pose dans une espèce de costume trois pièces noir qui lui va à merveille.

Je ne peux empêcher ma bouche de s'entrouvrir et mon cœur de se gonfler de fierté. Il est parfait. Même Corentin semble ravi. Mon copain prend la pose encore quelque temps avec des jeux de lumières différents avant que le créateur jusqu'ici silencieux ne crie :

« Johanna, c'est à toi ! »

Celle-ci ne se fait pas prier, elle débarque et sa vue me coupe le souffle. Elle a changé de tenue, elle porte une robe sirène d'un rouge éclatant. Ses cheveux lissés sont ramenés en un chignon sophistiqué dégageant son beau visage. Même si je ressens une pointe de jalousie envers elle, j'ai hâte de la voir poser. Elle est fascinante…

Elle s'arrête à la hauteur de Corentin et du photographe, qui montre les clichés qu'il a pris à mon copain. Le créateur leur adresse un mot à tous les deux et mon sourire disparaît lorsque Cameron me coule un regard presque navré et que, au lieu de me rejoindre, il repart sous le feu des projecteurs en compagnie de Johanna.

J'ai une irrésistible envie de disparaître sous terre tant la jalousie me ronge. Ils sont si beaux ensemble, je crois que c'est le pire.

« Ils sont magnifiques, n'est-ce pas ? »

Je me retourne et considère la jeune femme qui vient de me parler. Liza semble satisfaite puisqu'elle affiche un grand sourire. Je préfère l'ignorer, Cameron m'a bien mise en garde.

Je dirige à contrecœur mon regard vers le couple qui crève l'objectif. Je nous revois quelques mois plus tôt, lui et moi, sous la lumière.

« Ils ont un gros potentiel à deux, tu ne trouves pas ? »

Je fronce les sourcils, elle ne va donc pas lâcher l'affaire ?

« Je suis sûre qu'ils vont accomplir de grandes choses… »

Elle me glisse un regard en biais avec un sourire narquois. Je ne savais pas que tant de méchanceté humaine pouvait exister.

« Pourquoi tu n'irais pas discuter avec quelqu'un d'autre ? » je la questionne.

Elle hausse les épaules :

« Parce que je m'ennuie et que ta jalousie est tellement palpable que c'est drôle.

— Je ne suis pas jalouse, c'est son métier… »

Elle se met à rire :

« À d'autres ! Sache que les mannequins sont rarement fidèles. C'est déjà un miracle qu'il perde son temps avec toi. »

Je pince les lèvres, cette fille est vraiment méchante. Je fais en sorte que cela ne m'atteigne pas, elle ignore tout de nous et je ne me laisserai pas influencer.

Je ne réagis pas et l'ignore délibérément.

Cependant, le spectacle des deux beautés devant moi m'est insoutenable, alors je me lève et change de pièce. J'atterris dans la pièce principale, où a lieu le maquillage. Je me fais une petite place sur une banquette et j'attends sagement, munie de mon téléphone, que mon copain ait fini de se pavaner avec la déesse des îles.

Cela ne tarde pas, rapidement une main se pose sur mon épaule :

« Eh, Jade, je… »

Il s'interrompt et s'assoit à côté de moi. Il n'est pas changé et je le trouve encore plus beau de près. Une de ses petites mèches rebelles lui tombe sur le front. Je passe une main dans ses cheveux pour essayer de la dresser mais rien y fait. Il se laisse faire, les lèvres entrouvertes. Je le prends finalement dans mes bras :

« Tu as été super ! »

Il me repousse à bout de bras et m'observe bizarrement :

« Quoi ? »

Il me sonde :

« Tu ne m'en veux pas ? »

Je penche la tête sur le côté en voyant où il veut en venir :

« Non, c'est ton boulot. Je suis fatiguée de me disputer avec toi et puis, tu te rappelles, on s'est dit qu'on se faisait confiance. »

Il hoche la tête avant d'embrasser mon front :

« Merci. »

Je souffle un « Pas de quoi » et on parle rapidement de son shooting en omettant le passage avec Johanna. Il ne faut pas pousser, quand même. Finalement, il m'annonce :

« Je vais t'appeler un taxi, Corentin veut faire un débriefing, ça risque de durer un moment. »

Je fais la moue, mais il me devance :

« Je sais, je sais. Ce week-end a un peu été foiré. Je vais me rattraper, t'en fais pas.

— Et je sais comment. »

Ses yeux bleus m'interrogent.

« Demande à Corentin pour nous deux. »

Il sourit immédiatement :

« C'est comme si c'était fait. »

Je me glisse dans ses bras, bientôt je vais pouvoir avoir un petit ami normal.

« Au fait, je t'ai vue parler avec Liza, qu'est-ce que vous vous êtes dit ? »

Il paraît inquiet, apparemment il connaît le potentiel malfaisant de celle-ci.

« Pas grand-chose d'intéressant, il faut dire que ce n'est pas une personne intéressante.

— Cette fille est une peste », crache-t-il en jouant avec mes cheveux.

Je peux sentir son regard par-dessus mon épaule vers un point en arrière.

« À croire que le monde est peuplé de Lucie, je ricane.

— Et que je les attire. »

Je soupire un « Pitié » et on se marre tous les deux sous les regards intrigués des maquilleuses.

Une voix s'élève au loin :

« Cameron, tu peux venir, s'il te plaît ? »

Celui-ci se redresse instantanément et crie :

« J'arrive. »

Il prend ma main et me relève :

« Rentre chez ton père, je t'appelle ce soir, d'accord ? »

Je secoue la tête et il s'empare de son téléphone avant de composer le numéro d'un taxi et de lui donner l'adresse :

« Je vais te donner de la monnaie pour…

— C'est bon, Cam, je le coupe, je peux me débrouiller. Vas-y. »

Il ne paraît pas convaincu et il hésite un temps. Finalement, il se penche en avant et embrasse mes lèvres à plusieurs reprises :

« À plus tard. »

Je le regarde se détourner et fixe son dos jusqu'à ce qu'il change de pièce.

Il est temps pour moi d'y aller, je n'en ai pas très envie car cela signifie que c'est la fin de notre petit week-end et que demain une conversation avec Lucie s'impose. J'en suis lessivée d'avance.

Je récupère le peu d'affaires que j'ai, les autres sont toujours chez Cameron, tant pis. J'envoie un texto à mon père pour lui dire que je rentre et je dévale les trois étages pour retrouver l'air frais. Le taxi arrive dix minutes plus tard, alors que j'essaye d'imaginer ce que Corentin peut bien dire à son équipe.

Je donne l'adresse de chez moi et malgré la circulation nous y sommes relativement vite, le chauffeur me déleste d'une quinzaine d'euros.

La voiture de mon père est garée dans la cour. Cependant, il n'a pas répondu à mon message, ce que je trouve bizarre. Je rentre avec précaution et, contrairement à ce que je pouvais penser, il est devant la télé, en train de dormir. Tout s'explique. Je le secoue brièvement :

« Papa ? »

Il sursaute en clignant des paupières, puis revient à lui en se massant la nuque :

« T'es déjà là ? Je ne t'attendais pas pour dîner. »

Je hausse les épaules en retirant mes chaussures :

« Y a eu un changement de programme. »

Il murmure un « Ah ». Je le sens un peu mal à l'aise, avec ses mains dans les poches. Il n'arrête pas de me fixer.

« Qu'est-ce qu'il y a ? »

Il réfléchit un instant :

« J'ai eu des nouvelles de ta grand-mère. »

Mon père ayant perdu ses parents très tôt, je comprends qu'il parle de ma grand-mère maternelle de Paris.

« Et ? Ça va ? »

Il hausse les épaules. Mon père s'entend relativement bien avec elle. Il y a trois ans, à la mort de mon grand-père, elle est venue vivre à la maison quelque temps, mais depuis la mort de maman les nouvelles se sont espacées.

« Pas très bien, elle a fait un infarctus. »

Mes yeux s'arrondissent et ma bouche s'ouvre :

« Quoi ? »

Mon père doit voir ma détresse et s'empresse d'ajouter :

« Mais tout va bien. Son auxiliaire de vie a fait tout ce qu'il fallait. Elle est en réadaptation cardio-vasculaire. Elle se remet doucement. »

Le soulagement s'empare de ma personne et j'ai un pincement au cœur. Je ne l'ai pas vue depuis un bout de temps et je crois que cette nouvelle me fait l'effet d'un électrochoc.

« J'aimerais aller la voir à la Toussaint. »

Mon père hoche plusieurs fois la tête :

« Oui, pas de souci, ça peut se faire. »

Il me prend dans ses bras.

« Tu crois que je peux lui téléphoner ?

— Ça lui ferait plaisir. »

Je souris instantanément et me détourne, mon téléphone en main :

« Ah, et demain soir on dîne chez Pierrick, essaye de t'avancer dans tes devoirs. »

Je lui fais un signe de la tête et disparais vite.

Je compose le numéro de ma grand-mère et, quand sa voix de vieille femme s'élève, j'en ai presque mal au cœur tant je suis soulagée.

Nous parlons des heures. Je lui raconte toute ma vie, le déménagement, Cameron, Louis, Lucie. Tout. Je lui demande aussi si elle aimerait que je vienne pendant les vacances et nous convenons d'une date. Elle aimerait beaucoup que je vienne avec Cameron pour le rencontrer, alors je me promets d'en parler à celui-ci dès demain. Je raccroche, le cœur plus léger et heureuse de pouvoir aller conquérir la capitale, où je ne suis jamais allée.

Ma soirée s'est égayée un peu plus et j'en oublie presque la journée que je dois affronter demain. Je ne suis même pas triste lorsque Cameron me dit qu'il est crevé et qu'il va se coucher illico. Je laisse couler et nous passons la soirée entre père et fille comme nous ne l'avions pas fait depuis longtemps.

Chapitre 31

« Tu t'es fait faire un tatouage ? » s'étouffe Florian.

Je n'ai pas eu l'occasion de tous les voir ce lundi matin, je profite donc de ce qu'on est unis ce midi pour leur présenter ma dernière œuvre :

« La classe ! » s'exclame Rose.

Elle examine ma nuque, m'empêchant de manger.

Olivia secoue la tête :

« Tes filles te font faire n'importe quoi ! »

Je fronce les sourcils :

« Ne dis pas ça. Avec ou sans elles, je l'aurais fait. »

Elle hausse les épaules tandis que mon regard dérive vers la plus grande table du self, où justement Laure et Eva me sourient.

« C'est le frère de Laure qui nous a emmenées. Il n'a pas l'air de t'apprécier », je murmure.

Le regard de mon amie s'assombrit :

« Qu'est-ce qu'il t'a dit ? »

Je fouille ma mémoire :

« Il a juste dit que je choisissais mal mes fréquentations… »

Je me passe de lui dire que Cameron déteste ce Damien aussi.

« Quel connard ! C'est moi la mauvaise fréquentation, non mais…

— Olivia, soupire Rose, baisse d'un ton, s'il te plaît. »

La jeune fille s'emporte :

« Non mais t'as vu ce qu'il dit ! J'aurais dû le tuer quand j'en avais l'occasion. »

Elle balance son yaourt vide dans son assiette avant de se lever précipitamment :

« Je vais rejoindre Tristan. »

Elle nous laisse en plan, Rose, Flo et moi.

« J'ai appris que c'était son ex… », je murmure.

Rose hoche la tête :

« Sale histoire »

Florian lui tire la grimace en replongeant sa fourchette dans son assiette de sorte à fuir le sujet.

« Apparemment, elle lui a brisé le cœur », je m'aventure.

« Il était dingue d'elle… Il a pété les plombs quand elle l'a largué et il lui a ensuite pourri la vie. »

« Un vrai cauchemar », poursuit Florian.

Je retiens mon souffle face à ses révélations. J'ai toujours un mal fou à les imaginer ensemble. Damien est si différent de Tristan.

« Je suis désolée, je ne savais pas que c'était si orageux entre eux… Je n'en aurais pas parlé sinon…

— T'inquiète » me coupe Rose.

J'attrape mon plateau et je me lève :

« Je vais essayer de la retrouver. »

Je pars à toutes jambes en laissant à mon tour mes deux amis.

Je passe tellement vite que je ne réponds pas quand Eva m'appelle.

Je me débarrasse de mon plateau et trottine dans les couloirs. Je cherche une chevelure violette mais, à la place, je tombe sur une grande crinière blonde. Je m'arrête et me rembrunis. Je pèse le pour et le contre, et considère la haute silhouette de Lucie qui s'engouffre dans les toilettes. De toute manière, il faut que j'aie cette discussion avec elle. Je laisse échapper un soupir mémorable et pousse la porte des toilettes des filles.

Sans surprise, la blonde s'y trouve, devant le miroir. Penchée, elle applique sur ses lèvres pulpeuses un gloss pêche. Je croise les bras sur ma poitrine et me racle la gorge.

Elle referme son tube en ne cachant pas son agacement :

« Qu'est-ce que tu veux ? »

Elle ne quitte pas le miroir des yeux en réarrangeant sa chevelure.

« Faut qu'on parle.

— Je ne crois pas, non », ricane-t-elle.

Elle fouille dans son sac en m'ignorant.

« C'est au sujet d'Evan. »

Elle semble chercher de quoi je veux parler, les mains désormais appuyées sur le rebord du lavabo.

« Evan ? Ah oui, ma petite vengeance, déclare-t-elle avec un grand sourire. Elle te plaît ? »

Je laisse retomber mes bras le long de mon corps :

« Sérieusement ? C'était toi ? »

Elle hausse les épaules :

« Tu ne crois quand même pas aux coïncidences ? Bien sûr que c'était moi. Quelques jolis sourires, de belles promesses et le tour est joué. D'ailleurs, t'as bien fait de pas coucher avec lui, c'est un piètre amant. »

Elle grimace en secouant la tête tandis que je m'étrangle :

« T'es vraiment une garce.

— Oh, ma petite Jade, s'il te plaît, tu n'as que la monnaie de ta pièce. Fallait pas débarquer dans ma vie. Il n'y a pas que toi qui fricotais avec l'ex d'une autre. »

Elle affiche un grand sourire :

« Enfin bon, ravie de voir que ma petite manigance a fonctionné. Je suis cependant un peu déçue, je dois le reconnaître, que tu ne sois plus avec Cameron. Le connaissant, ça aurait été super, une petite bagarre. Tu aurais parié sur qui ? »

Elle se moque ouvertement de moi, essayant de me mettre en colère, et le pire, c'est que ça marche. Je fulmine :

« T'as jamais pensé à te faire soigner, ma pauvre ? T'es une psychopathe, et puis Evan ne me posera pas de problème, on s'est expliqués. »

Elle me fait un clin d'œil :

« On verra bien. D'ailleurs, chérie, si tu es toujours en contact avec notre ex adoré, dis-lui que lui aussi je lui réserve une petite surprise. »

Elle balance de manière très superficielle ses cheveux pardessus son épaule avant de me bousculer et de disparaître.

Waouh, j'ai été minable. Tout afflue dans ma tête et je me retiens au lavabo pour ne pas perdre l'équilibre. J'ai besoin d'air, je vois rouge et ma seule répartie semble être l'envie de lui courir après pour la gifler.

Je sors moi aussi de ces toilettes de malheur et gagne la petite cour intérieure.

Il fait bon aujourd'hui, ce qui fait qu'il y a beaucoup d'élèves. Je repère Evan avec son groupe d'amis. Je me dirige à grands pas vers lui, j'attrape son bras et je le tire en arrière sous le regard d'incompréhension de ses amis.

« Jade, qu'est-ce que tu fais ? »

Je m'installe à une espèce de table de pique-nique :

« Assieds-toi. J'ai besoin d'explications. »

Puisque le dialogue est impossible avec Lucie, je vais m'adresser directement au deuxième concerné.

« Qu'est-ce qu'il se passe ? »

Il n'a pas l'air inquiet, il semble juste intrigué.

« Lucie, c'est elle qui t'a incité à venir. »

Il ne réagit d'abord pas, puis passe une main sur son visage avant de se pencher :

« Comment tu sais ?

— Peu importe. »

Il renifle en croisant les bras et détournant le regard.

« Evan, je crois que j'ai droit à des explications, là. »

Il rit nerveusement :

« Qu'est-ce que tu veux que je te dise ?

— Tout. »

Il inspire fort en réfléchissant :

« J'ai reçu un premier message de sa part deux semaines après ton départ. Elle s'est présentée. Elle disait qu'elle voulait en savoir un peu plus sur toi.

— Et tu lui as raconté quoi ?

— Les bases, je me méfiais un peu, alors je ne suis pas allé en profondeur. »

Il fixe un point sur le côté que lui seul semble pouvoir voir.

« Ensuite ?

— Elle me parlait beaucoup et me disait que tu pensais encore à moi… Puis elle m'a exposé son plan et ça tombait pile-poil puisque mon père cherchait une mutation. »

Je secoue la tête :

« Comment t'as pu accepter ça ? »

Il hausse les épaules :

« Je sais pas, parce que je t'aime, parce que je voulais croire que c'était vrai, que je te manquais, qu'il me suffisait de revenir pour te récupérer. Je ne sais pas. »

Il passe une main dans ses cheveux, il est devenu bien livide. Je ne dis rien, je me contente d'assimiler les informations.

« Je peux pas te dire que je suis désolé parce que je ne le pense pas. Ça a été bénéfique, ma venue, on a tout mis à plat. On peut remercier Lucie, en quelque sorte.

— Je ne crois pas, non. Mon monde tournait très bien avant que tu débarques…

— Et il continuera, je ne suis pas là pour te mettre des bâtons dans les roues, Jade, je te l'ai déjà dit. Je t'aimerai toujours, y aura toujours ce truc, mais toi et moi c'est fini et je me suis fait une raison. Je ne peux pas partir, alors je te le dis, autant cohabiter. Je ne suis pas ton ennemi. »

Il me fixe, dans l'attente d'une réponse, mais je suis incapable de sortir un mot et pour cause, la sonnerie retentit pile à cet instant. Je remercie le ciel :

« J'dois y aller. »

Je me lève et sens une main entourer mon poignet :

« Attends, est-ce qu'on pourrait se voir plus tard, j'aimerais poursuivre cette discussion. »

Je secoue la tête négativement :

« Moi, je n'en ai pas envie. »

Je le laisse là et rejoins le flot d'élèves qui regagnent leur classe.

Chapitre 32

L'après-midi est passé avec une lenteur incroyable. J'ai pu compter toutes les heures. De plus, mon acolyte de cours, Olivia, a séché tous les cours de cet aprèm. Je n'ai donc pas pu lui parler de Damien et je n'ai pas pu lui raconter les histoires avec Lucie et Evan. C'est pourquoi, à la sortie des cours, je lui envoie un message pour prendre de ses nouvelles.

Mon père doit m'attendre devant le lycée pour aller chez les Kent, normalement. J'ai hâte d'y être, aussi je n'attends à la sortie aucun de mes amis. Je me faufile sur le parking et trouve très vite le véhicule de mon paternel. Je ne suis pas trop d'humeur à faire la discussion, alors j'échange deux trois banalités avant d'enfoncer mes écouteurs dans mes oreilles.

Je ne les retire que lorsque la voiture ralentit et se gare à sa place habituelle en face de la maison de Cameron. Mon cœur se gonfle et plein de souvenirs de cet été me reviennent. Je remarque aussi la voiture de Cameron garée de travers sur le trottoir. Certaines choses ne changent pas.

À peine le moteur est-il stoppé que j'ouvre la portière pour courir vers l'entrée – je prends quand même la peine de signaler notre arrivée avec la sonnette car nous ne sommes plus totalement chez nous. Je n'attends cependant pas que l'on vienne m'ouvrir.

L'intérieur de la maison se dessine et je me rappelle la première fois où je suis arrivée ici. Je m'engouffre prudemment et repère des voix dans le salon. En effet, Pierrick et son fils discutent, assis sur le canapé. Un grand sourire étire mes lèvres. C'est Cameron qui me repère le premier et je lui cours dans les bras. Il me réceptionne avant de froncer les sourcils. Nous nous sommes vus hier et avons passé le week-end ensemble, il doit trouver bizarre que je lui saute à ce point dessus.

Il me murmure :

« Ça va ? »

Je lui réponds que je lui expliquerai plus tard et il laisse couler. Pierrick m'offre deux bises à son tour avant de s'exclamer :

« Où est Josh ?

— J'arrive, j'arrive, cette petite tornade n'a pas attendu son père. »

Je lui mime des excuses et il m'indique que c'est rien avec un geste de la main.

J'observe le tableau de loin, on dirait qu'il y a une éternité que nous ne nous sommes pas retrouvés tous les quatre et forcément les discussions vont bon train tandis que Pierrick sort l'apéritif :

« Ce soir, c'est apéro dînatoire, les enfants. Pas de chichi, dit-il en débouchant une bouteille de rosé et en attrapant les verres. Josh ? Ta fille aussi ? »

Il ne laisse pas mon père répondre et attrape mon verre.

De multiples assiettes de tapas sont apportées par nos pères :

« Faut que je te parle, après », me murmure Cameron.

Je souris faiblement, il a dû demander son autorisation à Corentin et ça doit être positif. Pierrick lance un sujet et j'ai juste le temps de lui répondre :

« Moi aussi. »

Je le vois froncer les sourcils, mais je le rassure d'une pression sur le bras.

« Alors, les amoureux, commence le père de Cameron, le verre au bord des lèvres, comment ça se passe depuis que vous n'êtes plus sous le même toit ? »

Cameron grogne un « Papa ! » mais je le coupe :

« Ça se passe bien…

— Super-bien. »

À la manière dont mon copain évite le sujet en buvant, je devine que son père n'est pas au courant que nous devons faire comme si nous n'étions plus ensemble.

Le père connaissant bien le fils, il lui coule un regard étrange.

« Ne t'en fais pas, ils se débrouillent, rigole mon père, je retrouve ton fils parfois chez moi, comme ça. Je crois qu'il a un problème avec les portes. »

Je ris à la référence. Il est vrai que le brun est plutôt friand des fenêtres. Cameron croise les bras sur sa poitrine avec une moue.

« Comment ça ? » s'interroge son père.

Le mien ricane et lui fait un signe de la tête pour lui dire de laisser tomber. Pierrick semble perdu mais se reprend vite :

« Et le lycée alors, Jade ? »

Je hausse les épaules :

« Ça se passe bien, j'ai une petite bande d'amis adorables.

— C'est bien, ça.

— Si on ne considère pas son petit con d'ex qui est aussi dans le même lycée. »

Pierrick s'étrangle et tousse :

« Comment ?

— Apparemment, son père a été muté ici. »

Je ne m'attarde pas trop, je n'ai pas envie que mon père et mon copain sachent que j'ai eu une mise au point avec ce garçon.

« Je compte sur toi pour lui refaire le portrait s'il l'embête parce que c'est sûrement pas à son vieux père qu'elle va le dire.

— Papa ! » je m'offusque.

Lui et Pierrick rient tandis que Cameron, mal à l'aise, se gratte la nuque :

« Pas de souci. »

Je lui jette un coup d'œil, il se tortille et fuit mon regard. À quoi il joue ?

« Et on vous a parlé un peu de Parcoursup ? L'année dernière, ils l'ont vraiment mal expliqué, même si ça ne nous a finalement pas servi, demande Pierrick.

— Si, ça va, ils ont commencé à aborder le sujet aujourd'hui, mais à vrai dire je ne sais pas trop quoi mettre comme vœux.

— Elle a encore un peu de temps, de toute façon. »

Je sens Cameron se tendre à côté de moi et je lui caresse le dos de la main du pouce en l'interrogeant :

« Ça va ? »

Il détourne rapidement les yeux en approuvant de la tête, mais je vois sa mâchoire se crisper malgré tout.

Je ne suis pas la seule à le remarquer, puisque son père s'en mêle :

« Tout va bien, fils ? Tu n'as rien mangé ! »

Il examine son visage et mon copain se défend :

« Oui, je suis juste fatigué, dure journée. »

Son père n'est pas convaincu :

« Tu ne deviens pas anorexique, hein ? »

Je vois mon père rouler très lourdement les yeux :

« Ton fils est mannequin et étudiant, il a un emploi du temps de ministre, normal qu'il soit fatigué. »

Je suis persuadée que l'intéressé remercie intérieurement mon paternel même si moi je suis du même avis que Pierrick. Celui-ci s'enfonce dans son siège, et son fils pour ponctuer le tout se penche afin d'attraper un petit-four qu'il mastique un moment :

« Tu devrais aller te reposer », conclut alors son père.

Cameron se passe une main sur le visage :

« Je peux vous emprunter Jade ? »

Je fronce les sourcils et mon père approuve. Immédiatement, il prend ma main et m'entraîne sans ménagement.

Chapitre 33

« Tu vas me dire ce qu'il se passe ? »

Je commence à m'inquiéter, Cameron ferme la porte :

« Serre-moi dans tes bras. »

Je penche la tête sur le côté, dans l'incompréhension totale. Il a les mains dans les poches et me fixe étrangement. Je ne réponds pas, alors il insiste :

« S'il te plaît. »

Tout naturellement, je m'exécute. Sa poigne est étrangement ferme, son nez vient se nicher dans mon cou et il caresse mes cheveux. On reste comme ça un moment :

« Qu'est-ce qu'il y a, Cameron ? »

Il ne se détache pas et articule simplement :

« Rien, je t'aime, c'est tout. »

Il embrasse ma joue avant de se reprendre :

« Tu voulais me dire quelque chose ? Ça me tracasse. »

Je sais qu'il ment et qu'il essaye de cacher quelque chose, mais j'en fais abstraction pour le moment et je l'imite en allant m'asseoir sur le bout de son lit :

« Oui, j'ai beaucoup de choses à te dire. »

Je réfléchis à comment les lui dire :

« Je commence par la bonne annonce ou la moins fun ? »

Il plisse le nez :

« La mauvaise, c'est connu. »

Je tapote des doigts sur mon jean :

« J'ai parlé à Lucie aujourd'hui. »

Il m'offre un regard las.

« En effet, c'est bien elle qui a fait venir Evan, par… un subterfuge assez psychopathe. »

Je grimace en revoyant le visage de la blonde.

Mon copain, lui, rit :

« Cette fille est pourrie jusqu'à la moelle.

— Mais, apparemment, ce n'est que la partie me concernant, la tienne va arriver. »

Il rit cette fois plus fort :

« Elle peut toujours essayer. »

Je me tords les doigts :

« On sait jamais…

— Bon et l'annonce la plus cool, c'est quoi ? »

Un sourire étire mes lèvres :

« Ma grand-mère est un peu fatiguée et, dit comme ça mon sourire peut paraître sadique, mais… Je vais donc aller la voir pendant les vacances de la Toussaint. Elle habite à Paris, et j'aimerais que tu viennes avec moi. »

Mes yeux pétillent et j'imagine déjà notre petit voyage en amoureux. Cependant, il n'a pas la réaction attendue. Je le vois déglutir même.

« Qu'est-ce qu'il y a ? Tu ne peux pas, c'est ça ?

— Ce n'est pas ça…

— Quoi, Cameron ? (Je me redresse, agacée.) Explique-toi clairement, depuis tout à l'heure t'es pas bien. »

Il ferme les yeux un instant avant de me prendre la main :

« Assieds-toi, s'il te plaît. »

Il insiste sur ces derniers mots et je fais ce qu'il me dit sans le lâcher du regard :

« Parle-moi… » je tente, désespérée.

Je le vois déglutir.

« J'ai aussi quelque chose à te dire », murmure-t-il.

Mon regard se fait méfiant et je n'ai qu'une envie, qu'il cesse ce suspense et qu'il déballe tout :

« Hier, quand tu es partie, j'ai voulu parler à Corentin… Pour toi et moi…

— Voulu ? Tu ne l'as pas fait ? »

Ses yeux bleus sont sans expression :

« Ne me coupe pas. »

Mon cœur s'accélère, qu'est-ce qui le met dans cet état-là ?

« J'ai voulu aborder le sujet… Mais il m'a devancé et m'a pris de court avec une de ses idées. La marque est en plein essor et il cherche tout ce qui pourrait faire parler de lui et… »

Il marque un temps pour chercher les bons mots :

« Tu connais les gens, ils ont tendance à créer des affinités entre les personnes… »

Il cherche cette fois mes yeux pour voir si je le comprends, ce qui n'est pas du tout le cas :

« Je ne vois pas ce que tu veux dire. »

Il inspire :

« On est les muses de Corentin et sa marque fait parler de nous, Corentin a besoin de nous et l'idée est vendeuse… Tu te souviens quand toi et moi on avait posé ? »

Je hoche la tête et je vois ses lèvres afficher un sourire furtif :

« On a posé parce que la créatrice voulait cet effet de couple phare, de référence… »

Il marque une pause et je suis perdue :

« Cameron, je ne vois pas ce que tu veux me dire et le rapport avec Paris. »

Il se racle la gorge :

« Corentin veut faire la même chose, mais veut pousser la chose plus loin. Il veut que je fasse croire que je suis en couple avec Johanna. »

Il stoppe net, comme si le dire venait de lui couper le souffle et c'est le cas, du moins pour ma part. Mon cerveau traite l'information mais au ralenti, elle ne semble pas vouloir être intégrée :

« Quoi ? »

Il ne croise plus mon regard tandis que je rêve d'y trouver des réponses. Ma main quitte son bras et il s'explique :

« Les gens affabulent sur nous deux, ça vendrait la marque encore plus si je m'affichais avec elle et…

— Et ta vie ? Ta vraie vie ? Avec moi, je veux dire ?

— C'est que pour quelque temps, je te promets, je t'aime toi et ça…

— Mais tu ne vas pas accepter ! je m'emporte, tu ne peux pas accepter ! Il n'a pas le droit de déterminer ta vie en fonction de ses volontés avec comme récompense la gloire ! C'est horrible, tu te rends compte ? »

Cameron grimace :

« Jade, ne crie pas. »

Il jette un coup d'œil vers la porte, inquiet, et j'hallucine encore plus. Ça y est, l'information est traitée et elle fait très mal. Je les revois en train de poser hier, si beaux ensemble.

« Mais c'est du n'importe quoi ! Cameron ! Tu devais demander pour que notre "nous" existe à nouveau et tu m'annonces ça ? Et le pire ? Tu ne sembles pas y voir d'inconvénient ! »

Je me prends la tête entre les mains, désemparée.

« Ne dis pas ça, bien sûr que si ça m'emmerde, mais on va trouver une solution…

— Mais elle est toute trouvée la solution : tu refuses ! »

Il baisse les yeux vers ses pieds. Il n'est pas sérieux ?

« Tu voudrais que je te laisse t'afficher, en gros laisser une fille me voler ce couple dont je rêve en me laissant au placard pour ta gloire ? Mais tu te rends compte à quel point c'est égoïste ! »

Je vois rouge. Comment une situation pareille peut-elle se présenter ?

Cameron n'a jamais été d'un naturel calme et ses pulsions sanguines ne viennent rien arranger.

Il se lève d'un bond :

« Oui c'est égoïste, et le pire c'est que je suis incapable de refuser parce que JE suis égoïste et que, ce job, j'en ai toujours rêvé ! »

Ses narines se dilatent et je le vois tenter de se calmer :

« Putain, Jade, j'ai toujours vécu avec ce sentiment d'être qu'une merde. Corentin me donne l'opportunité d'exister. »

Il tente de me prendre la main mais j'esquive rageusement. Désormais des larmes perlent sur mes joues et ne se retiennent pas de rouler.

« Je peux être moi-même…

— Mais ce n'est pas ta place ! »

Il tire d'une main sur ses cheveux.

« Et qu'est-ce que tu en sais ? » rugit-il.

Je reste sous le choc tant sa voix est déformée par la rage. Ça semble lui faire peur aussi puisqu'il baisse d'un ton :

« On s'est perdus, Jade, je nous ai perdus, c'est qu'une question de temps, toi et moi… »

Ma bouche s'entrouvre et mon cœur se brise. Je place une main sur ma bouche pour retenir un sanglot, je me mords aussi la lèvre très fort, jusqu'à presque sentir le goût du sang :

« Tu te rends compte de ce que tu dis ? »

Il renifle, ses yeux sont rouges mais il ne pleure pas, non, Cameron Kent ne pleure pas. Je n'en vaux pas la peine.

« Je ne vais plus à la fac depuis deux semaines et tu n'en sais rien. Je sais que ce n'est pas ta faute, on ne se voit jamais. Et bordel, je suis incapable de dire à qui que ce soit les ambitions de ma copine. J'ai tout foiré avec toi. »

Il se rassoit en passant une main sur son visage. La tristesse déforme ses traits tandis que moi c'est la haine. Je me sens impuissante et la colère semble être ma seule protection :

« Alors on en est là ? je crache. Au "ce n'est pas toi, c'est moi" ?

— Ce n'est pas la vérité ? me questionne-t-il, étrangement calme. Tu vois où on en est ? Ce n'est pas ta faute. Je ne t'apporte que des problèmes et ça ne s'arrêtera pas avec le temps. »

Je respire lentement, essayant de retirer ce voile rouge qui cache ma vue :

« Cameron, ça va être simple… Soit tu refuses, soit toi et moi c'est fini. »

Je ne pensais pas que ce soit possible que les morceaux de mon cœur se brisent encore en plus petits bouts. Une boule s'est logée dans ma gorge et mes mots me font mal à l'âme. Je peux sentir aussi que mes yeux ont doublé de volume en pleurant. J'avais tort, les yeux de Cameron luisent bien. Il ne répond pas, il reste simplement là, les mains jointes devant son visage, incapable de me regarder. Le silence serait parfait si la voix de mon père ne venait pas s'interposer :

« Jade, on y va. Y a école demain. »

Je ne lui réponds pas, je fixe le brun, qui n'a pas bougé :

« Cameron… »

Je le supplie presque, je le supplie d'envoyer tout balader, de me prendre dans ses bras et bien évidemment de me dire qu'il va refuser.

À la place, il essuie ses yeux et murmure d'une voix rauque :

« Je suis désolé. »

Mon monde s'écroule tandis qu'il fuit la situation en quittant à toutes jambes la pièce. Mon être est anéanti. Ça nous pendait au nez, mais si brutalement… Mes jambes semblent vaciller sous mon poids et j'entends à peine mon père qui me questionne.

« On rentre », je tranche net entre deux sanglots.

Chapitre 34

Mon père n'a posé aucune question pendant le trajet et heureusement, je n'aurais pas su quoi dire tant mes pensées sont confuses et noires. J'ai l'impression de faire un affreux cauchemar.

Cependant, il a tenté de me parler mardi matin au petit déjeuner, j'ai fondu en larmes dans ses bras et je crois bien qu'il a compris et m'a dit de rester à la maison.

J'avais oublié à quel point une rupture peut être douloureuse, à quel point elle vous transperce le cœur. Depuis lundi soir, je reste pendue devant mon téléphone. Tout ça ne peut pas être vrai, nous ne pouvons pas nous être perdus si bêtement. Il va réfléchir et se rendre compte que sa décision et absurde. Pourtant, mercredi matin, lorsque je me réveille les yeux bouffis d'avoir pleuré encore et encore, je n'ai toujours aucun appel… Si ce n'est ceux d'Olivia et Rose qui s'inquiètent. Je ne prends pas le temps d'y répondre.

J'ai l'impression d'avoir le cerveau dans du coton et une affreuse sensation de vide dans la poitrine. Et, pour couronner le tout, mon cerveau s'amuse à me repasser les moments de ce week-end. Ces derniers moments à deux, comment on en est arrivés là ?

Mon comportement avoisine celui d'un zombie. J'ai enfilé les premières fringues qui me tombaient sous la main et zappé le maquillage. Je me traîne péniblement au petit déjeuner, même si le moindre aliment me provoque un haut-le-cœur. J'aimerais éviter mon père, malheureusement il est déjà là. Je baisse les yeux et j'enfile mes chaussures.

« J'aimerais que tu me parles. »

Mes yeux me piquent. Je ne peux pas. Je suis figée et lui il attend. Je me tourne lentement, des larmes dans les yeux :

« Pas maintenant, s'il te plaît. »

J'ai peur de perdre pied et de ne pas tenir le coup par la suite, au lycée. Il s'apprête à ouvrir la bouche, mais je le devance :

« À ce soir. »

Je ne demande pas mon reste et claque la porte. Mon cœur est cassé et cette sensation est horrible. L'air frais tente de sécher mes larmes, je sens leur goût salé sur mes lèvres. Je les essuie tant bien que mal du revers de mon gilet. Je suis dans un sale état, c'est lamentable, lui ne pleure sûrement pas. Il a eu le courage de mettre fin à notre relation, il est donc assez fort pour passer au-dessus. Je le hais désormais autant que je l'aime.

Mes pas ralentissent à la hauteur du lycée. Je vais devoir affronter les autres, leur joie de vivre à eux, et le pire c'est que je ne dois rien laisser paraître. Pour eux, il y a un moment que je ne suis plus avec Cameron.

Je baisse les yeux, avec un peu de chance je pourrai regagner ma classe sans croiser Rose, Olivia, Florian ou Tristan. Et j'y arrive, je ne les croise pas, je fonce tête baissée dans les couloirs. J'en pleurerais presque de soulagement, mais c'était compter sans la présence d'Eva et Laure.

Je les entends rire devant notre salle. Elles me donnent déjà mal à la tête. Je ferme un instant les yeux et essaye de rester en retrait. Peine perdue.

« Jade ? Est-ce que tout va bien ? »

Je lève les yeux et sursaute. Il me faut un temps pour assimiler ce que Laure me demande. Je hoche très lentement la tête :

« Oui », je parviens à articuler.

Cependant, elles ne me lâchent pas des yeux :

« Tu es sûre ? » insiste Eva.

Je tente un sourire qui se transforme vite en grimace :

« Je suis juste malade. »

Elles poussent un « Oh » et semblent légèrement rassurées. C'est fou comme les gens ne cherchent pas à voir plus loin que le bout de leur nez. Mais c'est tant mieux pour moi.

Elles me laissent finalement tandis que, seule, je ne peux m'empêcher de penser à Cameron. Je me pose mille questions et je suis obligée de respirer lentement pour ne pas flancher. Je fouille rageusement dans mon sac et cherche mes écouteurs. Je pousserais presque un soupir de soulagement lorsque ceux-ci entrent en contact avec mes oreilles et que la musique hurle. Je me permets de souffler un peu, je sens cependant un regard sur moi : Evan. Il fronce les sourcils et tourne rapidement le regard quand il se sent surpris.

Pitié, mais va-t-on me laisser en paix ?

Ma prière semble être entendue, du moins jusqu'à ce que la cloche sonne et que notre adorable professeur de spé SVT nous demande de reprendre nos binômes pour un TP.

Je rejoins à contrecœur Evan. Il est nettement visible que mes yeux sont anormalement gonflés, et à leur vue il pince seulement les lèvres. Je l'en remercie intérieurement. La prof distribue les TP et on allume les microscopes. Du moins, Evan s'en charge. Je ne sais vraiment pas ce que je fais ici, je ne sers pas à grand-chose assise sur mon tabouret, prête à pleurer si on me bouscule un peu trop.

Je sens une main se poser sur mon épaule :

« Ça va ? »

Et je ne sais pas si c'est le regard inquiet de mon ex qui me fait chavirer, mais je flanche. Je revois à sa place de beaux yeux bleus. Il a le même regard que Cameron portait sur moi lorsque je n'allais pas bien. Je me redresse un peu trop fort et mon tabouret se renverse dans un bruit infernal. J'ai juste le temps de lui lâcher :

« Je me sens pas très bien. »

Et je ne sais pas ce qu'il me prend mais je m'enfuis, je m'enfuis sous le regard ahuri de notre prof et des élèves. Je m'en fiche pas mal, à vrai dire. Comme habituellement en ce moment, je claque la porte de la salle de classe et cours dans les couloirs si vides. Je ne sais pas où je vais, je sais juste que je suis minable. Mes larmes se mélangent à mes cheveux et je ralentis le pas. De gros sanglots m'échappent tandis que je suffoque.

J'entends des pas claquer derrière moi et rapidement une voix :

« Mais qu'est-ce que tu as, bordel ? »

À travers mes yeux embués, je reconnais une touffe brune. Evan saisit mon poignet et m'oblige à le regarder. Il ne m'en faut pas plus, un autre sanglot m'échappe, je le sens tirer sur mon bras et je rentre en contact avec son torse.

Chapitre 35

« Voilà, respire. »

Evan me frotte le dos et, étonnamment, je me laisse faire. Il a réussi à me traîner dans la cour intérieure, à l'écart. Je ne peux pas dire que je me suis calmée, j'ai juste arrêté de tacher son tee-shirt de grosses larmes.

« Qu'est-ce qu'il y a ? »

Je ne lui connais pas cette voix si douce et je meurs d'envie de tout balancer. De lui raconter pourquoi j'ai cette horrible sensation. Pourquoi mon cœur est encore en miettes pour des bêtises. J'ai aussi cette envie malsaine de lui balancer à quel point j'aime Cameron. Mille scénarios doivent se faire dans sa tête et je le sens vraiment très inquiet. Pourtant, il tente l'humour :

« Dis-moi que je n'ai pas menti à la prof pour rien. »

Il est le seul à sourire et ça me met encore plus mal à l'aise.

« Il m'a quittée. »

Je lâche ça comme une bombe. Je me mords l'intérieur de la joue suite à ma bêtise. Il fronce les sourcils en face de moi. Je me tords les doigts. Malgré tout ce qu'il s'est passé entre lui et moi, je sens que je peux me confier. Et puis, quelle importance maintenant, nous ne sommes plus ensemble pour de vrai.

« Cameron vient de me larguer. »

Il fronce encore plus les sourcils et en prime secoue la tête :

« De quoi tu parles ? Ça fait un petit moment que tu n'es plus avec lui, Jade. »

Un petit rire nerveux m'échappe :

« Ne me regarde pas comme ça. Comme si j'étais folle. »

Je passe une main dans mes cheveux emmêlés :

« On ne s'est jamais séparés. »

Mon ex semble perdu et, avant qu'il ne puisse dire quoi que ce soit, je déballe tout. Le job de mannequin de Cameron, les conditions concernant notre couple. Je ne lésine pas sur les détails et j'en ai presque le souffle coupé à la fin.

Evan affiche une moue stupéfaite. Il est vrai que cette histoire semble tirée par les cheveux.

« C'est du délire ! » trouve-t-il seulement à dire.

Je renifle peu gracieusement et joue du bout de l'ongle avec le bois qui s'effrite du banc sur lequel nous sommes assis :

« Il m'a quittée lundi soir. Il a choisi son job plutôt que moi. »

Cette phrase crée une boule dans ma gorge qui me fait grimacer. Elle me blesse comme une lame de couteau acérée et m'écorche à vif. Il a tout foutu en l'air par pur égoïsme.

Je vois mon ex se frotter la nuque :

« Je ne sais pas quoi dire... »

Je ris nerveusement en me mordant la lèvre pour ne pas pleurer. Je porte mon regard sur le ciel, qui lui est si calme.

« Tu crois que c'est vraiment fini ? Enfin... Peut-être qu'il peut revenir sur sa décision. »

Je souris faiblement :

« Tu ne le connais pas. Cameron ne pensera toujours qu'à son intérêt. Je croyais être spéciale pour lui. »

Je repense à nos moments, à tout ce que nous avons vécu. Je le connais sur le bout des doigts, lui et son passé. Il m'a dit être tombé amoureux, mais est-ce que c'est ça l'amour ? Finir constamment anéantie ?

« Tu es quelqu'un de spécial… murmure-t-il, et il va se rendre compte de ce qu'il a perdu. Crois-moi, je suis bien placé pour le savoir… »

Il baisse les yeux vers ses pieds.

« Cette situation est improbable. (Il hausse les épaules.) Je pourrais te dire de passer à autre chose, que tu es trop jeune pour t'arrêter à ce gars. Que ce n'est pas de bol… »

Il accroche mon regard, il me sonde jusqu'au plus profond de mon âme :

« Mais je tiens trop à toi pour te voir malheureuse. »

Il pose une main sur mon bras :

« Prends du temps pour toi et laisse la situation refroidir. Il a l'air nerveux, il va réfléchir, crois-moi. »

Ses paroles me poussent à y croire, même si au fond je sais que Cameron ne fonctionne pas comme les autres. Peut-être que je ne le connais pas aussi bien que je le pense. Il est plein de surprises, autant de bonnes que de mauvaises. J'avoue avoir très peur pour la suite. À vrai dire, je suis tétanisée de devoir tout oublier, lui et ces mois d'amour. Tout recommencer à zéro avec quelqu'un d'autre pour finalement peut-être être encore déçue.

« À quoi tu penses ? Parle-moi. »

Evan resserre sa pression sur mon bras :

« Lâche-toi. »

Je secoue la tête :

« Je suis épuisée… »

Je pourrais lui hurler le flot de sentiments qui affluent en moi mais je n'en ai pas la force, il ne peut pas comprendre. Moi, en revanche, je comprends mieux le désespoir de Lucie quand elle s'est fait quitter. Cameron a une faculté pour marquer les gens et faire de gros dégâts. Ainsi, je pourrais presque comprendre chacune des crises d'hystérie de la blonde…

« Tu devrais rentrer te reposer. J'ai dit à la prof que tu étais malade, à la fin du cours on va récupérer tes affaires et tu rentres. »

Je le remercie d'un hochement de tête. Il y a quelques semaines, je n'aurais jamais imaginé que mon ex débarque à nouveau dans ma vie, et maintenant nous voilà en pleine confession. Et il connaît des informations que même mes amis ne savent pas… Quelle ironie.

Je ne sais pas combien de temps nous sommes restés à parler, je n'ai aucune notion du temps, contrairement à Evan :

« On a plus qu'à attendre une demi-heure. »

Il soupire et je croise les bras sur ma poitrine. Un silence pesant s'installe entre nous et il finit par le rompre :

« En tout cas, j'ai eu de la chance qu'il doive se tenir loin de toi… Sinon, j'aurais eu droit à une belle droite. »

La scène me traverse l'esprit. Il est vrai que Cameron mourrait d'envie de se venger d'Evan :

« On va dire qu'il ne te porte pas dans son cœur. »

Je ne sais pas si je dois parler au présent ou au passé désormais. Je suis si confuse…

« C'est compréhensible… Et tu es tombée directement amoureuse de lui ? »

Je ne réagis pas tout de suite à cette question, je suis d'abord étonnée qu'il la pose. Je réfléchis chaque fois en effectuant un retour mental dans le passé. Je me remémore toutes nos engueulades, nos piques, les réponses glaçantes de Cameron, le premier épisode à la plage.

« On ne peut pas vraiment dire ça comme ça », dis-je en souriant.

Evan plisse les yeux avant de comprendre je ne sais quoi :

« Ah ouais ! Je vois le genre. Fuis-moi je te suis. Je te déteste puis je t'aime.

— Cliché, non ? »

Il roule les yeux théâtralement.

« Carrément », se moque-t-il.

Il se perd dans ses pensées et c'est moi qui romps le silence cette fois :

« Je l'aime vraiment, tu sais.

— Ça se voit. »

Son regard affiche tellement de pitié que ça me retourne presque l'estomac. Je fais tant de peine que ça ? Je me revois presque quelques années plus tôt, lorsque c'était pour lui que je pleurais.

Je serre les dents et la pause de 10 heures sonne. Evan bondit sur ses pieds :

« Attends-moi devant le lycée, je vais chercher nos affaires. Ça confirmera l'idée que tu es très malade. »

Je le remercie rapidement et regarde sa carrure massive s'éloigner.

Chapitre 36

« Mme Deneuf te souhaite un bon rétablissement. »

Evan s'avance, penaud, son sac sur les épaules et le mien au bout de son bras. Je remarque aussi qu'il tient son casque de moto.

Je me suis mise à l'écart à l'entrée du parking. Je n'ai pas très envie de subir un interrogatoire de qui que ce soit ou la joie débordante d'Olivia. Quoique, la dernière fois que je l'ai vue, elle n'était pas très contente par rapport à Damien.

Evan me rend mes effets personnels et semble se dandiner :

« Tu veux que je te ramène ? Je suis venu à moto et je peux te filer mon casque.

— Et toi ? » je réponds du tac au tac.

Il hausse les épaules :

« Qui respecte vraiment les consignes de sécurité ? » ricane-t-il.

Je ne l'imite pas et j'enchaîne :

« Mais tu as cours après. »

Il lève les yeux au ciel :

« On est pas à une règle près. Je m'en fiche pas mal. »

Je n'ai pas très envie d'accepter. Je me sens déjà assez redevable qu'il ait été la personne à m'écouter parler. Redevable envers

Evan ? C'est assez drôle. Je ne veux pas qu'il croie que nous sommes les meilleurs amis du monde.

Je me rappelle aussi que mon père, à l'époque, n'aimait pas trop que je monte sur sa moto. Il n'aimait pas sa façon de conduire. En fait non, il n'aimait pas Evan tout court.

« OK, je veux bien. »

Cependant, j'accepte car mon envie de marcher est encore moins forte que celle de monter avec Evan. Et surtout je sens que, seule, je pourrais m'écrouler à tout moment. Il sourit :

« Super. »

Il me désigne de la tête le côté du parking réservé aux motos et je le suis. J'enfile son casque tandis qu'il détache son antivol et chevauche sa moto. Je fais de même et timidement j'agrippe son buste pour me tenir en place. Il fait vrombir la bête et lance en démarrant :

« Je ne sais pas où on va, alors guide-moi. »

Je n'habite pas très loin et en cinq minutes le voilà garé sur le trottoir. Je suis soulagée que mon père n'ait pas décidé de travailler à la maison aujourd'hui. Je n'imagine même pas sa réaction s'il me voyait avec Evan.

Je retire le casque en m'arrachant plusieurs cheveux au passage et le rends à mon ex. Il ne l'enfile pas tout de suite et je me demande s'il attend que je lui propose d'entrer. Il n'en est pas question, alors je tente :

« Merci de m'avoir ramenée et de m'avoir écoutée. »

Il affiche un large sourire :

« Pas de quoi, et puis je garde tout ça pour moi, ne t'en fais pas. »

Je lui offre moi aussi un sourire chaleureux :

« Bon, à plus tard. »

Je lui fais un signe de la main et, au moment où je me retourne, il m'arrête :

« Au fait, Jade. Si ça ne va pas ou si tu te sens seule cet après-midi… On va passer quelques heures au skatepark avec les autres, viens faire un tour. »

Je considère sa proposition. Est-ce que j'ai vraiment envie de sortir et de voir du monde ?

« C'est gentil, merci. »

Je m'éclipse avec un rapide sourire et me réfugie chez moi. Là, je me laisse tomber mollement sur le canapé. Me voilà seule face à moi-même. J'envoie un message à mon père pour l'avertir que je suis rentrée, comme ça il ne me punira pas. Mon cerveau, en état de survie, cogite pour me trouver un truc à faire, histoire de ne pas penser à Cameron. En vain… Je ne cesse de penser à lui. C'est une obsession. J'en viens à espérer qu'il soit aussi malheureux que moi. L'imaginer reprendre le cours de sa vie normalement me fait souffrir de façon atroce.

J'ai besoin de lui, j'ai besoin de son caractère de cochon, de ses idées aberrantes, de ses critiques pointues, de son cynisme et de ses sarcasmes. Nous nous sommes quitté lundi et j'en souffre déjà beaucoup trop. C'est pourquoi, désespérée, je me laisse submerger. On dit souvent que la communication est la base d'un couple et je ne laisserai pas ma fierté tout gâcher. Je me munis de mon téléphone et rapidement mes doigts cherchent le contact espéré.

J'hésite longtemps avant de cliquer sur le téléphone vert. Et encore plus lorsqu'une tonalité retentit. Je meurs d'envie de raccrocher, mon cœur bat à mille à l'heure, si bien que j'ai peur qu'il sorte de ma poitrine.

J'écoute la première sonnerie, la deuxième, et ainsi de suite jusqu'à ce qu'une voix féminine robotisée réponde à mon désespoir en me demandant de laisser un message après le bip. Ce que je ne fais pas. Mon genou tressaute. Je suis bête, bien sûr qu'il ne répondra pas. On parle de Cameron. Dans ma tête, j'imagine ce que je pourrais lui dire, tout se mélange et je me masse les tempes pour ordonner mes pensées. Mille sentiments se mélangent et s'assemblent pour en former d'autres, c'est insupportable.

Je souffle un bon coup et rappelle. Comme précédemment, pas de réponse, cependant cette fois j'attends le petit bip. Après celui-ci, je me retrouve un instant face à un grand silence. Ma langue semble tétanisée et mes pensées ont fui. Je déglutis avant de parler d'une voix tremblante :

« Salut… J'espérais t'avoir et pouvoir te parler… J'aimerais discuter avec toi, comme deux adultes, de la situation. Tu me manques et je ne veux pas que ça se finisse comme ça. Rappelle-moi, s'il te plaît. »

Je laisse ma phrase en suspens, ne sachant pas quoi ajouter de plus. J'ai tellement de choses à lui dire pourtant, mais pas comme ça, pas au téléphone. Je raccroche précipitamment, me trouvant même un peu ridicule. Les chances qu'il me rappelle me paraissent bien faibles…

Je jette mon téléphone à l'autre bout du canapé en respirant calmement. Ma vie est une véritable catastrophe, ces temps-ci…

Je m'enfonce dans le canapé, la tête basculée en arrière. Une véritable catastrophe, je pense en fermant les yeux.

Chapitre 37

Je me suis assoupie et lorsque je me réveille il est déjà 13 heures. Je dois bien avouer que le sommeil me manque pas mal en ce moment. Je me masse la nuque, qui paraît bien raide, et me lève péniblement. Je récupère mon téléphone, pas de messages. Ce que je peux être bête…

La maison est calme, j'en déduis que mon père ne rentrera que ce soir, lui non plus ne m'a pas répondu, d'ailleurs. J'entends mon estomac se manifester, alors à contrecœur je me prépare deux œufs histoire de le remplir.

Mon assiette en main, je m'installe sur la grande table avec pour seul compagnon mon téléphone. Depuis lundi, j'ai résisté à l'idée de faire un tour sur les réseaux de Cameron, mais là, la tentation est trop forte.

Je vogue d'application en application, il n'y a pas grand-chose de neuf, juste des nouvelles photos du shooting de dimanche et notamment une photo avec Johanna. Mes doigts se crispent sur mon téléphone et je le verrouille. Il n'a pas perdu de temps…

Je passe une main dans mes cheveux, au bord des larmes, je ne peux pas rester comme ça. Je repousse mon assiette et je saisis cette fois mon téléphone, bien déterminée.

Je cherche Evan dans mes contacts et tape rapidement :

`> À quelle heure au skatepark ?`

Lui répond presque immédiatement et ça me ferait presque rager :

`> Moi, j'y vais à 14 h.`

Parfait, il est 13 h 30 et le skatepark n'est pas à côté, j'ai juste le temps de me préparer.

Je ne peux pas rester seule, alors je file dans la salle de bains, histoire de me donner meilleure mine. J'attache mes cheveux et essuie le mascara qui a coulé sur mes joues. Je récupère un petit gilet, car nous sommes tout de même en septembre et le temps commence à se dégrader petit à petit. Je lace ensuite mes baskets et me voilà prête.

Je ne perds pas de temps et me mets en route. Il y a environ vingt minutes de marche pour y aller et je les effectue à grands pas.

Il fait tout de même beau aujourd'hui, ce qui fait que l'endroit est bondé, cependant j'arrive à reconnaître Evan, une planche à roulette aux pieds. Il est debout près d'un banc entouré par différentes personnes, je reconnais notamment Eva et Laure. Je suis contente qu'elles soient aussi là, même si j'ai peur qu'elles me questionnent pour ce matin.

Je m'avance timidement et je me sens jugée par les membres du groupe que je ne connais pas. Evan finit par se tourner et me fait un grand sourire :

« Jade ! C'est cool que tu sois venue. »

Je tente un sourire que les deux filles me rendent.

Evan me présente rapidement comme une amie et se penche à mon oreille :

« Ça va mieux ? »

Je hausse les épaules avec une grimace. Il fronce les sourcils, mais je lui intime de ne pas insister. Je sens un bras venir entourer le mien.

« Qu'est-ce qu'il t'est arrivé ce matin ? me demande, inquiète, Eva.

— T'es partie comme une furie », ajoute Laure.

Je réfléchis avant de leur sortir l'excuse parfaite :

« Je ne me sentais pas très bien. »

Elles grimacent toutes deux et je leur fais mon plus beau sourire pour les convaincre :

« Mais là, ça va mieux.

— Cool », souffle Laure.

Si seulement… Je souffle légèrement et la rousse, de bonne humeur, me tend un skate :

« Tu sais en faire ? »

Immédiatement, je me retrouve plongée en arrière et je revois Louis à sa place, la dispute avec Lucie.

« Pas vraiment », je mens.

Evan, pas du tout dans le coup, démonte ma réponse :

« Bien sûr que si, elle sait en faire. Même très bien. C'est moi qui lui ai appris », se vante-t-il.

Je roule les yeux mais Eva insiste, alors j'attrape la planche à contrecœur.

J'espère que c'est comme le vélo et que ça ne s'oublie pas, sinon je m'inflige une belle honte. Quoique je me tâte, je pourrais me laisser tomber pour qu'on me fiche la paix, mais Evan monte aussi sur la sienne et m'invite à le suivre.

Je prends mon courage à deux mains, je suis ici pour me changer les idées et, si je n'y mets pas du mien, ça ne risque pas de marcher.

Je pose un pied sur la planche et pousse sur le sol avec l'autre. Immédiatement, je renoue avec d'anciennes sensations et en effet je n'ai rien perdu.

Evan est déjà sur une rampe, il se débrouille vraiment bien. Toutes les techniques me reviennent excepté le courage peut-être, je suis Evan et mon cœur s'accélère lorsque je m'engage sur une rampe, il y a tellement longtemps que je n'ai pas fait ça. Je prends de la vitesse et, comme si j'avais fait ça hier, mes pieds parviennent à lever la planche pour la faire glisser sur une barre.

Je suis fière de moi et j'ai presque le souffle coupé à cause de l'adrénaline. Un sourire franc naît sur mes lèvres, Evan me lève ses deux pouces un peu plus loin avant de repartir vers ses figures. Je le suis à nouveau et nous passons la plupart de l'après-midi ainsi.

J'oublie tout, toutes ces histoires, et je me concentre sur mes mouvements, je tombe parfois mais je ris surtout. Evan prend aussi le temps de m'expliquer de nouvelles choses ou de me réapprendre ce que j'ai perdu. Je ne regrette finalement pas d'être venue.

On dirait même que j'ai impressionné la bande.

« Tu gères carrément, en fait ! » s'exclame Laure.

Je hausse les épaules, trop modeste pour acquiescer. Un des garçons souffle :

« Lucie avait tort, t'as l'air cool. »

Je ne relève pas et souffle juste un « Merci ».

Mes deux amies, tout excitées encore par ma prestation, me demandent de leur expliquer rapidement ce que j'ai effectué :

« Toi aussi tu pourrais m'apprendre », geint Laure en direction d'un garçon derrière.

Celui-ci hausse les épaules :

« C'est pas mon truc. »

Eva se moque de lui et l'après-midi se finit sur une note de bonne humeur malgré tout. Je suis même presque triste à l'idée de devoir rentrer.

Pourtant il le faut, alors je quitte la petite bande et rentre chez moi. Ils sont sympas finalement, contrairement à ce que prétendaient Rose et Olivia.

Mon père est cette fois rentré et il semble m'attendre :

« Ça va ? »

Il m'interpelle dès que je franchis le pas de la porte :

« Tu reviens d'où ? »

Si je dois jouer la carte du « Je ne me sentais pas très bien » pour justifier mon absence en cours, je ne peux pas lui dire la vérité sur mon après-midi. Alors je bégaye :

« Chez Rose, je rattrapais les cours que j'ai loupés. »

Il hoche la tête, heureusement qu'il ne sait pas que Rose est en spé physique et que par conséquent les deux heures les plus importantes que j'ai loupées ne peuvent pas être rattrapées à l'aide de mon amie :

« Je ne me sentais pas très bien, alors j'ai décidé de rentrer. »

Mon père ne cille pas et se contente de me regarder dans les yeux avant de soupirer :

« Pas à moi, Jade. »

Je fronce les sourcils.

« Tu pleures depuis qu'on est rentrés lundi soir. Je ne suis pas idiot. Vous vous êtes séparés ? »

Il a vu juste et ma gaieté s'envole. Mes yeux me piquent à nouveau et je ne me retiens pas, je fonce dans ses bras. Il paraît surpris mais il caresse mon dos :

« Tu veux en parler ? »

Je secoue la tête contre son torse. Je n'ai pas la force de tout lui expliquer et je n'ai pas envie qu'il soit déçu par Cameron. Je lui épargne ce sentiment.

Je me calme et il embrasse mon front :

« Je suis là pour toi, tu le sais, ça ? »

J'approuve de la tête.

« Alors n'hésite pas, OK ? »

Je le remercie en le serrant à nouveau contre moi.

« Va te reposer, je t'appelle quand on mange. »

Il essuie de son pouce une larme prête à rouler et je disparais assez vite.

À mon tour, j'essuie sur le revers de ma veste les petites perles salées et enfonce ma tête dans mon oreiller. Je hurle un bon coup à en perdre le souffle et c'est une petite notification qui me fait sursauter.

J'espère de tout cœur que c'est une réponse de Cameron, mais encore une fois mes espoirs s'écroulent. C'est tout simplement une notification qui m'informe que le compte Instagram dédié à Cameron vient de publier quelque chose.

Comme chaque fois, mon estomac se noue quand je clique dessus. J'ai peur de ce que je vais découvrir. L'a-t-il vraiment fait ? A-t-il officialisé avec Johanna ?

Je me ronge l'ongle du pouce, mais mes yeux s'arrondissent lorsque je vois une photo de moi. Je m'empresse de lire la description :

« Si notre beau brun semble très proche ces temps-ci de sa collègue Johanna, il en est de même pour Jade et son ex Evan. Souvenez-vous, je vous annonçais leurs retrouvailles tumultueuses. Pourtant, aujourd'hui les deux ont partagé un après-midi des plus complices. Nous ne savions pas que Jade savait faire du skate ;) »

Mon sang ne fait qu'un tour et un grognement m'échappe. Ces gens n'ont donc rien à faire de leur vie que d'espionner celle des autres ? Je sens mon sang battre fort dans mes tempes, si bien que je dois les masser.

Respire, Jade, respire.

Ne paniquons pas, Cameron n'a sûrement pas le temps de se préoccuper de ce compte. Quoique. Et si j'avais tort ? Je me prends la tête entre les mains. Qu'est-ce qu'il va penser ? Qu'il ne compte pas pour moi ? Qu'aussitôt parti, il est remplacé ? C'est une catastrophe, au risque de me répéter. Ma poitrine se soulève rapidement et je suis prise d'un gros sanglot. Il me fait basculer dans la détresse et je rabats mes genoux contre ma poitrine en les encerclant de mes bras. Je n'aurais pas dû accepter la proposition d'Evan.

En même temps, une part de moi se dit que je ne peux pas rester cloîtrée et que ce n'est pas ma faute si des gens ont besoin de la vie des autres pour vivre. Je ne sais plus quoi penser et je me laisse glisser sous la couette, recroquevillée, repliée sur moi-même. Je tente de me rassurer tandis que des larmes roulent silencieusement sur mes joues comme seul témoin de mon cœur en miettes.

Chapitre 38

C'est de très mauvaise humeur que je me réveille le lendemain matin et, pour ne rien arranger, j'ai deux heures de maths en premières heures.

Je n'ai pas croisé mes amis aujourd'hui mais je sais qu'Olivia a cours avec moi et, à mon grand étonnement, je ressens le besoin de la voir.

Alors je me précipite dans les couloirs en bousculant quelques personnes au passage. Je n'y prête pas vraiment attention et rapidement j'atteins ma salle.

J'avais raison, elle se trouve bien là en compagnie de Tristan, ils sont littéralement collés contre le mur. Je détourne le regard car ils ne m'ont pas vue, je reste en retrait et jette quand même un coup d'œil. Je suis surprise de voir que Tristan, qui a intercepté mon regard, m'adresse un petit signe de main, et que ce n'est pas le cas d'Olivia, qui ne m'accorde pas la moindre attention.

L'univers entier semble s'être ligué contre moi ou quoi ?

J'enfonce mes écouteurs dans mes oreilles et je baisse la tête. J'attends dans mon coin que la sonnerie marque le début des cours et que le professeur arrive. Ce qui ne tarde pas. Je me fais bousculer en tentant de rentrer et j'adresse même un regard noir au garçon qui m'a mis un coup d'épaule. Il secoue la tête et s'éloigne. Olivia, ayant dû délaisser Tristan, est déjà installée à notre place. Je l'y rejoins donc. Je n'ai qu'une envie, c'est rentrer chez moi pour pleurer, pourtant je fais un effort et tente un sourire :

« Salut, Liv. »

Elle me coule un regard las avant d'attacher ses cheveux violets.

« Qu'est-ce qui se passe ? » je souffle, inquiète.

Est-ce que j'ai fait quelque chose de mal ?

Elle ne répond rien et M. Buzard, notre professeur principal, très dynamique et visiblement en forme, commence son cours. Il déblatère sur les limites de fonctions mais je ne l'écoute pas. Je suis concentrée sur mon amie. Je me masse la nuque et pose ma main sur son bras pour attirer son attention :

« Olivia ? Ça va ? »

Elle se retourne vivement et me toise :

« Parfaitement. »

Elle se retourne sur ce ton sec, sans plus d'explications, et je souffle. Elle est vraiment de mauvais poil, je ne sais pas comment je vais gérer une dispute…

Je promène mon regard sur la classe, cherchant ce que je pourrais lui dire. Je croise le regard de Laure, assise à côté d'Eva, qui mâchouille un stylo. Elle m'offre un sourire radieux et je tente une pâle copie, peine perdue :

« Pourquoi tu n'irais pas t'asseoir à côté d'elle ? » j'entends souffler près de moi.

Je me retourne, sourcils froncés. Olivia ne me porte déjà plus d'attention, ses lèvres sont pincées et elle fait semblant de regarder le professeur.

« Pardon ? »

Elle daigne finalement me regarder, et quel regard… Si transperçant :

« Tu ne viens pas en cours mardi, tu ne réponds à aucun de nos messages alors qu'on s'inquiète, tu sèches les cours hier sans me prévenir et finalement tu passes un chouette aprèm avec tes nouvelles copines et ton ex que tu es censée détester. »

Elle en suffoque presque d'avoir tout déballé d'un coup, c'est donc ça…

Je la considère avec de grands yeux, je ne sais pas quoi rétorquer, les mots me manquent, tout se bouscule en même temps que les sentiments dans ma tête. Et je réalise :

« Quoi ? Attends, c'est de la jalousie ? »

J'ai dû parler un peu fort puisque M. Buzard s'arrête, plisse ses épais sourcils et marmonne :

« Mesdemoiselles ? Un thé, peut-être ? Non parce que là, on se croirait au café. Olivia, si je me rappelle bien, vos résultats n'étaient pas si élevés… Si j'étais vous, j'écouterais. Merci. »

Il se retourne sous les ricanements des autres élèves, et je m'enfonce un peu plus dans ma chaise. Il ne m'aide pas, là…

« Olivia. Qu'est-ce que tu me fais ? »

Elle croise les bras et plante son regard dans le mien :

« Ne te fatigue pas. Tu t'es servie de nous car tu étais nouvelle et que tu ne connaissais personne, et maintenant dès que tu trouves mieux tu nous lâches salement. C'est très mesquin. »

Elle hausse un sourcil à la fin de sa phrase et je suis prise d'un petit rire nerveux. Ce n'est pas sérieux, là ?

« Mais n'importe quoi ! je rétorque, c'est le bordel dans ma vie… Mais à aucun moment je ne veux me débarrasser de vous ! Vous êtes mes amies.

— Il semblerait que tu préfères les deux pouffiasses là-bas. »

Je secoue la tête :

« Tu dis n'importe quoi. Elles sont gentilles mais c'est tout, on n'a pas le même... délire. »

Je repense aux dépenses abusives qu'elles font, à leurs actes spontanés et pas du tout réfléchis, à leur bande d'amis proches.

« On n'est pas du même monde, elles sont plus comme Lucie ou...

— Evan ? me questionne-t-elle malicieusement. Vous avez l'air proches. Tu as dit qu'il n'y aurait rien entre toi et lui. Rose est vraiment à fond sur ce gars. À quoi tu joues ? »

Elle semble s'emporter, alors elle chuchote, mais ses dents sont tellement serrées que ses paroles s'apparentent à des sifflements.

« Il n'y a rien entre lui et moi. C'est plus compliqué, Olivia. »

Elle garde le silence et je cherche quoi lui dire. Il faut que je lui raconte toute la vérité, il le faut. Elle sait m'écouter et j'ai vraiment confiance en elle, plus qu'en Evan.

« Je me sens vraiment bien avec vous... Vraiment, tu fais fausse route, je t'expliquerai tout et tu comprendras... »

Comment lui dire que je n'avais pas le droit de me confier et que ce sont ces choses-là qui m'ont fait m'éloigner ? Comment lui dire que j'avais plus besoin que jamais d'être proche d'eux mais que je ne pouvais pas ou n'en avais pas envie de peur qu'on me pose de multiples questions sur ma profonde tristesse ?

Je remarque qu'elle ne répond rien et qu'elle regarde droit devant, je suis son regard et remarque que notre professeur s'est encore arrêté et qu'il regarde dans notre direction. Il n'a vraiment pas l'air content mais, avant qu'il ne puisse ouvrir la bouche, Olivia prend la parole :

« Monsieur, est-ce que je pourrais changer de place ? Je n'arrive pas à me concentrer. »

Les narines du prof se dilatent, on dirait qu'il cherche à retrouver son sang-froid. Moi, je suis sidérée et je cherche le regard de mon amie en cherchant à comprendre. Elle s'éloigne vraiment à ce point de moi ? Elle ne me laisse même pas m'expliquer ?

« Faites donc ! Si ça nous permet de ne plus entendre vos horribles voix aiguës en fond sonore. »

Il est vraiment méchant mais je m'en moque pas mal, je suis trop occupée à me demander pourquoi Olivia ne me laisse pas m'expliquer. Je la regarde rassembler ses affaires et gagner une place libre. Je suis vraiment blessée et je ne pensais pas que mon moral pouvait être encore plus atteint. Après mon copain, ce sont mes amis que je perds. Je me demande si Pauline aurait eu la même réaction. Je suis vraiment sous le choc, si bien que je n'écoute pas les deux heures de cours et que je me contente de lancer des regards furtifs à Olivia de l'autre côté de la classe, mais peine perdue, elle m'ignore délibérément.

Chapitre 39

Elle ne m'a pas reparlé de la matinée, elle a bien pris soin de ne pas se mettre à côté de moi pendant les deux heures d'anglais suivantes. J'ai bien essayé de l'intercepter à la fin des deux premières heures, mais elle est partie sans demander son reste en tirant par le bras Tristan, qui l'attendait, penaud, devant la salle. Celui-ci m'a lancé un regard désolé avant de suivre sa petite amie. Au moins, lui ne semble pas m'en vouloir.

Je me demande si c'est le cas de Rose et Florian. Et je m'apprête à avoir le verdict, je les repère facilement dans le self grâce à la chevelure violette d'Olivia. Elle rit avec les autres, ce qui me fait encore plus mal au cœur étant donné que moi elle me rejette. Je prends mon courage à deux mains et serre un peu plus ma prise sur mon plateau. Je me dirige vers leur table en espérant toujours pouvoir m'y asseoir.

En plein élan, je sens une main s'enrouler autour de mon poignet. Je me retourne lentement pour découvrir Evan, rayonnant :

« Comment ça va, Jade ? »

Je n'ai pas envie de lancer une discussion tout de suite avec lui, alors je me défais délicatement de sa prise en murmurant :

« Ça va. »

Avec un petit sourire pour ne pas le vexer. Je continue ma route et j'arrive près de mes amis, le cœur battant. Je ne les connais que depuis peu mais je me sens vraiment bien avec eux et je sais que s'ils me rejettent je passerai une année catastrophique. Leurs yeux sont posés sur moi et me dévisagent. Je me détends lorsque Rose pose un regard bienveillant sur moi et me demande :

« Tiens, ça va, toi ? »

Elle ne semble pas fâchée comme Olivia, qui est bizarrement obnubilée par son assiette. Je m'apprête à poser mon plateau, mais elle relève la tête et lâche froidement :

« C'est complet. »

Je considère les deux places libres en face et à côté d'elle, mais elle a l'air sûre d'elle. Florian lui lance un regard d'incompréhension, ainsi que Rose.

« Qu'est-ce qu'il t'arrive ? » la questionne Rose.

Mais Olivia l'ignore et me fixe :

« Y a des places libres là-bas, à côtés de tes nouvelles amies. Ne te gêne pas, vas-y ! »

Rose paraît outrée, si bien qu'elle ouvre la bouche. Je suis prise de court face à une telle hargne et c'est la brune qui me défend :

« Non mais ça va pas ! »

Elle l'ignore encore et Rose interroge du regard Tristan, qui secoue la tête. Olivia n'en a pas fini avec moi, elle enfonce le clou toujours plus profondément :

« Regarde, Evan n'attend que toi, d'ailleurs je me demande quand est-ce que vous allez officialiser ? »

Elle fait mine de réfléchir et mes jointures blanchissent tellement je serre fort le plastique du plateau. J'ai une boule dans la gorge qui m'empêche de parler fort :

« Arrête, Olivia. »

Elle ricane mais poursuit. Son regard est moqueur et m'écorche à vif :

« Si proches, vous formez un beau couple. Dommage qu'il ait passé sa vie à te tromper. Quoique, vu le dernier que tu as choisi… À croire que tu es abonnée aux connards. »

Ses paroles me font l'effet d'un coup de poing dans l'estomac, tout le monde la regarde, horrifié. Non pas à cause de la virulence de ses paroles, non, parce qu'elle vient de lâcher une vérité douloureuse que je lui avais confiée. Elle était la seule du groupe au courant pour mon passé avec Evan. Elle a l'air de s'en ficher pas mal, un petit sourire flotte même sur ses lèvres. Moi j'ai l'estomac noué avec plusieurs nœuds et des poignards dans le cœur. En plus d'évoquer un secret, elle évoque Cameron, et je pense que c'est ce qui me fait le plus de mal. Tout me revient au visage comme le revers d'une gifle et j'ai mal, très mal. D'autant plus que c'est mon amie qui me balance ça. Après une rupture, une dispute entre amies. Je ne pouvais pas aller plus mal. Je ne me rappelle même pas qu'un jour nous ayons eu affaire à cette situation, Pauline et moi. Je ne me rappelle pas avoir été blessée à ce point par une amie.

Rose est tellement sous le choc des paroles de la jeune fille qu'elle ne me défend plus, elle est confuse. Personne ne réagit et moi j'ai malheureusement les yeux qui me piquent. Ça devient une manie insupportable. J'ai l'impression d'être faible et de constamment me faire marcher sur les pieds.

Je lâche mon plateau, qui vient s'écraser sur la table avec fracas. Le contenu de mon assiette se renverse partiellement et le verre rebondit avant de rouler dangereusement sur la table. Je fixe Olivia, même si je ne la vois que très peu à cause des larmes qui embuent ma vue. Mes lèvres sont pincées et mes poings serrés. Je suis incapable de lui dire des choses blessantes, je ne suis pas comme ça, d'autant plus que je ne la connais que très peu en fin de compte. Alors, je préfère tourner les talons sous le regard des autres élèves du self alertés par le bruit.

Chapitre 40

Personne ne m'a suivie à travers les couloirs cette fois-ci. Je suis restée seule, avec pour uniques compagnons un estomac noué et mon esprit qui ne cesse de me demander : pourquoi ? À tel point que ça tourne en boucle comme une mauvaise chanson.

J'aurais espéré que Rose vienne me parler, me réconforter peut-être même. Je me sens si seule en ce moment, et le sort semble s'acharner contre moi. Si bien que j'hésite à sécher les cours de cet après-midi. Je finis pourtant par me raviser car je n'ai pas envie d'avoir en plus mon père sur le dos. Alors, comme une gentille petite élève, je sors des toilettes à 14 heures pour me rendre à mes trois heures de philo, ça non plus ne va pas arranger mon humeur…

Je ne vois pas Olivia et, lorsque tout le monde s'est installé, j'en déduis qu'elle compte ne pas venir. Je fais donc face tristement à la place vide à côté de moi et sors mon classeur. Cependant, un petit corps balance son sac à main sur la table et s'installe. Je pivote et interroge du regard Laure. Elle hausse les épaules :

« Bah quoi ? J'allais pas te laisser toute seule. »

Elle lève les yeux au ciel comme si c'était évident et sort son cahier du bout de ses ongles manucurés. Je bredouille un « Merci » alors que le cours commence.

Je finis par m'ennuyer rapidement, ce qui n'est pas le cas de ma voisine, trop occupée à répondre à ses messages en ricanant de temps en temps. Je décide moi aussi de laisser Nietzsche et sa morale de côté pour consulter les miens. Sans surprise, mon cœur se serre. Je n'ai pas eu le courage de changer mon fond d'écran affichant Cameron, les cheveux ébouriffés et hilare. J'ai envie de fondre en larmes tant il me manque et tant je le hais de ne pas m'avoir rappelée. Finalement, je ne comptais pas tant que ça pour lui. Je commence à nourrir une colère profonde contre lui, qui me fait peur à moi-même. Pourtant, mon doigt hésite sur son contact et mon cerveau m'ordonne de lui envoyer un message de désespoir. Je ne fais rien. J'aurais l'air encore plus pitoyable…

« Hé, pssst… »

Je sursaute et me retourne vers Laure.

« C'était quoi, ce cirque au self ? »

Je me tortille sur ma chaise :

« Rien, t'en fais pas. »

Elle m'observe les sourcils plissés, l'air peu convaincu :

« En tout cas je t'ai prévenue : Olivia est folle. »

Elle roule les yeux et je ne relève pas. Si elle ne l'apprécie pas, ce n'est pas mon cas et je ne suis pas du genre à parler sur le dos de mes amis, alors je laisse couler. Laure ne me parle pas durant les deux premières heures, mais la lassitude se fait ressentir lorsque l'on entame la troisième heure. Ce qui est totalement compréhensible vu que moi-même je ne peux m'empêcher de bâiller toutes les dix minutes :

« Jade », m'appelle Laure en chuchotant.

Je tends l'oreille, prête à tout pour qu'on me sorte de ce cours.

« Je fais une petite soirée chez moi demain soir. Un truc très cosy, dix personnes max. Ça te dirait ? »

Je ne suis pas sûre qu'accepter améliore les choses entre Olivia et moi, cependant je me dis aussi que j'ai vraiment besoin de me changer les idées et que j'ai le droit d'avoir d'autres fréquentions. Je pèse le pour et le contre, et préfère ne pas donner de réponse pour l'instant :

« J'y réfléchis et je te tiens au courant. »

Elle m'offre un sourire brillant :

« Super ! »

Elle retourne à son téléphone, stratégiquement dissimulé dans sa trousse. Ma main vient soutenir ma joue et j'écoute d'une oreille distraite le professeur déblatérer. La classe est tellement dissipée que, à bout, M. Férand nous lâche bien avant la sonnerie. Comme les autres, je me dépêche de ranger mes affaires et de détaler.

Je me précipite hors du lycée, ravie de pouvoir rentrer chez moi. Un petit air frais fait même danser mes cheveux et rafraîchit mes joues. Il ne fait pas froid, juste bon. Je baisse les yeux sur mes pieds et commence à accélérer le pas pour rentrer.

« Jade ! Attends ! »

Je me retourne, surprise. Je vois Rose, essoufflée, arriver à ma hauteur. Elle inspire profondément et me demande :

« On peut se parler ? »

Je sens mon cœur faire un bond et mon estomac se dénouer un peu. J'ai presque envie de pleurer tant j'apprécie son approche. Cependant, je ne pense pas avoir encore de larmes en stock. Je remonte la bretelle de mon sac sur mon épaule en bredouillant :

« Oui, bien sûr. »

Elle affiche un grand sourire et me prend par le bras :

« Chouette, je te paye un café. »

Je la laisse m'entraîner à travers le parking, mais très vite nous sommes arrêtées :

« Vous allez où ? »

On surprend Florian, son casque en main, prêt à être enfilé. Il nous dévisage avec deux billes à la place des yeux.

« Discuter autour d'un bon café, répond la brune.

— Je peux venir ? enchaîne-t-il. Je n'ai pas trop compris toutes ces histoires. »

Rose lui indique qu'il n'y a pas de souci et un sourire se met enfin à flotter sur mes lèvres.

Nous nous dirigeons vers le fameux café avant que je me rende compte que c'est celui où Cameron m'avait donné rendez-vous et par conséquent celui où Evan travaille. Tandis que Florian pousse la porte, je me tords le cou pour observer si mon ex est là. Ce sont ses horaires, normalement. Et en effet, je croise son regard car il est en caisse.

Et merde…

Le sourire de Rose, lui par contre, s'agrandit et elle se dirige toute guillerette vers le brun.

Je serre les dents et lui emboîte le pas. Elle commande trois cafés et Evan nous invite à aller nous asseoir. J'évite de croiser son regard et on choisit une table un peu à l'écart.

Rose se débarrasse de son sac avant de croiser les jambes presque gravement et de joindre les mains. Elle se penche vers moi et interroge :

« Alors ? Qu'est-ce qu'il se passe entre Liv et toi ? »

À l'instant même où une employée dépose nos commandes sur la table, je décide de tout leur raconter de A à Z. Après tout, une amitié doit être basée sur l'honnêteté. Alors je prends mon courage à deux mains et commence à exposer la situation.

Chapitre 41

Je me tords les doigts :

« On dirait bien qu'elle a mal pris le fait que je traîne avec Laure, Eva et Evan… »

Rose croise les bras sur sa poitrine et s'exclame :

« Je te l'ai dit, elle déteste Laure et donc par extension, Eva ! »

Je trempe les lèvres dans mon café :

« Je sais bien, mais elles ne m'ont rien fait et puis elles ne sont pas méchantes. »

Florian se racle la gorge :

« Moi je ne comprends pas pourquoi elle en fait toute une histoire, moi non plus je n'ai pas que vous comme amis et elle ne les apprécie pas forcément non plus. »

Rose hausse les épaules :

« Florian, tes potes du foot sont vraiment débiles. »

Le garçon lève les yeux au ciel avec un « N'importe quoi ».

« Elle est un peu tendue en ce moment, ça lui passera, reprend Rose, moi non plus je n'ai pas trop compris pourquoi tu t'éloignais de nous…

— Et puis c'est quoi cette histoire avec ton ex ? » la coupe Florian.

Elle lui fait les gros yeux mais il l'ignore. Je fais tourner lentement le gobelet entre mes doigts en me mordant l'intérieur de la joue :

« Je suis restée trois ans avec Evan, et on va dire que durant ces années il n'a pas fréquenté que moi… »

Ils comprennent vite le sous-entendu et Rose fronce les sourcils :

« Ça le rend moins attirant, bizarrement. »

Elle l'observe du coin de l'œil.

« Je ne voulais pas vous le dire au départ, j'avais honte, seule Liv était au courant… »

Florian ricane :

« Et elle a balancé ça comme ça à table ? Elle est dégueulasse. »

Il ne cache pas son mépris et Rose le réprimande silencieusement.

« Je l'ai beaucoup aimé, c'est vrai, je le reconnais, je continue, mais vraiment il n'y a plus rien entre nous ! Je… Il me dit qu'il a changé, et le pire c'est que je le crois. Il essaye d'être une sorte de… d'ami avec moi. Et j'ai vraiment apprécié son soutien… »

Mon ton baisse sur la fin de la phrase et la brune ne me quitte pas des yeux en essayant de comprendre. Ça va être le moment de leur parler de Cameron :

« Je ne me suis pas éloignée de vous pour me rapprocher d'elles ou je ne vous ai pas utilisés, comme dit Olivia. »

Je bois une gorgée pour tenter de dissimiler ma douleur :

« Si je me suis rapprochée d'Eva et Laure, c'est principalement parce qu'elles étaient avec Evan… »

Ils semblent tous les deux perdus et Florian le fait savoir :

« Je ne comprends vraiment rien. »

Il se gratte la tête et je penche la tête sur le côté, les yeux dans le vide. C'est là qu'il va falloir être forte :

« Je ne vous ai pas tout dit… À propos de moi et de mon couple avec Cameron Kent. »

Florian s'avance, intrigué, Rose ne dit rien, elle attend seulement.

« J'ai rencontré Cameron cet été, ça n'a pas été facile entre nous, c'est le moins que l'on puisse dire, mais on a réussi à s'entendre et parvenir à une harmonie à notre façon. En début d'année, tout allait bien. »

Un petit sourire m'échappe quand je repense au jour de la rentrée, mais les pensées suivantes le font disparaître :

« Le souci, c'est qu'il a continué le mannequinat et que ça marchait bien pour lui. Sauf que j'étais en quelque sorte de trop, et son patron a souhaité qu'il ne s'affiche plus en couple pour promouvoir une espèce d'idole inatteignable ou je ne sais pas quoi… »

Je vois Rose s'étrangler :

« Quoi ?

— J'ai donc dû vous mentir et inventer une rupture… »

Sa bouche forme un O parfait et ses yeux sont grands ouverts, même Flo ne sait plus quoi dire.

« On continuait à se voir mais en cachette…, (je ris nerveusement un instant), c'est tellement cliché… »

J'essuie discrètement une larme qui s'apprêtait à couler.

« Je pensais qu'on allait y arriver et il avait pour projet de demander une sorte d'autorisation pour que, lui et moi, ça redevienne comme avant… Mais le créateur en voulait toujours plus. Il voulait qu'il forme un couple fictif avec sa collègue.

— La métisse ? coupe Florian.

— Johanna, oui », j'approuve douloureusement.

Rose cligne plusieurs fois des yeux mais je ne la laisse pas parler, je continue, sinon je ne parviendrai plus à finir :

« Je n'ai pas accepté et on s'est séparés lundi. »

Un sanglot remonte le long de ma gorge et me secoue.

« Je ne suis pas venue en cours mardi pour ça et je n'avais pas la force de répondre à vos messages. Evan est au courant et il a été là pour moi. Je ne vous ai rien dit parce que je ne pouvais pas me confier et vous dire à quel point je souffre. »

Je sens une main caresser mon dos, Florian, en plus de son geste, affiche une mine compatissante. Rose passe une main sur son visage.

« Mon Dieu…, parvient-elle à murmurer. Je ne sais pas quoi dire… »

Elle se penche et attrape mes mains :

« T'aurais dû nous en parler, Jade. On est tes amis, certes nouveaux, mais t'as pas le droit d'être malheureuse seule. »

Elle se pince l'arête du nez :

« J'hallucine. Et Olivia qui t'enfonce encore plus…

— Elle n'est pas au courant… », je tente de la défendre.

Elle m'offre un regard plein d'amour :

« T'es pas toute seule, OK ? Maintenant, plus de secrets entre nous. Je vais en parler à Olivia.

— Attends, ça veut dire qu'à la fête de Younes t'étais avec Cameron ? » intervient Florian.

Je hoche la tête et je sais qu'il repense à la réaction de mon brun quand un garçon est venu me draguer :

« C'était une mise en scène. »

Il s'enfonce dans sa chaise :

« C'est du délire. »

De nombreuses émotions remontent en moi et ça ne s'arrange pas quand Rose s'intéresse à mon ressenti :

« Comment tu te sens ? Comment tu gères ça ? »

Ma vision se trouble et je me concentre pour ne pas craquer, cependant mes barrières sont baissées et je secoue la tête en fondant en larmes.

Rose affiche un visage meurtri et vient me rejoindre sur la banquette. Elle me prend dans ses bras et j'ai envie de pleurer encore plus tant je me sens libérée de m'être confiée. Je ne suis pas seule. Pourtant… J'ai encore ce trou béant dans la poitrine, ce bleu à l'âme que m'a laissé Cameron.

« Je l'aime tellement », je pleurniche.

Je ne sais pas si mes paroles sont compréhensibles, mais la brune me serre plus fort tandis que j'essaye d'essuyer mes larmes. Personne n'ose parler et puis finalement Florian se lance :

« Alors va le voir. »

Comme une même personne, on le dévisage tandis qu'il hausse les épaules.

« Tu sais où il habite ? »

J'approuve de la tête :

« Il ne répond même pas à mes appels, alors…

— Raison de plus. On va avoir 18 ans, et lui les a déjà. On est trop jeunes pour souffrir. Donc tu vas avoir une bonne conversation avec lui et s'il ne revient pas sur sa décision c'est qu'il est vraiment con. »

Il croise les bras pour ponctuer sa phrase et je reste bouche bée.

« Il n'a pas tort », admet Rose.

Je la regarde elle aussi. Ils n'y pensent tout de même pas ? Je panique. Qu'est-ce que je vais lui dire ? Je vais perdre mes moyens. Est-ce que ça ne va pas me faire souffrir plus ?

« Fais-nous confiance, me rassure Rose.

— J'appelle un taxi », s'empresse Florian.

Tout va très vite et, incapable de l'empêcher, je me retrouve embarquée dans leur plan.

Chapitre 42

Je leur ai donné l'adresse… Je me suis laissé transporter par ce taxi… Et je ne sais même pas pourquoi. Peut-être qu'au fond de moi j'espère que ce sera la solution, que ce sera une évidence et que nous allons nous tomber dans les bras. J'ai le cœur qui bat à mille à l'heure et je me demande comment ça se fait qu'ils ne l'entendent pas.

Ils sont plutôt sereins, eux. Confortablement assis, avec en fond sonore une petite musique sympa. Florian regarde même la ville défiler par la vitre en tenant précieusement son casque sur ses genoux. Rose, elle, me tient la main, qu'elle serre fort lorsque le taxi s'arrête devant l'immeuble de Cameron. Qu'est-ce que je fais ici ?

Mon amie m'ouvre la portière et intime à Florian de rester là, à nous attendre. Il râle un peu mais obéit. Elle me tire à l'extérieur et j'ai les jambes en coton, si molles qu'on dirait du chamallow fondu. Mes pas sont hésitants et le deviennent encore plus lorsque, dans le hall, Rose me fait faire volte-face vers elle :

« Je t'attends ici, OK ? Et n'oublie pas, joue la carte de l'honnêteté. Au moins, si ça foire, tu n'auras rien à te reprocher. »

Elle me frotte les bras comme pour me donner du courage alors que je suffoque presque. Je n'ai jamais eu aussi peur de toute ma vie, je crois bien. Ça va tourner à la catastrophe, je le sens.

Elle me sourit pour m'encourager et ma gorge se serre lorsque je me détourne.

Je ne dois pas regarder derrière moi, sinon je risque de faire demi-tour en courant. J'espère de tout mon cœur qu'il n'est pas là ce soir. Aussi, je monte les trois étages sans ascenseur les mains tremblantes et en essayant de trouver quoi lui dire si jamais je me retrouve devant lui.

Ça y est, je suis devant la porte de son appartement. D'ordinaire, je n'aurais même pas frappé et je me serais empressée de lui sauter dans les bras. Aujourd'hui, tout est différent. Je suis ici pour me battre pour nous, quitte à mordre la poussière. Mon poing reste en suspens dans le vide un instant. Le sang bat dans mes tempes comme si mes veines allaient éclater à tout instant. Je tremble de tout mon être mais j'inspire profondément, Rose a raison. Je frappe. Trois petits coups. J'attends, la tête toute retournée, j'ai presque du mal à respirer.

Au départ, je n'entends aucun mouvement et je suis presque soulagée qu'il ne soit pas là, quoiqu'un peu déçue. Je donnerais tout pour voir son visage, pour le prendre à nouveau dans mes bras. C'est pour ça que je suis là, non ?

Ma main retombe le long de mon corps et je m'apprête à faire demi-tour, mais j'entends finalement du mouvement puis un bruit de verrou. Je pivote très lentement tandis que la porte s'ouvre sur lui.

Au départ, il semble être tout sourire, puis ses yeux bleus tombent sur moi et il se fige. Il est si beau, il ne porte rien d'autre qu'un short de sport et tant de beauté est presque blessant, ses cheveux sont ébouriffés comme si nous venions de nous chamailler, ses lèvres pleines roses comme si je venais de les mordre. Tout est parfait chez lui et je meurs d'envie d'entourer son torse de mes petits bras. Pourtant, son regard fermé m'en dissuade. Il reste là à me dévisager, une main tenant toujours la porte à moitié ouverte, la mâchoire serrée.

Mes yeux s'embuent, j'ai mal car cette fois-ci on dirait que je l'ai définitivement perdu.

Il ne dit rien, semble gêné, et je tente d'articuler mais ma gorge est trop nouée, alors je bafouille :

« Salut. »

Il renifle :

« Qu'est-ce que tu fais là ? »

Il n'a pas l'air énervé ou las, juste éteint. Je hausse les épaules tandis que ma lèvre inférieure commence à trembler :

« Je ne sais pas… Je pensais qu'on pouvait parler… Je…

— Parler de quoi ? »

Son regard est si froid qu'il me heurte au plus profond de moi-même. Alors ça y est ? C'est vraiment fini ? Ça fait trois jours et il a déjà tourné la page.

« De nous… »

Il se passe une main dans les cheveux :

« T'aurais pas dû venir ici. »

Il détourne les yeux et je manque d'air. Pitié, je savais d'avance que c'était une mauvaise idée.

« Tu nous fais plus de mal qu'autre chose. »

Il secoue la tête avec une grimace de douleur mêlée à la haine :

« On n'a pas les mêmes objectifs de vie, toi et moi. Ça ne sert à rien d'insister. J'ai voulu essayer avec toi alors que je savais que ça ne marcherait pas. S'il te plaît, va-t'en. Laisse-moi tourner la page. »

Cette fois, il plante ses perles bleues dans les miennes et me laisse y voir de la peine. Une très grosse peine. Mon côté égoïste est content et rassuré que lui aussi souffre. Cependant, mon être se gonfle de rage. Comment peut-il baisser les bras ?

« Non, je ne partirai pas. Je t'aime, Cameron, et je suis sûre qu'on peut trouver une solution… »

Il rit et ça me coupe dans mon élan, son rire est amer et tourne dans mes oreilles :

« Tu m'aimes ? Je ne pense pas, non. Va-t'en, vraiment. »

Il s'apprête à fermer la porte mais je la retiens avec ma petite force. C'est une plaisanterie ? Moi je ne l'aime pas ? Après tout ce que j'ai enduré ? Toutes les larmes que j'ai versées ?

« Je t'interdis de dire ça, je m'emporte. Je t'aime, Cameron, et même plus que le premier jour où on s'est mis ensemble. Je t'aime et c'est justement pour cette raison que je ne peux pas accepter ce que Corentin t'a imposé, et non pas parce que je nous laisse tomber. J'ai besoin de toi plus que de quiconque. »

Je me prends la tête dans les mains. Mes mots s'emmêlent et je ne sais pas comment lui faire comprendre qu'il a pris une trop grande place dans ma vie et que je ne veux pas qu'il la perde :

« J'ai besoin de mon petit ami comme toutes les filles de mon âge, et c'est parce que je t'aime que j'ai envie de ne pas me cacher, de ne pas te voir t'afficher avec une autre, de te voir quand j'en ai envie, putain, Cameron ! C'est toi qui ne m'aimes pas pour accepter ça ! »

Je suis à bout de souffle et surtout de grosses larmes perlent sur mes joues, voilà, je me suis livrée et il a l'air aussi bouleversé mais plus en colère aussi. Il maîtrise sa respiration, je peux l'entendre, et ses poings sont serrés.

« Arrête », murmure-t-il.

Je fronce les sourcils et il répète plus fort :

« Arrête de me balancer toutes ces conneries. T'as pas le droit de venir ici et d'affirmer que je suis le grand amour de ta vie. »

Une tempête se livre en lui et ses joues prennent une teinte rouge. Je ne comprends pas pourquoi il me rejette à ce point, et puis soudain tout s'éclaire :

« Tu ne m'aimes pas, Jade, parce que, si tout ce que tu me dis était vrai, tu ne serais pas en train de passer du bon temps avec ton connard d'ex deux jours après notre rupture. Tout se sait. »

Un seau d'eau me tombe sur la tête alors que je tombe des nues, je suis sidérée et son visage en feu ne calme rien. Alors il m'en veut parce qu'il pense que je me suis remise avec Evan ?

« Mais c'est n'importe quoi, je bredouille, tu racontes n'importe quoi ! »

Il inspire lentement :

« Je savais que toi et moi ça ne serait qu'une question de temps à partir du moment où il est revenu dans ta vie. »

Un sanglot se mêle à un ricanement :

« Je ne suis pas avec Evan et il n'y aura plus jamais rien entre nous. Tu es le premier à savoir la rancœur que je nourris à son égard. Comment tu peux penser ça ?

— Et toi ? Comment tu peux faire ça ? »

Il semble déchiré et fatigué :

« Laisse-moi, Jade. Toi aussi tu t'es bien fichue de moi. Je te le redis, c'est fini. Oublie-moi. »

Je secoue la tête, complètement détruite, un quiproquo, c'est sur ça qu'on finit ?

« Tu sais très bien que je ne suis pas avec lui… » je pleure.

Il ne me regarde pas, comme si ça pouvait l'atteindre.

Je suis prête à utiliser n'importe quelle langue pour lui faire comprendrc qu'Evan appartient au passé et que le sujet principal de discorde c'est son boulot dans le mannequinat, que c'est l'unique souci, mais je n'en ai pas le temps parce qu'on me coupe la parole.

Une voix s'élève derrière lui :

« T'avais raison, elle déconne complètement, ta douche. »

Cameron se retourne et je vois tous les membres de son corps se tendre. Je me décale et pose un nom sur la voix féminine dans le salon. Johanna, en peignoir, se brosse les cheveux. Elle ouvre de grands yeux en me voyant :

« Oh, salut. »

Cameron se replace de manière à ce que je n'en voie pas plus et je remarque qu'il est confus et presque désolé.

Je serre les dents face à ce coup de massue. Il n'a pas perdu de temps, lui non plus. Il me dégoûte et toute la haine que j'éprouve à son égard s'échappe de ma bouche comme du venin :

« Comment tu oses me cracher des mensonges au visage et par-derrière faire ce que tu me reproches ? »

Mon chagrin se multiplie tandis que je comprends que tout est vraiment fini entre lui et moi. Il tente de parler, complètement perdu, mais je l'interromps :

« Tu me dégoûtes. »

La dernière vision que j'ai est celle du grand Cameron Kent qui perd le nord tandis que je dévale les marches en laissant échapper toutes les larmes de mon corps.

Chapitre 43

Je n'ai jamais autant pleuré de toute ma vie, à tel point que je ne vois plus où je vais et que c'est le corps frêle de Rose qui m'arrête. Elle me prend par les épaules et tente de capter mon regard :

« Eh, eh ! Qu'est-ce qu'il se passe ? »

Mon visage se déforme à cause de la douleur et des sanglots :

« Partons d'ici. »

Elle semble aussi souffrir de ma peine mais me prend par la main sans poser de questions. On traverse le hall et je prends volontiers l'air de dehors. Je tente de me calmer malgré ma respiration saccadée. On marche vers le taxi, qui stationne toujours, tandis que je peux entendre une course folle résonner dans le couloir. J'accélère et Rose me suit en jetant un coup d'œil par-dessus son épaule. Je m'engouffre dans le taxi, où Florian attend patiemment sur son téléphone. Il s'apprête à me questionner mais se ravise avec des grands yeux quand il voit mon visage. Rose s'installe devant et le chauffeur démarre.

Je veux partir de cet endroit de malheur et ne plus jamais y revenir. Je suffoque tant mon cœur est souffrant, alors j'ouvre la vitre pour prendre un grand bol d'air frais. Pile au moins pour entendre venir de l'extérieur :

« Jade ! Jade, attends ! »

Florian se retourne et admire mon ex toujours torse nu, désespéré au milieu du parking de sa résidence.

Non, Cameron, tu ne me reverras plus. C'est fini. Je me suis battue à m'en écorcher le cœur, maintenant c'est fini. Tu as tout gâché.

Je ne jette pas un seul regard en arrière et m'enfonce dans la banquette en tentant de maîtriser ma peine. Rose n'arrête pas de me regarder et je sais qu'elle meurt d'envie que je lui explique.

« On va où, les petits jeunes ? »

Je ne laisse personne répondre avant moi et je balance l'adresse de chez moi. Je veux rentrer me rouler en boule sous ma couette et pleurer jusqu'à tomber de fatigue.

Le taxi dépose d'abord Florian au lycée, où l'attend sagement son scooter, puis il emprunte la route principale pour arriver rapidement devant chez moi. Je m'extirpe tant bien que mal de l'habitacle et Rose fait de même pour m'accompagner.

Son regard est si maternel et bienveillant que j'ai envie de la serrer dans mes bras et je ne m'en prive pas. Elle m'accueille fortement contre elle et me serre comme si elle pouvait recoller tous les morceaux de mon être qui se sont envolés. Je pleure un instant dans son cou. Bientôt, je vais devoir la laisser et me retrouver face à face avec mon père et ses multiples questions. Je serre Rose fort et murmure :

« Reste dormir ici, s'il te plaît. »

Je sais que si elle est là mon père ne sera pas trop insistant et, de plus, j'ai besoin d'une présence féminine pour déballer ma peine. Elle m'aidera plus que mon lit, c'est sûr. Elle hoche la tête :

« Je vais régler le taxi. »

Elle se précipite et règle la course avant de m'aider à entrer chez moi. Je devrais y être depuis longtemps et, lorsque nous passons la porte, mon père, qui était installé sur le canapé, saute sur ses pieds :

« Mais où est-ce que tu étais passée ? »

Il s'arrête en constatant mes yeux gonflés et Rose à mes côtés.

« Qu'est-ce qu'il t'est arrivé ? » commence-t-il à paniquer.

Rose s'exprime pour moi :

« Petit coup de mou concernant… sa rupture. On a un peu traîné, histoire de la réconforter. »

Je la remercie de ne pas lui dire la vérité et mon père se gratte la nuque. Il ne sait pas trop quoi dire. Comme tout père face à une séparation, je pense.

« Est-ce que Rose peut dormir ici ? »

Il fronce les sourcils :

« C'est-à-dire que… Y a école demain et… »

Je le supplie du regard et je crois qu'il comprend que j'en ai vraiment besoin.

« OK, je suis d'accord. Mais préviens ta mère. »

Mon amie hoche la tête et je la guide jusqu'à ma chambre.

Je me défais de mon gilet et de toutes mes affaires et me recroqueville dans mon lit tandis que Rose appelle sa mère. Une fois cela fait, elle me considère et pose la question fatidique :

« Tu veux en parler ? »

Sa voix est tellement douce qu'on dirait un nuage de barbe à papa.

Je secoue la tête dans mon oreiller en me remettant à pleurer. Elle s'assoit à mes côtés et me frotte le dos :

« Jade…

— Johanna était dans son appartement. »

Je l'entends murmurer un « Oh » suivi d'un silence :

« Et tu crois qu'il s'est passé quelque chose entre eux ? »

Je me retourne et lui fais face :

« J'en suis persuadée… Tu l'aurais vu… Si coupable. »

Je me remémore la scène et je me crispe :

« Il m'a balancé toutes ces choses horribles parce qu'il pensait que je fricotais avec Evan et finalement…, je sanglote, c'est lui qui a tourné la page le premier. »

Elle exerce une pression sur mon bras :

« Je suis vraiment désolée. »

Et elle l'est. Ça se voit sur tous les traits de son visage. Mon téléphone se met à sonner sur ma table de chevet, je tends difficilement le bras et j'ai presque envie de rire quand je vois le numéro.

« Tu vas décrocher ? » questionne Rose quand elle voit que l'appel vient de Cameron.

Je clique sur le téléphone rouge, ce qui lui donne sa réponse.

Je remonte les genoux contre ma poitrine. C'est dans ces moments-là que ma mère me manque. Elle savait y faire avec les cœurs brisés.

Voilà ce que je suis, un éternel cœur brisé.

« Il faut tourner la page, maintenant. »

Je lève des yeux tristes vers elle. Est-ce que j'en suis réellement capable ? Elle anticipe :

« Ça va être dur, mais on est là. Je vais parler à Olivia et, tu verras, tout va bien aller. »

Je me mords la lèvre. Tout ne peut bien aller que s'il est là. Pourquoi ce sont les personnes que l'on aime le plus qui nous font autant de mal ?

« Repose-toi un peu. Je te réveillerai pour manger un bout. »

Je la remercie. C'est bon d'avoir des amis. Elle me sourit et je ferme les yeux sur cette vision. Avant de tomber dans un sommeil agité que je ne quitte qu'au petit matin.

Chapitre 44

Je n'ai pas eu de réveil aussi désagréable depuis longtemps. Cette sensation d'avoir le corps engourdi, les yeux complètement explosés. D'avoir la gorge sèche ainsi que le corps à force d'avoir trop pleuré. Et ce dégoût de moi-même se poursuit quand j'aperçois mon reflet dans le miroir. On dirait un zombie qui se découvre pour la première fois. Je remarque dans le miroir qu'un corps est paisiblement endormi dans mon lit. Avec beaucoup de douleur je remarque que ce n'est pas Cameron mais Rose et que la veille n'était pas qu'un vieux cauchemar.

Elle bouge avant de cligner des yeux et de se redresser. Elle observe la pièce et semble elle aussi chercher ses marques, elle pose finalement ses yeux sur moi et me détaille :

« Comment tu te sens ? »

Je hausse les épaules :

« Comment si l'armée de terre venait de piétiner mon cœur. »

Elle grimace :

« Je ne sais pas quoi faire, c'est horrible… »

Et pourtant elle a tellement fait.

« Crois-moi : tu as fait tout ce qu'il fallait. »

Elle affiche une moue inquiète et je change de sujet :

« Allez, viens, mon père a dû préparer le petit déjeuner. »

Elle approuve et me suit. Je le connais par cœur et, comme lorsque nous avons des invités, il a rempli l'assiette de mets qui ont l'air délicieux. Mon amie se lèche les babines, j'aurais fait de même mais je n'ai pas faim du tout. Mon père me prend dans ses bras et lui aussi me demande si je vais bien. Je hausse les épaules et me dégage de ses bras. J'ai l'impression que, s'il me serre trop fort, je peux me mettre à pleurer à tout instant.

Je bois un verre de jus d'orange pour lui faire plaisir.

« Je vais à la douche », je jette, maussade.

Je traîne les pieds et m'enfonce dans la cabine. J'ouvre le jet et tout un tas de questions affluent dans mon esprit tandis que l'eau lave ma peau. Est-ce que Johanna est restée dormir chez lui ? Est-ce qu'ils se sont disputés ? Ou au contraire s'est-il excusé auprès d'elle parce que je les ai dérangés ? Mon cerveau est tellement torturé que finalement je ne sais plus si ce sont des larmes qui coulent sur mon visage ou simplement l'eau de la douche.

J'y reste une bonne dizaine de minutes avant de me rappeler que Rose aussi voudrait peut-être en prendre une, alors j'enroule une serviette autour de ma taille et enfile des vêtements à la va-vite. Je ne prends pas la peine de soigner mon apparence.

Rose est encore autour d'un chocolat fumant et saute sur ses pieds, ravie de prendre ma place sous la douche. Je me retrouve donc seule face à mon paternel, très inquiet. Il se tamponne la bouche :

« Tu devrais manger quelque chose. »

Je secoue la tête, les yeux fixés sur des miettes de pain sur la table. Je le sens bouger et venir s'asseoir à côté de moi. Je sens ensuite son bras entourer mes épaules :

« C'est pas facile, l'amour. »

Il embrasse ma tempe :

« Tu sais, parfois on croit qu'on ne se relèvera jamais et finalement petit à petit les pétales de la fleur se rouvrent. »

Je lève des yeux tristes vers lui et il me sourit :

« À ton âge, on pense toujours que c'est insurmontable mais, tu verras, dans quelque temps tu en rigoleras. »

Je me réfugie dans ses bras et il me berce un moment, jusqu'à ce que Rose débarque, pleine de vie :

« Je suis prête ! »

Elle a les cheveux partiellement mouillés comme moi mais le teint beaucoup plus lumineux. Mon père se détache et se frotte les mains sur son jean :

« En voiture, je vous dépose. »

À contrecœur, je récupère mes affaires et mon téléphone, auquel je ne porte aucun intérêt, et rejoins Rose et mon père, en grande conversation. J'ai l'impression d'être au ralenti, que le monde est lui-même au ralenti, alors je ferme les yeux durant le court trajet pour ne pas avoir mal à la tête.

Mon père gare son véhicule et nous souhaite une bonne journée. Je trouve ça ridicule car je sais d'avance que la mienne sera nulle. Heureusement que je n'ai pas cours cet après-midi. Rose m'offre un sourire rassurant et moi je lui en rends un triste, je sais pertinemment que, lorsque l'on passera ces grilles, elle rejoindra Olivia et je me retrouverai à nouveau toute seule. La matinée va être longue…

Pourtant, elle ne me laisse pas et, plus surprenant encore, je sens deux bras encercler ma taille. Je me retourne, surprise, et je remarque une chevelure violette. Cependant, je n'ai le temps de rien dire qu'elle m'enveloppe de ses bras et me serre contre elle comme si sa vie en dépendait. Je me pose d'abord plein de questions, ce qui explique que mes bras ne réagissent pas tout de suite, finalement ils répondent à son étreinte. J'entends rigoler derrière moi :

« Ah oui, j'ai oublié de te dire que je lui ai téléphoné hier soir pour lui expliquer la situation et surtout pour bien l'engueuler. »

Rose rit et j'entends dans mon oreille :

« Je suis vraiment désolée. »

Je la remercie en cachant mon nez dans son cou. Puis on se sépare et c'est Tristan qui ricane :

« C'est plus agréable de vous voir comme ça, j'ai bien cru qu'on allait devoir choisir nos camps bientôt.

— J'aurais choisi Jade sans hésiter, perso », taquine Florian, qui arrive les mains dans les poches.

Olivia lui donne un coup de coude et il lui fait la grimace avant que Tristan embrasse sa copine.

« Comment tu vas ? » me questionne Flo.

Je hausse les épaules en regardant le bout de mes chaussures :

« On fait aller… »

Olivia me prend par le bras :

« Opération "Aux oubliettes le connard" lancée ! On va te montrer que la vie est belle. »

Elle pose sa bouche maquillée de rouge sur ma joue dans un baiser sonore. Je lui souris faiblement.

La cloche sonne et mon amie me prend par la main :

« Allez les nuls, n'oubliez pas, on se retrouve à midi pour la première mission commando », crie-t-elle.

Je l'interroge et elle secoue la tête :

« Surprise. »

Elle me fait un clin d'œil en m'entraînant vers notre cours.

« Si tu savais comme je suis désolée, elle soupire en chemin, je m'emporte beaucoup trop vite sans chercher à comprendre. Bien sûr que tu as le droit d'avoir d'autres amis. »

Elle lève les yeux au ciel :

« Je suis débile mais je me méfie d'elle… Et puis je n'aurais jamais dû balancer ce que tu m'as dit sur Evan… »

Elle s'arrête devant notre salle et penche la tête sur le côté :

« Tu me pardonnes ? »

Je souris franchement, pour la première fois de la journée :

« Carrément. »

Elle tape dans ses mains, toute contente. Je ressens de la joie dans mon petit cœur tout cassé, enfin. Je vais avoir besoin de mes amis, autant les avoir au complet.

Chapitre 45

Olivia ne m'a pas lâchée de la matinée. La première heure, elle n'arrêtait pas de s'excuser et puis, quand elle a compris qu'elle était largement pardonnée, elle a enchaîné la deuxième heure sur tout un tas d'aspects positifs à être célibataire. C'est un peu ironique, sachant qu'elle est en couple depuis presque un an. Ensuite, après avoir insulté légèrement Cameron et m'avoir valorisée à coups de, je cite, « Il sait pas ce qu'il perd, ce con ! », elle a continué à tenter de me faire rire.

Elle est adorable, alors j'ai voulu me forcer, mais elle n'est pas naïve, mes yeux crient à l'aide et mon esprit ne cesse de penser à Cameron, à tous nos bons moments, pour finir par me rejouer la scène d'hier. J'ai essayé de tenir le coup pendant les quatre heures et Dieu seul sait à quel point une rupture détruit. J'ai le moral à zéro même, lorsque la fin de la matinée sonne et qu'Olivia m'entraîne pour rejoindre les autres. Je ne sais pas ce qu'ils ont préparé, mais elle a l'air tout excitée.

On rejoint Florian, Rose et Tristan. Assis sur un banc, ils discutent tandis que Florian entame une cigarette.

« Est-ce que vous êtes prêts ? s'exclame Olivia.

— À fond ! » s'exclame son copain.

Je fronce les sourcils, intriguée :

« Qu'est-ce que vous avez prévu ? »

Rose ricane en piquant la cigarette de Florian pour la porter à ses lèvres, et c'est la petite aux cheveux violets qui explique. De toute façon, elle a l'air d'être la maîtresse de l'opération :

« Hier soir, Rose m'a appelée, comme elle te l'a dit, elle m'a expliqué un peu tout et on en a conclu que nous, en tant qu'amis, on devait te remonter le moral. Qu'on ne pouvait pas te laisser morose et déprimante. »

Je lève les sourcils en murmurant « Merci », presque vexée.

« Il faut que tu te sortes ce coco de la tête, comme ça tu ne seras plus malheureuse, et pour ça… »

Rose écrase la cigarette et continue :

« On t'a préparé un petit après-midi. »

Tristan hoche la tête :

« Au programme, un bon burger suivi d'une petite virée à la fête foraine. »

Ils sont tout contents et Rose précise :

« J'ai vu tout ça avec ton père. Il est OK et il m'a même filé des sous pour toi. »

J'ai envie de les prendre tous dans mes bras tant ils sont adorables. Moi qui avais prévu de finir la journée devant de vieux films romantiques à en pleurer en espérant que mon cœur se répare vite. Même Pauline à la mort de ma mère n'a pas été aussi attentionnée. Je ne sais pas si je vais tenir tout l'après-midi sans craquer mais, une chose est sûre, ces personnes sont des amours. Je ne les connais que depuis peu, et ils me chouchoutent énormément.

J'en perds presque mes mots et je me retiens même de pleurer, de joie cette fois.

« Vous êtes incroyables, je bégaye. Merci. Vraiment, je…

— Non ! Ne pleure pas ! Sinon moi aussi », rigole Olivia en me prenant dans ses bras.

Je ris franchement.

« Et ce soir, annonce Florian, si vous voulez, on se rejoint chez moi pour mater de bons films. »

Les autres ont l'air très enthousiastes et je repense à la proposition de Laure, mais, vu les merveilleux amis que j'ai, je préfère passer ce temps-là avec eux, cependant je préfère ne pas leur mentir :

« Laure m'a proposé de passer chez elle ce soir mais…

— Non, c'est OK, t'inquiète. »

Olivia me fait un clin d'œil et je penche la tête.

« Même si j'aimerais bien que tu ne sois qu'à moi, rit-elle, c'est normal que tu partages ton temps et que tu sortes de ta mini-dépression avec tous tes amis. »

Sa réaction me surprend mais en bien, je ne m'étais pas préparée à ça.

« En plus ils sont plus neuneus que nous, ça te fera du bien de débrancher ton cerveau », taille Olivia.

Son copain lui met un coup de coude et je suis la première à pouffer, là je retrouve Liv. Elle hausse les épaules, l'air faussement innocent, et moi je commence à stresser un peu car je ne suis pas aussi proche de Laure et Eva et, sans cette petite bande, j'ai peur de me sentir perdue.

« Et si on allait manger ? Je meurs de faim », se plaint Florian.

Tristan approuve et je les suis vers ce qu'ils appellent le « paradis des burgers ». Durant le trajet que nous faisons à pied, ils font en sorte de m'inclure dans toutes les conversations pour ne pas me laisser le temps de réaliser que Cameron ne sera plus à mes côtés et ça fonctionne.

J'ai l'impression d'être dans une petite bulle où seuls la joie et le bonheur trônent. Et la satisfaction, lorsque l'on pousse la porte du fast-food est que Florian me commande ce qui semble être le meilleur hamburger de tous les temps. Mon ventre crie famine en le voyant arriver. Il est gigantesque et accompagné de frites. Je doute de pouvoir finir tout ça.

Chacun s'arme de ses burgers et je croque à pleines dents dans le mien, qui est aussi bon que beau.

« Tu te transformes en clown ou quoi ? » se moque Florian.

Je le regarde sans comprendre et il essuie mon nez avec sa serviette en papier.

Le repas se déroule dans la bonne humeur, personne ne parle de Cameron, comme si c'était un sujet tabou, ils me parlent de leurs vies et j'en apprends un peu plus sur eux. Tristan fait de la natation et Florian du foot, tandis que Rose fait de la danse. J'apprends aussi plein d'anecdotes sur leur enfance et les potins du lycée.

Finalement, j'avais raison, je ne finirai pas mon repas, à la plus grande joie de Tristan, qui se jette dessus sous le regard réprobateur de sa petite amie.

« Tu vas perdre tout tes abdos après », boude-t-elle.

Il lui tend une frite et elle sourit. Ils sont vraiment mignons, j'aurais aimé moi aussi partager des moments comme ça avec l'homme que j'aime…

Oh non ! Je recommence à penser à lui.

Je secoue la tête et, pour me distraire, j'envoie un message à Laure pour lui confirmer ma présence ce soir.

« Bon, les gars, on y va avant de s'endormir sur place ? » s'exclame Tristan.

On approuve car le burger commence à peser sur nos estomacs et fait tomber nos paupières.

On règle notre repas et je les suis avec un vrai sourire vers la suite du programme.

Chapitre 46

Nous finissons le trajet sous un soleil de plomb, si bien que Florian n'arrête pas de râler et Tristan de l'engueuler. Nous y parvenons finalement, et mon cœur s'accélère d'excitation lorsque j'aperçois une grande roue et que j'entends la musique du Palais des Glaces.

Les forains se sont établis sur la place publique, et tout semble parfait. Une immense arche de ballons nous invite à entrer dans le pays des attractions. Précédée, bien sûr, d'un guichet. Les tarifs sont plutôt sympas, puisque pour vingt euros nous avons un bracelet qui nous permet de faire les attractions que nous voulons en illimité. Je trépigne d'impatience tandis que je galère à attacher le bracelet blanc. Rose m'aide, puis tout notre petit groupe s'avance alors qu'on commence déjà à se disputer pour savoir par quoi nous allons commencer.

Comme nous avons bien quatre heures devant nous, Olivia propose de tester tous les manèges au fur et à mesure de notre déambulation.

« Je suis pour ! » crie Flo.

Et il n'est pas le seul.

Le premier est une sorte de petit train en hauteur qui fait le tour du parc sur des rails jaunes en allant super-vite. Je suis tellement excitée que toute trace de tristesse semble avoir disparu, comme envolée. Je suis une des premières à sauter dans les petits wagons du train, suivie de près par Rose. Un monsieur barbu vient abaisser les barrières de sécurité sur nos genoux, et la machine se met en route. Bientôt, je ne sens plus que le vent dans mes cheveux et je n'entends plus mon cœur se déchirer. J'entends seulement le wagon avancer et Rose qui crie de joie à mes côtés. Je lève les bras et apprécie ce petit moment d'euphorie. Mes amis ont eu une excellente idée. Je me sens vivante pour la première fois depuis lundi. Je ne fais pas semblant, mon sourire est sincère, comme mes yeux pétillants.

Je m'en voudrais presque de m'amuser autant. Mais cette pensée est vite chassée lorsque je me fais malmener par la machine infernale qui traverse le parc. Les gens sont si petits en dessous. Finalement, le véhicule rejoint la case départ et nous sommes priés de libérer la place.

« C'était énorme ! » s'émerveille Tristan.

On est tous émerveillés, et on se dépêche de rejoindre l'autre manège. Nous nous laissons aller de manège en manège, retombant en enfance, oubliant les peines de l'adolescence. On atterrit sur la grande roue, ce qui réveille en moi une pointe de tristesse lorsque je vois de nombreux couples qui profitent de l'attraction pour se bécoter.

Je ne dis rien pour ne pas plomber l'ambiance. Ils ont l'air si heureux.

On enchaîne ensuite avec le carrousel, puis on opte pour les sensations fortes avec la boule.

On se fait attacher en duo dans une sphère reliée à un élastique, qui se fait propulser en l'air. Je crois ne jamais avoir eu aussi peur de toute ma vie. Mon estomac s'est littéralement soulevé, et je n'ai pas pu m'empêcher de hurler à m'en brûler les poumons, tout comme Florian à côté de moi. D'ailleurs, il pousse des cris très aigus quand il veut.

J'ai les jambes tremblantes à cause de l'adrénaline et, lorsque tout le monde est passé, je ne m'en suis toujours pas remise.

Nous passons des heures à rire à gorge déployée, surtout lorsque Tristan se prend une vitre en pleine figure dans le Palais des Glaces. Olivia en aurait presque pleuré de rire. Mais, comme à toute bonne chose, il y a une fin, et bientôt on se retrouve à devoir choisir la dernière attraction. On opte pour le train fantôme, mais, un peu fatiguée, je décide de ne pas le faire. Florian se désiste aussi, prétendant ne pas se sentir bien depuis la boule.

Olivia le charrie et il bougonne :

« Je n'ai pas peur. C'est pour les gosses, ce truc. »

Ça ne calme en rien les ricanements des autres, et il se justifie de nouveau, tandis que Tristan, Olivia et Rose embarquent dans un wagon.

« Je ne veux juste pas laisser Jade seule, on sait jamais. »

Ils ne l'entendent pas, et je ricane :

« Je ne vais pas me suicider, ne t'en fais pas. »

Il hausse les épaules :

« Non, mais tu peux te faire agresser.

— Je crois que je sais me défendre aussi bien que toi. »

Si j'ai pu maîtriser Cameron… Je secoue la tête. Attention, Jade.

« Ça te dit, une barbe à papa ? »

Florian est un grand enfant, et son visage s'illumine :

« Carrément. »

Il repère directement un stand près de l'entrée, et je le suis en trottinant tant ses pas sont grands.

Il en commande une au Coca, et moi une à la framboise. On regarde la dame nous créer nos jolis nuages et nous les tendre.

« J'invite la demoiselle. Je vous dois combien ? » s'impose Florian.

Je lui fais les gros yeux, mais il m'ignore. Il paye et je m'empresse de le remercier.

Il prend délicatement un petit bout avant de le fourrer dans sa bouche.

« Y a pas de quoi. Si ça peut me faire pardonner d'avoir suggéré l'idée de te rendre chez ton ex. »

Il grimace et j'entrouvre la bouche dans une moue compatissante :

« Arrête, c'est pas ta faute. »

Il me lance un regard en biais :

« Reconnais que c'était une suggestion foireuse. »

Je hausse les épaules :

« Oui, mais au moins je suis fixée, comme ça, et je n'attends plus que les choses s'arrangent comme une cruche. »

Il hoche la tête :

« C'est pas ouf, en fait, l'amour, quand on y pense. »

Il plisse le nez, et je rigole. Quelques instants après, les autres débarquent et Olivia tape dans ses mains :

« Faut se refaire des journées comme ça plus souvent. »

Tristan roule les yeux, hilare :

« On est fauchés, bébé. »

Elle le traite de rabat-joie et tire la tête quand on décide de quitter les lieux. Cette journée était magique, et je ne les remercierai jamais assez pour ça. Durant le trajet du retour, je ne peux m'empêcher de les contempler avec une certaine admiration. Olivia tenant fermement la main de son copain qui, lui, la regarde des étoiles plein les yeux. Rose qui n'arrête pas de lever les yeux au ciel parce que Flo l'embête. Ils sont formidables. Si je peux ressortir une chose positive de la situation, c'est ça. Sans elle, nous n'aurions pas eu l'occasion de resserrer nos liens comme ça.

À tel point que je suis presque triste lorsqu'on se sépare et que j'emprunte le chemin de chez moi.

Me voilà de nouveau seule face à mes pensées, mon chagrin et tout un tas de souvenirs. Je me demande si je vais être capable d'être souriante, ce soir encore.

Chapitre 47

« Alors, ma puce ? Ton après-midi ? »

Mon papa tapote ses dossiers sur la table pour les ordonner. Il ôte ses lunettes de son nez et tente de guetter mes émotions. Je lui souris sincèrement en l'embrassant sur la joue.

« C'était vraiment super, merci. »

Il a l'air plutôt content de lui, et il peut.

« Au fait, ça te dérange si ce soir je vais dormir chez une copine ?

— Rose ? »

Je joue avec la manche de mon haut.

« Non, Laure, tu sais, la fille avec qui j'avais déjà fait un après-midi shopping. »

Et accessoirement un tatouage aussi, mais ça je ne lui dis pas.

Il fronce les sourcils et soupire :

« Je suppose que, si ça peut te changer les idées, c'est une bonne chose. Mais pas de bêtises. »

Un pâle sourire se loge sur mes lèvres.

« Merci, papa. »

Je file dans ma chambre alors que je sens mon téléphone vibrer dans ma poche. Mon cœur bondit lui aussi, Cameron ne m'a pas rappelée depuis hier et, même si je lui en veux énormément, mon ego est content de voir qu'il persiste. Cependant, il s'avère que je me fais des films, puisque le nom qui s'affiche n'est pas celui du bon ex, c'est celui d'Evan.

`> Alors comme ça tu vas à la soirée de Laure ? Je suis aussi de la partie ;P`

Je n'ai pas trop envie de m'éterniser à lui parler même si cette nouvelle me rassure étrangement. Je ne sais pas si c'est le fait que je le connaisse si bien, mais j'ai l'impression que sa présence va me permettre de me détendre. Je ne sais pas.

`> Cool :)`

Lui par contre ne fait pas tarder les réponses :

`> Tu veux que je t'y amène ?`

Je considère sa proposition, qui me plaît assez – ça évitera qu'en plus d'abandonner mon père de nouveau ce vendredi soir, je l'oblige à se déplacer.

`> Pourquoi pas, merci.`

Je suis étonnée par ce nouveau Evan, si attentionné, c'en est presque flippant. Je n'avais jamais partagé de fêtes avec ses amis avant, et il n'était pas aussi serviable. Comme quoi, un cœur brisé fait grandir.

Il me répond qu'il sera devant chez moi à 20 heures, et mon estomac se noue à l'idée d'expliquer à mon père pourquoi mon ex que je haïssais plus que tout se retrouve devant chez moi et que nous ne sommes plus en guerre. En tant que papa, il ne va pas apprécier. Pour éviter toute prise de tête que je ne saurais supporter, je lui demande de m'attendre un peu plus bas dans la rue.

Une fois qu'il a approuvé, je file prendre une bonne douche pour détendre mes muscles exténués. Je prends du temps et, comme je le redoutais, me retrouver seule fait resurgir la douleur logée profondément dans mon âme. D'autant plus lorsque je me retrouve devant mon armoire, où une photo de Cameron et moi est restée collée. Elle semble être l'unique vestige de cet amour, la seule preuve qu'il a véritablement existé. Et c'est douloureux. J'en décroche difficilement les yeux ; je rêverais de replonger dans cette époque où nous étions heureux.

Comment l'amour peut-il aussi vite se transformer en haine ? Comment peut-on aussi vite oublier une personne ? Je secoue la tête. C'était évident de toute façon, Johanna est une vraie bombe, ils vont finalement bien ensemble. Il est à sa place.

Les larmes menacent mais je ne les laisserai pas couler, alors j'ouvre presque rageusement les portes et choisis une tenue équilibrée.

J'enfile un jean bleu ainsi qu'un crop-top moulant noir à manches longues, avec par-dessus un perfecto. Je ne tente même pas de discipliner mes boucles brunes et j'enfile une paire de Vans en glissant mon téléphone dans une des poches arrière de mon pantalon.

Il n'est que 18 heures, alors je rejoins mon père dans le salon pour passer un peu de temps avec lui. Je lui parle de mes amis, de la vie au lycée, tout en omettant le sujet Cameron. On finit par regarder un feuilleton humoristique qui passe à la télé. Je l'aide aussi à préparer son repas de ce soir tout en culpabilisant un peu de ne pas rester avec lui pour partager un bon vieux film comme avant.

Je me souviens que, lorsque j'étais petite, maman allait se coucher tôt et parfois papa venait me réveiller car, selon lui, je ne devais pas rater un film. Quand maman nous attrapait, il se défendait en prétextant qu'il élargissait ma culture cinématographique et que ça me servirait tout autant que les mathématiques dans la vie. Un vrai charlatan.

Je m'assois tout de même avec lui à table pour discuter lorsque à 19 h 30 Evan me prévient qu'il part de chez lui et ne va pas tarder. Je commence donc à préparer mon père à mon départ imminent et, rapidement après, Evan m'annonce qu'il est là.

« J'y vais, papa », je lui annonce alors qu'il se sert une seconde fois des pâtes bolognaise.

Il fronce les sourcils et regarde en direction de la porte :

« À pied ? Je t'emmène. »

Il s'apprête à se lever mais je l'arrête :

« Non, non. Laure vient me chercher avec son scooter, je mens. Elle ne va pas tarder, on est un peu à la bourre, alors je m'avance. »

Il ne défronce pas ses épais sourcils et déclare :

« J'aime pas trop ça. Tu fais attention, pas vrai ? »

Je lui murmure un « Oui, papa » en le saluant. Heureusement que je ne lui ai toujours pas dit que Louis m'avait agressée dans un pub. Il ne m'aurait plus jamais laissée sortir de toute ma vie, beaucoup trop inquiet.

« Amuse-toi bien et, je te le redis : pas de bêtises. »

J'affiche une petite moue qui se transforme en sourire.

« Oui, papa, je te le redis : je fais bien attention », je l'imite.

Il ricane jaune :

« C'est ça, moque-toi de ton vieux père.

— À demain ! »

Je lui envoie un baiser avant de glisser mon téléphone dans la poche de mon blouson et de claquer la porte.

La nuit est déjà tombée et seuls les lampadaires éclairent la large ruelle. Je regarde à droite puis à gauche avant de l'apercevoir, penaud contre sa moto.

« Hey. »

Il sursaute avant de sourire.

« Salut. »

Je sens son regard lourd de questions, et je n'ai clairement pas envie de subir un interrogatoire. Il doit se demander ce que c'était ce cirque au self, jeudi, pourquoi j'étais en larmes le soir. Je coupe court à tout ça :

« On y va ? »

Il paraît désorienté mais se reprend très vite :

« Oui, oui. »

Il me tend un second casque qu'il a eu la précaution de prendre et enfourche sa moto. Je fais de même en m'aidant avec une cale. Je me stabilise avant de m'accrocher à lui. Il redresse son bolide et je ressens une pointe d'adrénaline. Il met le contact et fait couiner le moteur avant de démarrer sur les chapeaux de roues.

Chapitre 48

« Ah, vous voilà ! »

Laure nous accueille. Finalement, nous ne nous sommes pas trompés de maison. Il faut dire que, dans ce quartier, elles se ressemblent toutes. La brune nous invite à entrer, tout sourire.

« On n'attendait plus que vous. »

On la suit. De dehors, on dirait que sa maison est petite, mais en réalité c'est tout l'inverse. On traverse un long couloir avant de tourner à droite pour atterrir dans le salon, d'où des rires s'échappent. Laure n'avait pas menti ; nous sommes vraiment en petit comité. Il y a Eva, bien évidemment, Damien, une fille qu'on me présente en tant que Kiara et une tête dont je reconnais bien les bouclettes. Younes m'offre un sourire éclatant : il était en grande discussion avec Kiara, et ça ne m'étonnerait pas que les deux finissent ensemble. Nous sommes donc sept avec Laure, Evan et moi.

Du moins, c'est ce que je croyais…

« Le livreur de pizzas est vraiment stupide, il s'est perdu. J'ai dû lui expliquer la route pendant dix minutes. »

Une silhouette élancée s'avance en roulant prétentieusement les yeux. Elle replace une mèche blonde derrière son oreille et mes muscles se tendent.

Le regard de Lucie vient accrocher le mien, et elle hausse un sourcil. Un petit sourire narquois étire ses lèvres.

« Tiens, tiens, je ne savais pas que mon ex-belle-sœur était de la partie. »

Laure lève les yeux au ciel en s'affalant sur un fauteuil :

« Commence pas, on est là pour passer une bonne soirée. »

Elle nous désigne du bout du doigt un autre petit canapé libre :

« Installez-vous, faites comme chez vous. »

Je jette un coup d'œil à Evan et je vais prendre place devant la télé qui joue un vieux Marvel.

« Qui veut une bière ? » demande Damien en se levant.

Il sonde le petit groupe en insistant sur moi. Evan lève la main tandis que la majorité des gens en demandent une aussi. Pour ma part, j'hésite.

« Jade ? » demande Damien.

Ses yeux verts ne me lâchent pas, et je me tortille :

« Pour moi aussi. »

Il hoche la tête et se détourne.

« Pas d'alcool pour moi, ajoute Lucie. Je reste aux sodas. »

Les commandes prises, il nous apporte ça très vite, et Evan m'aide à décapsuler ma bière.

« Alors ? questionne Younes, les yeux pétillants. C'est quoi le programme de ce soir ? »

Il passe un bras autour des épaules de Kiara, et c'est Eva qui lui répond :

« Y en a pas, si ce n'est que tu n'as pas le droit de faire des blagues pourries. »

Elle le menace du goulot de sa bière, et il tire la grimace en faisant mine d'être vexé.

« Je suis quelqu'un de très drôle. »

Je ne peux m'empêcher de lâcher un petit rire face à sa mine convaincue et à sa moue d'enfant. Ça a le don d'attirer l'attention sur moi, au grand regret de Lucie, qui ne cesse de rouler les yeux.

« On fait souvent des petites soirées comme ça, tu verras, m'apprend Eva. C'est plus sympa que de retrouver des gens ivres morts dans ta maison. »

Elle rit, et j'entends Lucie murmurer :

« Pitié… »

La rousse tourne la tête vivement et fusille Lucie du regard :

« Tu ne crois pas qu'il serait temps d'enterrer la hache de guerre ?

— Elle est trop rancunière pour ça », soupire Laure.

La blonde riposte en portant un verre de Coca à ses lèvres.

« C'est toi qui parles ? »

Le visage de Laure se ferme totalement, Eva dévisage son amie. Il semble que seules les trois filles aient compris ce sous-entendu.

« Pas de mauvaise ambiance, s'il vous plaît ! » intervient Younes.

Eva remet vite un sourire sur ses lèvres :

« Jade n'est plus avec Cameron, vous avez le même ex. Girl power, non ? »

Lucie ricane en me dévisageant d'un air hautain tandis que mon cœur prend un coup à la mention du prénom de mon ex.

« Je pense pas, non. »

Je lui rends son regard et décide d'intervenir, même si je ne pense pas que ce soit une bonne chose :

« Laisse tomber, Eva, je ne peux pas être copine avec une psychopathe avide de vengeance et en plus la jumelle d'un taré. »

Lucie bondit sur ses pieds en renversant presque son soda :

« T'as dit quoi, là ? »

Elle semble furieuse, et Evan me lance un regard désapprobateur. Oups, c'est sorti tout seul.

Damien se lève à son tour et se place devant la blonde, les mains sur ses épaules.

« OK, les filles, pas de troisième guerre mondiale. Rassieds-toi et laisse couler. »

Un rictus de dégoût s'empare de ses lèvres et elle obéit en crachant :

« J'en ai pas fini avec toi. »

Je remarque qu'Eva et Laure se jettent un regard que je ne parviens pas à décrypter. Kiara s'enfonce dans son siège, et Younes semble amusé. Damien veut dire quelque chose, mais on sonne à la porte. Evan sursaute et le grand frère de Laure va ouvrir. Il revient quelques instants plus tard avec trois boîtes de pizza.

« C'est pas trop tôt », souffle Kiara.

Younes s'empresse de défaire les cartons et de les faire tourner. La tension est palpable, il y a comme de l'électricité dans l'air, cependant la blonde a retrouvé son sourire car elle discute avec Damien. Evan me tend une part de pizza et j'en croque une grande bouchée. Je me demande bien ce que je fais ici alors que je pourrais être avec mes amis à rigoler.

« Au fait, Jade, tu l'as dit à ton père, que tu t'étais fait tatouer ? » me demande Laure.

Tous les regards sont portés sur moi, surtout ceux de Damien et d'Evan. L'un me scrute tandis que l'autre me questionne des yeux.

Par réflexe, je me gratte la nuque.

« Non, je vais attendre un peu. »

Lucie paraît amusée. Damien lui lance un regard de reproche. Eva hoche la tête, et je sens une main se poser sur mon bras.

« Tu t'es fait tatouer ? »

Evan penche la tête sur le côté.

« Oui. Samedi dernier. »

Je ne m'attarde pas. Ça m'étonnerait que les détails ainsi que le processus de cicatrisation l'intéressent.

« Vous êtes mignons tous les deux, en fait. J'ai bien fait de te faire venir. »

Lucie a décidé de ne pas me lâcher, et je vois que ça commence vraiment à énerver tout le monde. Tellement que c'est Evan qui riposte, cette fois :

« Tu vas être chiante toute la soirée ? »

Lucie plisse les yeux, elle ne s'attendait sûrement pas à ce qu'il réponde. Laure pouffe et ça énerve encore plus Lucie, qui s'en prend à elle :

« Qu'est-ce que t'as, toi ? »

Damien fronce les sourcils.

« Lucie », la prévient-il.

Elle l'ignore, tout comme Laure, qui s'emporte :

« C'est quoi, ton problème ? »

La blonde croise les bras sur sa poitrine :

« Mon problème, c'est elle. Elle n'a pas sa place ici. »

Je roule les yeux, lasse de son attitude capricieuse.

« Ce sont aussi mes amis, Lucie », je lâche.

Evan soupire, visiblement saoulé. Younes est sur son téléphone et ne prend pas la peine de nous écouter, tout comme Kiara. Damien, lui, est sur le qui-vive, prêt à agir si ça tourne mal.

Laure, à côté de d'Eva, fulmine.

Lucie se met à rire à gorge déployée, son verre à la main. Même dans son attitude, elle transpire la méchanceté.

« Mais, chérie, ce ne sont pas tes amis. »

Elle secoue la tête comme si c'était évident. Eva fronce les sourcils et Laure se penche, la mâchoire serrée.

« T'es pitoyable », soupire Evan.

Elle pose la tête sur l'épaule de Damien et lâche comme une bombe :

« Plus pitoyable que la petite naïve qui pense être l'amie de deux filles populaires alors qu'elle n'est que le fruit d'une vengeance ? (Elle fait mine de réfléchir.) Je ne crois pas. »

Je fronce les sourcils d'incompréhension.

« Oups », se marre Lucie.

Eva bondit, menaçante et furieuse :

« Ferme-la, Lucie ! »

Tout le monde semble perdu, Damien compris, même s'il a le réflexe de retenir Eva. Heureusement qu'il est là. Je mets du temps à comprendre les propos de Lucie, tant je les trouve aberrants. Elle ne sait plus quoi inventer pour se rendre intéressante. Puis je réfléchis, et le comportement de Laure et Eva me paraît bizarre.

« C'est quoi, ces conneries ? soupire Younes.

— Rien du tout », répond Laure du tac au tac.

Ma bouche s'entrouvre tandis que Lucie en rajoute une couche :

« C'est pas moi la plus pétasse ici. N'est-ce pas, les filles ? »

Eva se débat dans les bras de Damien, qui la tient toujours, et crie :

« Lâche-moi ! »

Celui-ci, qui n'a pas l'air d'avoir beaucoup de patience, la perd :

« Bordel, mais quelqu'un va m'expliquer ces histoires ? »

Lucie lève la main théâtralement :

« Je me porte volontaire. »

Eva continue à s'agiter.

« Arrête, Eva », m'entend-on dire.

C'est sorti tout seul. Je ne comprends pas ce qui se passe, mais Lucie dit la vérité et j'ai le pressentiment que le ciel va me tomber sur la tête.

« Parle », j'ordonne à la blonde d'une voie mécanique.

Damien semble furieux, pourtant Eva se calme et secoue la tête vers Laure avec un regard accablé.

« C'est moi qui vais t'expliquer », dit la brune d'une toute petite voix.

Le silence tombe, la prise de Damien se resserre et, moi, j'ai les dents tellement serrées que ça m'en fait presque mal.

Laure baisse la tête et cherche ses mots avant de renifler :

« Avant tout, sache qu'on est désolées depuis qu'on a appris à te connaître. Tu es quelqu'un de cool…

— Abrège, râle Lucie. Elles se sont foutues de ta gueule, elles ne sont devenues tes amies que pour faire chier Olivia, parce qu'elle semble vraiment t'apprécier. Tu es une vengeance contre Olivia pour Laure. Point. »

La blonde souffle en se resservant un verre. La mâchoire m'en tombe. Lucie ment, ce n'est pas possible, tout ça est digne d'une mauvaise histoire. Qu'est-ce qu'Olivia a à voir là-dedans ? Un seul regard aux deux filles me suffit pour comprendre que Lucie n'a dit que la stricte vérité, et ça me fait mal. Très mal. Je suis trahie de tous les côtés en ce moment, et je ne suis pas sûre de parvenir à m'en relever.

« Jade, c'était notre intention au départ, mais on t'apprécie vraiment », tente de se rattraper Eva.

Mes yeux papillotent, commencent à se remplir d'eau. Ça fait beaucoup en ce moment.

« Pourquoi vous vouliez vous venger d'Olivia ? »

La voix de Damien est dure, il semble déçu et ne cache pas son dégoût. Sa sœur lui jette un regard d'excuse.

« Elle t'a carrément détruit en te quittant. Je ne t'avais jamais vu aussi malheureux. Je te devais ça. Elle semblait tenir à Jade, je voulais qu'elle voie ce que ça fait, de se retrouver toute seule. »

Il rit nerveusement, visiblement énervé.

« Et c'était quoi la suite, t'allais lui piquer son mec ? »

Il secoue la tête, les yeux enragés. On dirait presque Cameron. Je suis paralysée par la trahison et mon cerveau a du mal à tout emmagasiner.

« Putain, Laure, ça t'a pas suffi, la plainte pour harcèlement. Tu lui as pourri la vie ! Je t'ai jamais rien demandé, bordel. T'es autant une garce qu'elle. »

Il siffle ça, et jette un regard mauvais aux deux filles tandis que Lucie sirote sa boisson telle une reine qui assisterait à des joutes pour son unique plaisir. Elle jubile, c'est sûr. Damien disparaît, les nerfs à vif.

Je n'ai toujours pas bougé, et les sons semblent être étouffés autour de moi, aussi j'entends à peine Eva s'excuser :

« On est tellement désolées, Jade, vraiment…

— Ne m'approchez plus jamais. »

Je ne pleure pas mais j'ai mal, je ne crie pas mais mon cœur, lui, hurle. Olivia avait raison, Cameron avait raison, et je n'en ai fait qu'à ma tête. C'est douloureux. Comme a dit Cameron un jour, j'ai beaucoup trop confiance en l'homme.

Mes paroles sont tellement froides que Lucie sourit tandis qu'un silence tombe. Je sens que Younes veut me parler et que sa copine est vraiment mal à l'aise. Je vois Laure pleurer. Je n'ai aucune compassion, aucune émotion. Mon cœur souffre trop. Il est anesthésié.

« Je vous faisais confiance. Vous m'avez soutenue quand je n'allais pas bien. Vous êtes de très bonnes actrices. Des monstres. Olivia avait raison : vous êtes des garces. »

Je me lève mais mes jambes tremblent. Il faut que je parte d'ici au plus vite, que je parte de cette maison de malheur. J'essaye de faire des grands pas et, en passant devant Lucie, je tente de contrôler ma voix chevrotante :

« Et toi aussi, tu es une garce de première. »

Elle me lève son verre avec un franc sourire :

« Et ce n'est pas fini. »

Elle me fait un clin d'œil, ma vue se brouille et ma tête tourne. À tâtons, je reviens sur mes pas, traverse le couloir. J'entends des pas pressés derrière moi, mais je ne me retourne pas, je sais que c'est Evan. Je me bats un instant avec la porte, car ma vision est tellement floue que je n'arrive pas à tourner le verrou. Une main se pose sur la mienne et m'aide. Je ne prends pas le temps de remercier Evan et sors prendre l'air. J'en respire autant que je peux et j'éclate en sanglots. De gros sanglots qui me coupent la respiration. Je sens automatiquement deux bras se refermer sur moi et me serrer. Épuisée, je réponds à cette étreinte sincère. Je pleure et je m'en fiche pas mal d'être dans les bras de mon ex. Il me frotte le dos alors que je tremble. Il tente de me calmer mais ce n'est qu'au bout de plusieurs minutes que mon corps n'est plus parcouru de spasmes.

Je tente de sécher mes yeux même si c'est mission impossible. Un bras autour de mes hanches, Evan m'aide à marcher le plus loin possible d'ici.

« Ça va aller. »

Il chuchote plusieurs fois. Mais il a tort, le monde entier me tourne le dos. Je prends plusieurs goulées d'air en calmant ma respiration.

« C'est bien, calme-toi. »

Je secoue la tête et la colère me revient, je m'éloigne brusquement de lui.

« Ne me touche pas. »

Il ne semble pas comprendre. Je suis en colère contre la terre entière, et c'est lui qui va prendre.

« Tu vas m'annoncer quoi ? Que toi aussi t'es gentil juste pour réussir à me choper ? »

Je hurle dans la nuit et je m'en fiche pas mal des quelques voisins qui m'entendent. Evan ne le prend pas mal, il semble voir que j'ai besoin de déverser ma haine. Il tente de poser une main sur mon bras, mais je le repousse violemment :

« Ne me touche pas, je t'ai dit ! »

Je fulmine si bien que mon rythme cardiaque s'accélère et que je respire fort en pleurant.

« T'es comme les autres, vous êtes tous pareils. T'es un connard. Tu vas me trahir comme tu l'as toujours fait ! »

Mon ton ne descend pas et, comme Cameron et Damien, Evan n'a jamais eu beaucoup de patience. Je le vois serrer les dents mais, au lieu de me hurler dessus, il prend mon visage en coupe pour m'obliger à le regarder.

« Calme-toi ! »

Il siffle entre ses dents, son visage très proche du mien. Je tente de me délivrer mais il resserre sa prise. Cependant, il baisse la voix :

« Calme-toi, Jade. »

Ses yeux transpercent les miens, ils me sondent et tentent de m'apaiser. Mes narines se dilatent. Un silence s'installe et on n'entend plus que ma respiration qui ralentit. Il ne me lâche pas.

« Voilà, calme-toi », murmure-t-il.

La colère passée, je me remets à pleurer, et il se détache de moi en me frottant le dos.

« Je vais te ramener chez toi. »

Il commence à émettre une pression dans mon dos, je me laisse faire mais hoquette.

« Je peux pas rentrer chez moi, j'ai dit à mon père que je dormais ici. »

Et je n'ai pas envie qu'il me voie encore une fois malheureuse à ce point.

« Tu crois qu'une de tes potes pourrait t'accueillir ? »

Je hausse les épaules, vraiment pas en état de réfléchir.

« File-moi ton téléphone. »

Je fronce les sourcils, et il tend la main vers moi.

« Allez. »

J'obéis et je lui passe l'objet électronique. Il le déverrouille et fait je ne sais quoi dessus, puis je le vois porter l'appareil à son oreille.

« Oui, Olivia ? Ouais, c'est Evan, l'ex de Jade. Je suis avec elle, là, elle pourrait venir dormir chez toi ? »

Je m'assois sur le trottoir, la tête entre les mains.

« Je t'expliquerai. Chez Rose. OK, ça marche. »

Il raccroche.

« Allez, lève-toi. On va chez Rose. Apparemment tu sais où c'est. »

Il tire sur mon bras alors que je ne réponds pas.

« Jade, allez. »

Je lui obéis sans un mot, trop occupée à affronter mes combats intérieurs.

Il défait l'antivol qui relie la roue de sa moto et les deux casques, allez savoir comment. Il m'en tend un et enfile le second. Je fais de même très mécaniquement et grimpe derrière lui après lui avoir donné l'adresse.

Le trajet me paraît bien long, et je dois lutter pour ne pas pleurer quand mon cerveau me fait une rétrospective des trahisons que j'ai subies.

Il me faut alors quelque temps pour réaliser que nous sommes arrivés. Evan m'épaule et Rose se précipite vers nous, suivie d'Olivia :

« Qu'est-ce qui se passe ? »

Je leur tombe dans les bras. Elles font partie des rares personnes en qui j'ai confiance. Olivia me frotte le dos, et Rose m'entraîne à l'intérieur.

« Ma mère est sortie », nous apprend-elle.

Elle m'installe sur le canapé, et j'ai honte d'être autant une épave. Je remarque que mes deux amies sont en tenue pour dormir et qu'elles me fixent étrangement.

« Tu ne devrais pas être à ta soirée ? »

Je secoue la tête, pleine de tristesse. Evan soupire, me consulte du regard et décide de leur expliquer à ma place. Il se lance dans le récit de cette soirée catastrophique, et je remarque que les yeux de Rose luisent tandis qu'Olivia, avec son bon gros caractère, bout de colère. C'est normal, c'est à elle qu'on voulait s'en prendre. Evan termine en me lançant un regard compatissant. Rose passe un bras autour de mes épaules :

« C'est fini, maintenant. Je te fais la promesse que tu ne souffriras plus. »

Elle me frotte les épaules et, ce soir-là, je m'endors contre Olivia et Rose après de longues heures de discussion qui ont atténué ma tristesse. Il va me falloir du temps pour me relever mais, avec elles, je sens que c'est possible.

Chapitre 49

Quelques semaines plus tard…

Nous sommes vendredi midi, et nous sommes officiellement en vacances pour deux semaines, dont une que je vais passer à Paris chez ma grand-mère. J'ai mon avion à 15 heures et, contrairement à mes plans de début d'année, je pars seule. Pas de Cameron pour voisin dans l'avion, pour compagnon dans les rues de la capitale de la mode, pour amoureux. Je n'ai pas de nouvelles de lui depuis la fois où je suis allée le voir à son appart. Mis à part un appel une fois, à 4 heures du matin, où il me marmonnait des mots incompréhensibles, probablement trop bourré. Je ne l'ai pas recontacté.

Il faut que j'apprenne à avancer sans lui. Dire que j'ai tourné la page serait un mensonge éhonté ; il me manque atrocement. Je n'ai pas fait le deuil de notre relation et, quelque part, je n'en ai pas envie. Pourtant il faudrait, car le voir faire la une sur les réseaux sociaux me fait toujours aussi mal. Et encore plus lorsqu'il s'affichait avec Johanna, ce qui n'a pas duré longtemps…

« J'ai cru que ces vacances n'arriveraient jamais. »

Je sursaute, et un sourire éclaire mon visage à la vue d'Evan.

Beaucoup de choses ont changé depuis le soir où j'ai appris la vérité sur Eva et Laure. Evan a décidé de ne plus traîner avec elles et reste désormais avec nous. Il sort d'ailleurs avec Rose, c'est encore timide entre eux, mais ils sont mignons. Lucie a arrêté les cours, et je dois dire que c'est un soulagement. Eva et Laure, quant à elles, ne me parlent plus. Elles ont bien essayé, mais je leur ai vite fait comprendre que ce n'était pas la peine, j'ai mis du temps à me relever de ces épreuves. Maintenant, j'ai du mal à m'ouvrir aux gens que je ne connais pas.

« Et, le pire, c'est qu'elles vont passer méga-vite », geint Olivia.

Je ris :

« Arrêtez de vous plaindre et profitez.

— Facile à dire pour toi, tu t'en vas à Paris, meuf, s'exclame Rose en se collant à Evan. Nous, on reste dans ce trou perdu. »

Florian fait mine de humer l'air :

« Je sens déjà le parfum de l'ennui. »

Tristan secoue la tête en riant et en lui soupirant un « T'es con ».

« Ça va ! Vous avez la mer, au moins. »

Ils me regardent tous avec des yeux de merlan frit.

« En octobre ? Intelligente, la petite », se moque Flo.

Je lui donne un coup de coude et il me supplie tandis que nous sortons du lycée.

« Pitié, emmène-moi. Ne me laisse pas avec eux. »

Je secoue la tête.

« Hors de question. T'es un véritable casse-pied. »

Il ouvre de grands yeux :

« Alors là, je suis vexé. »

Je secoue la tête.

« T'as ton avion à quelle heure ? demande Evan.

— 15 heures, je crois. »

Tristan checke Florian, et Rose annonce :

« Bon, on y va. On se capte pendant les vacances. »

Elle m'embrasse.

« Amuse-toi bien et, à ton retour, j'exige un rapport détaillé sur les boîtes de nuit parisiennes. »

Elle se dandine devant moi avant d'embrasser les autres et de partir en nous faisant un signe de la main.

« Je vais y aller aussi, soupire Florian, mon père a commencé des travaux à la maison et je dois l'aider. »

Il tire la tête.

« Courage, monsieur Plaza. »

Il fait mine d'être épuisé et tombe dans mes bras. Je le supporte tant bien que mal, et il nous salue avant de partir à son tour.

Je considère les deux amoureux à côté de moi.

« Bon, je vais y aller aussi, faudrait pas que je loupe mon avion.

— Te connaissant, t'as plus de chances qu'il s'écrase, ricane Evan.

— Ou qu'on se fasse tuer par un tsunami. »

Je m'indigne.

« Moquez-vous ! Je ne penserai même pas à vous en faisant les bouti… »

Je suis coupée par le bruit d'un crissement de pneus. On se retourne, tous ébahis, pour admirer une magnifique Porsche s'insérer un peu rapidement dans le parking. Les vitres sont teintées, aussi on ne voit pas le conducteur, mais j'en déduis que c'est un sacré malade. La voiture fait le tour du parking. Elle vient se garer à la place la plus proche du lycée, c'est-à-dire à quelques mètres de nous, et Evan passe un bras protecteur autour des épaules de Rose. Je suis curieuse de savoir qui est le conducteur d'une telle voiture.

La portière claque, une silhouette se dessine et mon sang se glace. Un beau brun très bien habillé verrouille la voiture sous le regard admiratif de plusieurs personnes. Un beau brun que je ne connais que trop bien, avec des yeux si bleus que l'océan en est jaloux. J'ai un mouvement de recul quand je réalise que Cameron est là, juste devant moi. Il avance décidé, tel un félin, et j'en ai le souffle coupé. J'ai l'impression que ça fait une éternité que je ne l'ai pas vu.

Qu'est-ce qu'il fait ici ? Il doit sûrement venir récupérer des documents au lycée. Ce scénario paraît moins probable lorsque je me rends compte qu'il s'approche vers moi, vers nous.

Le visage inexpressif, les yeux fermés, je tremble de tous mes membres, je suis pétrifiée. Evan, qui a appris ce qui s'est passé au fil du temps, à mesure que l'on devenait de plus en plus amis, capte mon malaise et s'impose dès que Cameron arrive à notre hauteur. Il paraît bien petit à côté.

« Qu'est-ce que tu fous là ? » agresse Evan.

Cameron lève un sourcil, presque las :

« On se connaît ? »

Sa voix me fait frissonner, si rauque, si sexy. En le voyant, je retrouve toutes les raisons pour lesquelles je suis tombée amoureuse de lui, et ça me fait flancher. Rose me jette un regard inquiet. Cameron ne me lâche pas des yeux et ignore Evan.

« Moi je te connais et je peux te dire que t'as rien à faire ici. »

Cameron réfléchit et semble avoir une illumination :

« Ah si, je vois. Tu es la petite merde qui passait son temps à tromper Jade et qui a essayé de la récupérer. »

Il le prend de haut et ne cache pas son mépris.

« Cameron. »

Ma propre voix me surprend, elle sonne comme un avertissement et attire son attention. Ses yeux semblent prendre vie une fraction de seconde avant de redevenir deux puits glacés.

Il fait un pas de côté pour contourner Evan, mais celui-ci ne compte pas laisser tomber :

« Casse-toi d'ici. »

Cameron le transperce du regard, les muscles tendus :

« En plus d'être con et moche, t'es chiant, le gros lot, tiens. »

Evan s'approche, menaçant :

« C'est quoi, ton problème ? »

J'observe mes deux ex qui se toisent méchamment, Evan bombe le torse et ses mots ne sont que des sifflements.

« Là ? Ta présence, s'amuse Cameron. Mon poing me démange aussi atrocement. »

Evan bombe le torse.

« Ça suffit ! » je crie.

Ils se retournent tous les deux vers moi.

« Qu'est-ce que tu fais ici ? »

Je tente de paraître sûre de moi, mais il n'en est rien. Sa présence m'impressionne et rouvre des blessures en moi, tout comme elle réveille ma colère et ma tristesse. Notamment quand il répond :

« Je viens te chercher, Jade. »

Chapitre 50

Ma mâchoire tombe presque, et je suis sûre d'avoir l'air extrêmement bête. C'est une plaisanterie ?

Pourtant, le brun en face de moi a l'air on ne peut plus sérieux. Mon cerveau s'active enfin :

« Quoi ?

— Elle ne va nulle part avec toi », grogne Evan alors que Rose pose une main sur son bras.

Cameron roule les yeux.

« Mais t'es naturellement casse-pied ou tu le fais exprès ? se moque-t-il. On a un avion à prendre dans trois heures, alors on y va. »

Evan me jette un regard d'incompréhension tandis que j'assimile ses paroles. Mon esprit est relativement lent. Il faut dire que c'est un choc de le voir ici, et que mon cœur en est chamboulé. Je suis tellement en colère contre lui, et je le deviens encore plus en réalisant qu'il est vraiment ici. Ça se ressent lorsqu'il tente de me prendre par la main. Je me dégage comme si une décharge venait de frapper ma main. Il me lance un regard plein de questions et de tristesse. Beaucoup de tristesse.

« Non, Cameron. »

Il penche la tête sur le côté, pensant avoir mal entendu. Il est là, après tout ce temps, il est là comme si on s'était quittés la veille. Je dois avoir une discussion. Peut-être la plus dure de toute ma vie. Lui et moi, c'est fini. Je me suis fait une raison. Il ne peut pas me rejeter sous de faux prétextes pour agir ainsi des semaines après. Et puis c'est quoi, cette histoire d'avion ?

« Vous pourriez nous laisser ? j'interroge mes amis. Je crois qu'on a des choses à se dire. »

Le brun reste stoïque tandis qu'il plante ses yeux dans les miens. Je me referme totalement. Non, Cameron, cette fois, tu ne m'auras pas.

Evan n'a pas l'air ravi, mais Rose l'empêche de protester.

« Tu es sûre ? »

Je hoche la tête alors que ce n'est absolument pas le cas, j'ai peur de fondre à nouveau sous ses belles paroles.

Rose tire Evan par la main, et je la remercie intérieurement.

« Bonnes vacances, Jade. On s'appelle. »

Evan rouspète tout en essayant de garder la tête haute. Il ne peut s'empêcher de lâcher avant de partir :

« Si tu lui fais quoi que ce soit, t'auras des problèmes.

— Ouh, je suis mort de trouille. Allez, casse-toi ! (Il se tourne vers Rose.) Eh, toi ! Fais gaffe, il a tendance à aller voir ailleurs. »

C'en est trop pour Evan, qui fonce tête baissée vers Cameron. Celui-ci, bien plus imposant, ne bouge pas tandis que mon premier ex tente de le saisir par le col. Mon cœur loupe un battement et Rose manque de s'étouffer :

« Evan, arrête ! »

Elle tente de le tirer par la veste et Cameron, hilare, s'esclaffe :

« Tu es suicidaire ? Non, parce que tu sais que la mort ça fait mal. Surtout causée par moi.

— Ça suffit ! »

Ça a le mérite de faire disparaître le sourire de Cameron tandis que je pose une main sur le torse d'Evan pour le faire reculer. Je sens deux iris de glace fixer mon dos.

« À plus tard, Evan. Ne t'en fais pas. »

Il réajuste sa veste rageusement et marmonne un « Ouais c'est ça » avant de tourner les talons, suivi de Rose.

Je soupire et demande quand nous sommes enfin seuls :

« Qu'est-ce que tu fais réellement ici, Cameron ? »

Il regarde autour de lui les gens qui nous observent, attirés par les éclats de voix, avant de revenir sur moi.

« Je te l'ai dit, je suis venu te chercher. »

Il a l'air plus distant qu'avant, plus froid. J'ai l'impression de retrouver le Cameron du début.

« Cam…

— On a un avion pour Paris à 15 heures, alors on y va », insiste-t-il.

Je secoue la tête :

« J'ai un avion pour Paris, pas toi. Tu te rappelles, tu m'as plantée pour poursuivre ta carrière ? »

Sa mâchoire se crispe, et il lui est impossible de soutenir mes yeux qui, eux, ont pris de l'assurance. Il croise les bras sur sa poitrine. Il n'a plus rien du jeune homme mature de début d'année, là, on dirait un adolescent en colère.

« J'ai fait croire à ton père qu'on s'était remis ensemble et que je partais avec toi. Je n'ai pas eu de mal étant donné que tu vas relativement bien, apparemment. »

Il semble presque me le reprocher et la mâchoire m'en tombe :

« Tu as fait quoi ? »

Je crie presque, tant je n'en reviens pas.

« J'ai réservé une place dans le même vol que toi. »

C'est du délire ! Ce mec est un grand malade. C'est un gag, c'est ça ?

Il plisse les yeux.

« Quoi ? »

Je prends le temps de respirer tant la situation est inconfortable, surréaliste. Je secoue la tête, prise d'une grande tristesse et d'un creux au cœur :

« T'as pas le droit de faire ça, Cameron. »

Il ne semble pas comprendre.

« J'essaye d'aller bien depuis qu'on n'est plus ensemble, t'as pas le droit de te pointer devant moi comme si rien ne s'était passé. Comme si on s'était quittés hier. Je veux pas que tu reviennes dans ma vie. »

Ces mots me tranchent la gorge. Les traits de son visage deviennent durs.

« Et moi j'en ai envie. Tu devrais savoir que je ne fais jamais ce que tu veux. Monte en voiture, on discutera de tout cela une fois arrivés. »

Je secoue la tête, déstabilisée et les yeux presque embués :

« Je ne pars pas avec toi à Paris. »

Il me défie du regard :

« Ta valise est dans mon coffre ainsi que ton billet d'avion. Ton père est vraiment gentil. »

Il marque une pause avant de laisser tomber :

« Si tu pars, c'est avec moi. »

Je me mords la lèvre et je jurerais qu'une larme est prête à tomber. Pourquoi revient-il si près du but ?

« T'as pas le droit de faire ça, tu es horrible. »

Il pose une main sur mon bras et, comme je tente de me débattre, il lance :

« Je t'aime, et c'est tout ce qui compte. Maintenant, tu montes dans cette putain de voiture. »

Je ne peux pas passer mes vacances avec lui, c'est hors de question. Mon cœur l'a toujours réclamé, mais je ne peux pas céder. Il l'a dit lui-même, on n'est pas faits pour être ensemble. Lui et moi, ça ne colle pas.

« Très bien, mais, une fois arrivés à Paris, c'est chacun de son côté. »

Je n'ai pas le choix, autant coopérer pour que le trajet soit le moins pénible possible.

Il me tourne le dos, visiblement satisfait. Je me passe une main sur le visage. Ça va aller. Je suis au bord de la crise de nerfs, et je commence à regretter de l'avoir un jour laissé entrer dans ma vie. Oui, on en est à ce stade. Je sais qu'il ne bluffe pas et que ma valise soigneusement préparée la veille est en sa possession. J'en veux terriblement à mon père à cet instant. Il est vrai que ces temps-ci nous ne nous sommes pas trop vus car mes amis m'ont beaucoup accaparée pour me faire remonter la pente. Il a dû croire que j'y étais arrivée…

J'hésite longuement avant de monter, d'autant plus que sa voiture est bien trop luxueuse pour que j'y pose mes bottines en étant à l'aise.

« Tu comptes prendre racine ? »

Il me nargue, déjà installé côté conducteur. Je balance mon sac à mes pieds et prends place dans cet espace à l'odeur de cuir. Il me jette un coup d'œil tandis que je m'empresse d'enfoncer mes écouteurs dans mes oreilles. Qui aurait cru que je haïrais de passer du temps avec lui. Pourtant, c'est le cas. On ne s'adresse pas la parole et c'est très bien ainsi, comme au bon vieux temps. Je regarde par la vitre tout le trajet et je finis même par m'endormir, l'aéroport n'étant pas à côté.

Chapitre 51

« Terminal A. »

Je ne prends pas la peine de lui répondre, j'ai décidé que je ne lui adresserais pas un mot et je compte m'y tenir. Nous avons enregistré nos bagages et passé la douane. Comme si la journée n'était pas assez pourrie, il a fallu que je sonne aux portiques et que je me fasse tripoter. Une fois nos effets personnels récupérés, il nous reste à attendre trente minutes avant d'embarquer, et je dois avouer que j'ai hâte car, au moins, je ne serai pas à côté de Cameron.

Il me fixe, debout contre un mur, les bras croisés. Plusieurs regards se posent sur lui, et ça me donne encore plus envie de disparaître, il ne faut pas que je sois associée à lui. Par miracle, mon téléphone sonne et je décroche immédiatement en voyant le numéro d'Evan.

« Ne me dis pas que t'es partie avec ce taré. »

Je grimace tant il hurle.

« Ne me crie pas dans les oreilles, s'il te plaît.

— C'est pas vrai ! »

Je l'entends souffler, et je ferme les yeux.

« Je te rappelle que je te détestais il n'y a pas si longtemps, alors pas de leçon. »

Il réfléchit un temps.

« Ça veut dire quoi, ça ? Tu vas te remettre avec lui ? Mais ça va pas ! Est-ce que je dois…

— Stop ! Ça veut simplement dire que toi aussi t'étais détestable, alors ne commence pas à l'insulter ou même à me prendre la tête, je chuchote. La situation est déjà assez dure comme ça. »

Il soupire et je jette un coup d'œil à Cameron, qui me regarde bizarrement, les lèvres pincées.

« Fais attention à toi et ne te laisse pas avoir, s'il te plaît. »

Je trouve la situation ironique puisque, lorsque que j'étais en couple avec Evan, Pauline me disait la même chose. Je me retiens cependant de le préciser.

« T'en fais pas. »

J'entends du mouvement de l'autre côté du téléphone et c'est une voix féminine qui prend la parole :

« Amuse-toi, ma belle. Essaye de te débarrasser de Cameron aussi vite que possible. »

Je rigole tandis que je vois de plus en plus de monde rejoindre le terminal.

« Je vous laisse, on ne va pas tarder. »

Evan tente de récupérer le téléphone, mais Rose l'en empêche avant de conclure :

« À bientôt. »

Je glisse mon téléphone dans ma poche et j'ignore Cameron qui me demande qui c'était. Finalement, après plusieurs minutes seule à seule avec ma musique, je tends ma carte d'embarquement.

Je fais en sorte d'être le plus en avant dans la file, loin de mon ex, si bien que je m'installe avant lui à mon siège attribué. Une heure de paix.

« Franchement les sièges sont pas oufs, » s'exclame une personne à mes côtés.

Je fusille des yeux Cameron.

« Va à ta place. »

Il répond avec un sourire :

« J'y suis. »

Il me fait un clin d'œil et je grogne :

« Ça m'étonnerait. »

Le savoir si proche m'effraye et me paralyse. Je sens que mon cœur n'est pas encore guéri, et surtout je sens l'emprise qu'il a sur moi. Sa façon de sourire me fait toujours rougir, et son genou si proche du mien fait battre mon cœur que je croyais mort.

« Va-t'en.

— Hors de question. »

Je me masse les tempes.

« Excusez-moi, jeune homme, il me semble que vous êtes sur mon siège. »

Une femme d'âge avancé tient sa carte dans ses mains et dévisage Cameron de ses lunettes beaucoup trop grandes pour son visage.

« Vous vous trompez », répond-il simplement.

Elle fronce les sourcils en considérant son ticket.

« Non, non, je suis persuadée…

— Bon, écoutez, ma copine a peur en avion, alors je reste ici. »

Elle pince les lèvres en relevant la tête face à son ton insolent. Je m'apprête à le contredire, mais il m'intime de ne pas m'y risquer d'une pression sur ma cuisse. Je me résigne et j'observe leur duel visuel. Pathétique.

« La place 3C vous attend patiemment, madame. »

Il lui lance un sourire éclatant qui lui donne encore plus une tête à claques, et la dame ne semble pas vouloir perdre plus de temps, d'autant que les stewards et hôtesses demandent aux gens de se dépêcher.

« Tu pourrais retirer ta main ? »

Il pose un regard vers ma cuisse et ne réagit pas tout de suite. Son contact me fait l'effet d'une brûlure et me rappelle que je n'ai plus droit à ces caresses. Il exerce une petite pression ainsi qu'une rotation circulaire de son pouce et je frémis. Il s'exécute finalement.

« J'espère que tu n'as pas vraiment peur en avion. »

Je lui lance un regard lassé avant de le reporter sur le hublot. Il n'insiste pas, et c'est tant mieux. Je replace ma musique dans mes oreilles et monte le volume au maximum. Il semble en être agacé.

J'envoie un message à ma grand-mère pour lui dire que j'arriverai dans une petite heure à l'aéroport Charles-de-Gaulle.

Ma mamie, étant une pro de la technologie, me répond presque instantanément qu'elle envoie Rodrigue, son ami, nous chercher et qu'elle a hâte de me voir et d'enfin rencontrer mon copain – elle a entendu dire par mon père qu'il venait, finalement.

C'est le pompon.

« On dirait que tu vas devoir me supporter un peu plus longtemps, me nargue Cameron en retirant un de mes écouteurs.

— C'est hors de question ! » j'explose un peu trop fort.

Il me mime un chut.

« Chacun de son côté, Cameron ! Laisse-moi tranquille… Je…

— Calme-toi ! On va finir par croire que je t'agresse. »

Et c'est le cas, il m'agresse sentimentalement et c'est extrêmement douloureux de résister à la tentation. Il est comme une drogue ; je dois m'en sevrer. Ce sera dur, mais c'est pour mon bien.

« Tu ne viendras pas chez ma grand-mère. Je refuse qu'elle te rencontre. »

Il renifle, peut-être atteint par ce que je lui ai dit. Je ne sais pas.

« Je ne connais pas Paris. Je n'ai rien prévu. Je n'ai nulle part où aller », confesse-t-il.

Il me regarde intensément. Mais dans quelle merde je me trouve encore ? Je laisse tomber ma tête contre le siège en la secouant.

« Pourquoi t'es venu ? C'est quoi, ton but ? Me torturer ? Cameron, fiche-moi la paix. »

Il ouvre ses yeux et j'y vois une petite flamme danser.

« Je suis venu pour te récupérer et prendre un énième départ à zéro. »

Je me mords la lèvre inférieure :

« Et si cette fois je ne le voulais pas ? »

Il abaisse son regard sur ma bouche :

« Tu finiras par le vouloir. »

Il tourne immédiatement la tête, et je rabats la capuche de mon sweat sur ma tête en me tournant vers le hublot. Le visage pratiquement caché, je laisse couler de grosses larmes silencieuses qui en disent long sur mes peurs.

Retomber dans ses bras pour encore souffrir ?

Chapitre 52

« Hé, on est arrivés. »

Il semblerait que je me sois endormie, épuisée, car Cameron me secoue gentiment. Ma nuque est raide, et je tente malgré tout de regarder par le hublot. J'y vois d'autres avions, des employés en gilet jaune qui s'affairent à descendre les valises. Waouh ! J'ai vraiment loupé le décollage et l'atterrissage ! Les gens se pressent déjà pour sortir le plus vite possible. Cameron s'étire et récupère sa veste. Je détache ma ceinture, que je ne me rappelle pas avoir mise, et récupère mon sac à main. Je me sens tout engourdie, et mes jambes ont du mal à bouger. J'ai aussi extrêmement chaud, si bien que je passe très vite devant les stewards afin de sortir. L'aéroport est beaucoup plus frais, et c'est un soulagement. Il faut dire qu'il ne fait pas très beau ici. Ça change de notre Sud.

« C'est passé vite, finalement. »

Cameron s'étire en grognant. En même temps, ce n'était pas un voyage de plusieurs heures. Je me garde de le lui faire remarquer, car je n'ai pas envie d'une confrontation.

« On va chercher nos bagages, viens. »

Je réajuste mes cheveux et le suis en marchant un peu en arrière. J'observe les alentours et remarque que, même si Cameron n'est pas une star ici, ça parle beaucoup sur son passage. Surtout chez les jeunes filles. Je ressens une pointe de jalousie. Avant, il était à moi. J'aurais peut-être pu glisser ma main dans la sienne, il aurait passé un bras autour de mes épaules. Ici, il n'en est rien, je me contente de regarder son dos et de le suivre sans un mot.

On traverse différents halls et couloirs pour finalement arriver dans un grand hall peuplé de tapis roulants où déjà des valises défilent.

Je ne sais pas vers lequel aller, mais Cameron semble bien renseigné et nous mène vers l'un d'eux, où attendent déjà quelques personnes de notre vol, qui scrutent minutieusement les valises qui arrivent.

La mienne est anis, alors je n'ai pas de mal à la reconnaître. Je m'en empare et commence à m'éloigner. Je suis censée être ici toute seule, je n'ai pas envie de l'attendre.

Seulement, alors que je suis déjà bien avancée, un bruit affreux de roulettes et de course parvient à mon oreille.

« Hé ! Tu vas où ? Attends-moi ! »

Je me tourne, la tête lasse.

« Non, Cameron, nos routes se séparent ici. »

Il arrive à ma hauteur et lâche, presque triste :

« Je te l'ai dit, je n'ai nulle part où aller. »

Je hausse un sourcil :

« Fallait y penser avant de venir. »

Il ricane :

« Ta grand-mère m'attend, ce serait dommage de la décevoir. »

Je le fusille du regard :

« N'y pense même pas. On est plus en couple. »

Il hausse les épaules :

« C'est provisoire. »

Je roule les yeux :

« On t'a déjà dit que t'avais trop d'assurance ? »

Il cherche à se souvenir :

« Non. »

Il est insupportable. Je me rappelle avec peine que, quand nous étions ensemble, il était beaucoup plus calme et mature. Vraiment, j'ai l'impression d'avoir fait un bond dans le passé.

« Allez, quoi. On sait tous les deux qu'on va se remettre ensemble. Ne complique pas les choses. »

Mais quel culot !

« Va te faire foutre, Cameron. »

J'accélère mes pas tandis qu'il trottine.

« C'est pas ce que j'ai voulu dire. Je t'aime et tu m'aimes. C'est peut-être explosif entre nous, mais c'est comme ça. »

Je ricane :

« Tu es bien sûr de toi. Qui te dit que je t'aime encore ? »

Je me fais directement arrêter par sa main qui tire mon bras. Je me retrouve très proche de lui, son visage à quelques centimètres du mien. Il a passé une main dans mon dos pour me presser contre lui et l'autre vient dégager une mèche de cheveux de mon visage.

« Repousse-moi. »

Ce contact me pétrifie. Je me sens toute molle. Tous ces efforts anéantis comme ça. Tant de désillusions. Je ne sais plus quoi dire tant mon cœur bat la chamade. Il en profite et ses lèvres viennent effleurer les miennes. Il me suffirait de me rapprocher juste un peu plus pour les goûter. Ça fait si longtemps. Juste un petit baiser.

Sa bouche s'entrouvre, prête à se poser sur la mienne. Non, je n'ai pas subi des semaines de souffrance pour craquer en un claquement de doigts. C'est ridicule. Alors je place mes mains sur son torse et le repousse. Mes bras sont faibles, d'autant plus que mon cerveau, trop dans le coton à cause de la situation, ne les commande pas très bien. Il ne résiste pourtant pas et lâche même un petit sourire :

« Tu te mens à toi-même. »

Je tire rageusement ma valise. Je ne flancherai pas. J'accélère le pas tout en maugréant :

« Tu te trompes. »

Pour toute réponse, il rit, et je tente de l'ignorer. Ce voyage que j'ai si souvent imaginé vire au cauchemar.

Je tente de faire abstraction du sentiment désagréable qui m'entoure et marche d'un pas déterminé vers la sortie. Cameron me suit sans un mot en faisant parfois coucou à des gens.

Je suis presque soulagée de voir les grandes vitres menant dehors. Il y a pas mal de monde dans ce hall, et je ne sais pas du tout à quoi ressemble l'ami de ma grand-mère.

« Qui est-ce qui nous récupère ? »

Cameron semble se tordre le cou tandis que je balaye la salle du regard. Il y a beaucoup de familles, de touristes, on assiste à des retrouvailles. Finalement je découvre un petit monsieur trapu, aux cheveux aussi blancs que sa petite moustache, qui porte une petite pancarte où figure l'inscription « Jade et Cameron ». Son regard croise le mien et il me sourit. Je lui rends son sourire et m'avance un peu plus guillerette vers lui.

« Jade, je suppose ? »

Il me tend la main. J'approuve d'un hochement de tête en la lui serrant.

« Votre grand-mère avait raison, vous êtes sublime. »

Je rougis légèrement.

« Merci. »

Vu de près, il me fait légèrement penser à David Suchet, l'acteur d'*Hercule Poirot*.

« Et vous êtes Cameron ?

— En chair et en os », répond avec un peu d'arrogance mon ex-petit ami.

De même, il échange une poignée de main avec l'homme prénommé Rodrigue, et celui-ci nous invite à gagner sa voiture au plus vite afin d'éviter de s'embourber dans la circulation parisienne.

Je jette un regard noir à Cameron quand il s'exclame :

« C'est parti ! »

Il me défie et je n'aime pas ça du tout, alors, tandis que Rodrigue marche devant, je lui chuchote :

« Que ce soit bien clair : on n'est pas ensemble et je le ferai comprendre à ma grand-mère. »

Il m'offre un sourire éclatant :

« Les désirs de ma princesse sont des ordres. »

Sur ce, il me dépasse, me laissant à la traîne, et je fronce les sourcils, le regard posé sur son dos. La tension est palpable entre lui et moi, même si Rodrigue ne semble pas s'en apercevoir. Je prends soin de m'installer à l'arrière bien loin de ce ténébreux, et mon regard l'assassine pendant tout le trajet.

Chapitre 53

Ma grand-mère habite dans le VIIe arrondissement dans un petit appartement au deuxième étage, situé dans une ruelle typique parisienne. Rodrigue nous a déposés devant l'entrée de l'immeuble, et je ne peux m'empêcher de tendre le cou pour admirer les grands balcons ainsi que les fenêtres. Ça n'a rien d'extraordinaire, mais je trouve un certain charme au toit grisâtre – peut-être que c'est l'euphorie de se retrouver dans la capitale.

« On dirait qu'ils adorent le gris, ici », grimace Cameron.

Je l'ignore en soupirant avant de pousser la lourde porte bleu-gris et de déboucher sur un grand escalier en pierre blanche à la rampe forgée. Bien heureusement, je remarque qu'il y a un ascenseur et ça me rassure pour ma grand-mère. La savoir loin de mon père et moi peut être parfois angoissant.

Je force sur mes biceps pour porter ma valise afin de gravir les deux étages, mais on me l'arrache.

« Donne.

— Je suis pas handicapée. »

Il roule les yeux et me passe devant en grimpant les hautes marches.

« Un merci aurait suffi. »

Je remonte mon sac à main sur mon épaule et le suis en silence. Il s'arrête au deuxième étage et hésite face aux différentes portes.

« C'est laquelle ? »

Plutôt que de lui répondre, je m'avance vers le numéro 15 et frappe timidement. Après mes trois coups, j'entends du mouvement et bientôt une grande femme blonde de 70 ans nous ouvre la porte. Un large sourire s'empare de mes lèvres et je lui tombe dans les bras. Elle me serre fort contre elle et je me cache dans son cou comme quand j'étais petite. Elle a toujours le même parfum et je suis envahie d'une vague de nostalgie. Je me rappelle les repas de famille avec maman – cette odeur lui faisait tourner la tête. Rien ne semble avoir changé, hormis le fait qu'elle est atrocement amaigrie et que des rides parsèment son visage.

« Regardez-moi ça. Quelle belle jeune femme ! »

Elle me contemple à bout de bras.

« Tu es jolie comme un cœur ! Entrez, entrez. »

Je jette un coup d'œil à Cameron, qui fronce les sourcils mais ne dit tout de même rien. Ma grand-mère lui indique un endroit pour poser les valises avant de tendre la main au brun.

« Enchantée, Cameron, je suis Adélaïde. »

Il la salue avec un petit sourire, et elle semble ravie de sa présence, contrairement à moi.

« Pardonnez-moi, dit Cameron, mais vous ressemblez énormément à la mère de Jade, c'est troublant. »

Je lui lance un regard presque choqué, ma grand-mère a très mal vécu la perte de sa fille unique, et je m'en veux d'avoir oublié d'en parler à Cameron, quoique n'importe qui aurait pu se douter qu'il allait dire ça. Ma grand-mère sourit faiblement en serrant son châle blanc sur ses épaules. Il est vrai que comme ça, avec ses cheveux qu'elle teint en blond, elle est le portrait craché vieilli de ma mère. Les mêmes yeux bleus, le même nez remonté et la même bouche pleine.

« On me l'a toujours dit, du moins quand elle était encore en vie. »

Cameron secoue la tête :

« Je suis désolé.

— Bon, et sinon, mamie, comment ça va ? »

Je change de sujet autant pour elle que pour moi, car je ne suis pas très à l'aise. Elle nous invite dans le petit salon en me répondant :

« Ça va bien, contrairement à ce que pensent les infirmiers. Je ne suis pas encore bonne pour la maison de retraite, plaisante-t-elle en levant les yeux au ciel. (Cameron esquisse un sourire en prenant place sur le canapé.) Mais ne parlons pas de ça. Je suis si heureuse de vous avoir ici. (Elle nous embrasse de ses yeux chaleureux et pétillants.) Et de rencontrer ton fameux copain. »

Elle insiste sur ce dernier mot en me coulant un regard malicieux lourd de sous-entendus.

« Euh… En fait… je bégaye.

— Nous aussi on est ravis d'être ici », me coupe Cameron.

Ma grand-mère semble charmée. Elle se lève précipitamment.

« Oh ! Un café peut-être ? Le trajet a dû être long.

— Je veux bien, s'il vous plaît », demande Cameron.

Je tarde à répondre, trop occupée à me demander à quoi joue Cameron.

« Jade ? »

Je reviens à moi :

« Non merci. »

Elle disparaît à l'autre bout de la pièce, où est aménagée la cuisine.

« À quoi tu joues ? » je murmure.

Cameron ne semble pas comprendre.

« On n'est pas ensemble, je dois lui dire. »

Il pince les lèvres et me répond en chuchotant aussi :

« On va pas l'emmerder avec nos problèmes de couple. T'as qu'à faire comme si. »

Je secoue la tête :

« C'est hors de question !

— Est-ce que tout va bien ? »

Ma grand-mère revient les mains vides, et je me dépêche de plaquer un sourire sur mon visage. Peut-être qu'il n'a pas tort. Comment lui expliquer que nous ne sommes plus ensemble mais qu'il a tout de même décidé de venir pour, je cite, « me reconquérir » ? Elle nous trouverait bizarres.

« Je suis désolée, je pensais avoir de quoi faire un bon café, mais je n'en ai plus. Je vais appeler Rodrigue pour qu'il me fasse quelques courses. C'est que j'ai deux ados à nourrir, maintenant, plaisante-t-elle en s'emparant de son fixe.

— Laissez, on peut s'en charger. Ne le dérangez pas plus, et puis ça nous fera visiter, en quelque sorte. »

Cameron me coule un regard comme pour me demander mon avis alors que je sais pertinemment qu'il s'en fiche.

« Vous êtes sûrs ? demande ma grand-mère, peu certaine. (Mon ex hoche la tête.) Bon, eh bien d'accord, il y a un petit commerce deux rues plus loin. »

Cameron se lève et me lance :

« On y va ? »

Je me lève aussi, même si j'aurais préféré ne pas me retrouver seule avec lui. Ma mamie récupère sa carte bleue et me la tend :

« Tu connais le code ? »

J'approuve même si ce n'est pas une question, puis elle me tend une liste des courses. Je la remercie, et Cameron me passe devant.

« Il est charmant », me souffle ma grand-mère.

Je lui souris avant de grimacer discrètement. Si elle savait.

« À tout à l'heure. »

Elle nous lance cela du haut des escaliers tandis que j'essaye de suivre Cameron qui les dévale.

Chapitre 54

« Attends-moi ! »

Ma voix résonne en écho dans les escaliers tandis que Cameron a déjà poussé la porte et posé un pied dehors. Je trottine pour le rattraper. Je ne connais pas Paris et, même si je suis en froid avec Cameron, je n'ai pas envie de me perdre.

« Fais des plus grands pas. »

Il me jette un coup d'œil par-dessus mon épaule.

« Très drôle. »

Il sourit tandis que j'arrive à sa hauteur.

Je suis impressionnée par le monde qu'il y a dans les rues. Notre ville est si calme à côté. Je me sens vite troublée par cette démesure. Tout semble décuplé ici, et ça m'en fait tourner la tête.

« Attention. »

Je sens une main me tirer en arrière, puis je vois passer un vélo à fond la caisse là où j'étais un instant plus tôt. Je me tourne vers Cameron, qui me tient toujours par le bras.

« Regarde où tu marches, Jade. »

Il fronce les sourcils tandis que je me dégage.

« Ça va », je maugrée.

Il roule les yeux et reprend sa marche, le nez sur son téléphone, qui lui sert de GPS. Je passe mon temps, moi, à contempler tout ce qui nous entoure, et le bruit environnant couvre très bien le blanc entre Cameron et moi. Je le suis simplement et, rapidement, nous arrivons dans la petite épicerie qu'a mentionnée ma grand-mère. Je ne peux m'empêcher de regarder Cameron et de lui en vouloir pour nous avoir mis dans cette situation. On pourrait être heureux dans cette capitale à faire les courses comme un petit couple, au lieu de ça, chacun entasse de son côté les articles nécessaires, et c'est seulement à la caisse, lorsque je tends la carte de ma grand-mère, qu'il se décide à me parler :

« Range ça. »

Je lui lance un regard d'incompréhension et je le vois sortir sa carte.

« C'est pour moi. »

Le caissier semble s'impatienter et je proteste :

« Non, Cameron, tu ne peux pas…

— C'est pas comme si j'avais pas les moyens. »

Il tranche en tendant sa carte bancaire, que le caissier prend sans un sourire pour effectuer un paiement sans contact.

Je me sens atrocement gênée en ramassant les articles que je fourre dans un sac.

« Ça me fait plaisir », ajoute Cameron quand il remarque que je rumine dans mon coin.

Il me fait un petit sourire avant de s'engager dans la rue. Une mélodie attire notre attention. Elle est très harmonieuse. On dirait du classique joué en live. Cameron tend aussi l'oreille.

« Mozart, *La Marche turque* », murmure-t-il.

Je fronce les sourcils.

« T'arrives à reconnaître ça, toi ? »

Il grimace :

« Vu le nombre d'années qu'il m'a fallu pour l'apprendre, oui. (Il plisse les yeux avant de proposer :) Viens, on va voir. »

Je le suis sans broncher, et nous empruntons la rue opposée à celle que nous devrions prendre. Je ne sais pas trop où nous allons, nous nous laissons guider par la musique, qui se fait de plus en plus forte. Finalement, nous débouchons dans une rue beaucoup plus large que les précédentes et, dans un coin, sur le trottoir, les gens se sont attroupés pour écouter une jeune fille qui exécute son morceau sur ce qu'on pourrait appeler un piano miniature.

On se mêle à la foule et je peux ainsi voir ses doigts bouger à une vitesse phénoménale sur le clavier. Je suis impressionnée et lève un regard vers Cameron, qui, lui, écoute attentivement, les yeux plissés. La jeune fille conclut une phrase musicale avant de laisser la foule en haleine sur sa dernière note. Un tonnerre d'applaudissements se fait entendre tandis que, très timidement, elle remercie les gens qui viennent lui parler. Petit à petit, la foule commence à se disperser, et j'entends Cameron souffler :

« Mouais, c'était pas ouf. »

Je ne peux m'empêcher de rire.

« Tu rigoles ! C'était incroyable ! »

Il plante ses yeux dans les miens et m'analyse un instant qui paraît être une éternité, puis finalement il lâche le sac qu'il tenait à mes pieds avec un :

« Oh et puis merde. »

Je le vois s'éloigner de moi.

« Qu'est-ce que tu fais ? »

Il me jette un coup d'œil mais ne répond pas. À la place, il prend place sur le tabouret qu'occupait plus tôt la jeune fille. La plupart des gens sont partis, mais les plus curieux, eux, sont à l'affût de ce que mon ex pourrait jouer.

« Je veux voir cette même admiration dans tes yeux quand j'aurai fini. »

Je reste bouche bée tandis qu'il remonte les manches de son perfecto en cuir noir. Ses doigts caressent les touches d'abord timidement, puis il effectue quelques accords pour trouver ses marques. Ensuite, il entame *La Lettre à Élise*. Il n'en joue qu'un bout, pourtant je suis fascinée par son aisance. Il semble avoir fait ça toute sa vie. Cameron Kent qui joue du piano, à moins que ce ne soit une partie de la vie d'Alexis Morreau plutôt. Je ne peux détourner les yeux de lui, son visage semble habité par différentes émotions. C'est beau à voir. Son physique de bad boy le rend encore plus sexy. Mes sentiments resurgissent et je ne peux rien y faire. Oui, j'aime cet homme, je l'aime à m'en faire mal, et c'est justement ça le problème. C'est ça le plus blessant, cette incapacité à ne pas s'avoir s'aimer sans se faire mal.

Je me rends compte, quand je sens son regard sur moi, que je suis partie dans mes pensées et que je ne suis plus vraiment là. Mes yeux papillotent tandis que lui me fixe comme s'il voulait me dire quelque chose. Il joue quelques accords, histoire de dire aux gens qui le regardent qu'il ne compte pas lâcher le clavier. Mais il me regarde, et je suis surprise qu'il me laisse lire les émotions qu'il ressent. Ses yeux bleus sont doux et tendres, mais aussi tristes. Je le vois inspirer et se détourner.

Il se concentre à nouveau sur les touches et ferme un instant les yeux. Ses deux mains s'harmonisent et mes poils se hérissent car je reconnais tout de suite la mélodie. J'avais déjà confié ma passion un peu has been du groupe Queen à Cameron, mais je ne pensais pas qu'il s'en serait souvenu. J'accueille les premières notes de piano de *Love of my Life* avec plaisir. C'est une de mes chansons préférées, ses doigts bougent plus vite, et je me fige lorsque des sons sortent de sa bouche.

Il chante, et étonnamment juste. Il n'a pas le timbre de voix de Freddie Mercury mais sa voix aussi grave me donne des frissons.

« Love of my life, don't leave me,

You've taken my love, you now desert me,

Love of my life, can't you see ?

Bring it back, bring it back,

Don't take it away from me,

Because you don't know

What it means to me. »

Je croise les bras sur ma poitrine tandis que son regard se pose sur moi. Ces paroles ne sont pas anodines.

Il appuie son regard sur moi, et je comprends qu'il faut que j'écoute cette chanson d'une autre façon. Que je comprenne son message caché. C'est son plaidoyer. Sa façon de m'expliquer ses émotions, et j'en ai presque les larmes aux yeux. Cette mélodie est encore plus belle dans sa bouche, et je ne suis pas la seule à le penser. Un coup d'œil aux gens me permet de voir que la plupart ont leur téléphone en l'air pour filmer.

Le piano revient et je le vois presque sourire, avec une agilité déconcertante. Joueur, il jette un regard charmeur à son public et je le reconnais bien là. Sa voix fait rouler les notes, il les malmène, les tourne à sa façon, les prolonge. C'est époustouflant. Mon attention est focalisée sur lui, si bien que la musique n'est presque qu'un bruit de fond. Je retiens cependant son changement de voix et tout l'amour que ses yeux me portent en même temps qu'il prononce les paroles de fin :

« *Love of my life.* »

Je me mords la lèvre inférieure tandis qu'il m'offre un sourire timide en finissant par du piano.

Ses mains retombent au bout d'un moment, suscitant de nombreux applaudissements et sifflements. Il n'y a pas à dire, il a fait sensation. Quel cran !

Cependant, Cameron reste Cameron, et il n'y prête pas vraiment attention. Il glisse ses mains dans ses poches et ne regarde que moi. On dirait qu'il appréhende ma réaction, et je trouve ça encore plus adorable. Puis il baisse les yeux vers ses pieds.

« J'espère ne pas avoir trop massacré Freddie. »

Il grimace et je suis emportée par un élan de tendresse. Dans une pulsion, je me jette dans ses bras et le serre aussi fort que je le peux. Il paraît surpris, mais finalement m'étreint comme si sa vie en dépendait.

On reste un moment comme ça et je dois dire que mon ventre s'agite en des millions de papillons tandis que mes jambes ramollissent. Je l'aime si fort que je pourrais tuer pour lui… Mais peut-être pas me tuer moi-même. Alors, après avoir savouré ce câlin que pendant des semaines je pleurais, je recule, un peu gênée.

Lui semble un peu triste. Les choses ne peuvent pas toujours se régler par la musique. Il prend cependant ma main.

« J'aimerais qu'on sorte ce soir, toi et moi. Pour discuter. (Je considère sa proposition avec des petits yeux, encore très émue.) S'il te plaît. »

Je ne peux pas lui refuser. Nous en avons besoin.

« C'est d'accord. »

Il soupire presque de soulagement et ose un petit sourire en récupérant nos affaires. On se remet en route. Laissant dernière nous le piano et ce moment extraordinaire.

« C'était magnifique, dis-je en rompant le silence.

— Tu vois que t'as bien fait de me laisser venir. »

Je laisse échapper un petit rire :

« N'exagérons rien. (Il me couve du regard.) Merci. Je ne savais pas que tu savais chanter. »

Il hausse les épaules :

« On ne s'est pas laissé le temps de se découvrir. »

Je secoue la tête tandis que je me retrouve face à face avec la peine que je nourris depuis un certain temps. Cette peine qu'il ne m'ait pas choisie, moi, et qu'il m'ait repoussée pour un quiproquo.

« Je ne ressors pas avec Evan », je me sens obligée de dire.

Il renifle tandis que je vois déjà de loin l'appartement de ma grand-mère.

« On en parlera ce soir, tu veux bien ? »

J'approuve et, jusqu'à ce que nous rentrions, nous n'échangeons plus aucun mot. J'ai hâte d'être à ce soir, et pourtant j'ai peur car je ne suis pas bête. Je sais pertinemment que je vais retomber dans ses bras. Je ne suis pas assez forte – ou alors notre amour est trop fort.

Chapitre 55

« Vous voilà ! Vous avez trouvé facilement ? » nous accueille ma grand-mère.

Elle décharge Cameron du sac de courses pour l'apporter à la cuisine.

« Oui, ne t'en fais pas, on a juste fait un petit arrêt musical. »

Elle affiche une moue d'incompréhension.

« Il y avait un piano dans la rue », explique Cameron.

Elle se donne une tape sur la tête comme pour se punir de ne pas y avoir pensé.

« Oui, ils l'installent souvent, c'est sympa. »

Je lance un regard à Cameron et murmure :

« Très sympa. »

J'aide ma grand-mère à ranger et je remarque que Cameron s'apprête à dire quelque chose :

« Adélaïde, ça vous ennuierait si j'empruntais votre petite-fille ce soir ? »

Je ris, il est vraiment adorable, ce n'était vraiment pas nécessaire, et ma mamie le lui fait comprendre gentiment :

« Vous faites ce que vous voulez, les enfants ! Ce n'est pas la peine de me demander.

— Super, merci. (Il sourit.) On part vers 19 heures ? »

Je réfléchis et finis par approuver. Je dois dire que je suis nerveuse. Je frotte mes mains sur mon jean, et il replace une mèche de cheveux derrière mon oreille. Je sens que ma grand-mère nous observe, les yeux plissés :

« Il me fait penser à Paul. Si vous saviez comme on en a fait voir de toutes les couleurs à nos parents », se marre-t-elle toute seule.

Cameron semble amusé et s'appuie au comptoir.

« Le grand-père de Jade ?

— Oh non, penses-tu, je n'ai pas connu qu'un seul homme dans ma vie ! »

Elle secoue la tête comme si c'était évident. Je m'invite dans la conversation :

« Et Rodrigue, d'où il sort, au fait ? »

Elle affiche un sourire malicieux :

« On s'est rencontrés au club de bridge. Un sacré tricheur, celui-là, mais un très bon amant. »

Elle nous lance un regard explicite, et je fais la grimace. Pitié !

« Bah quoi ! me gronde-t-elle. Pas si vieille, ta mamie, qu'est-ce que tu crois ! Y a pas d'âge pour ça. »

Cameron me lance un petit regard ponctué d'un coup de coude, mais je l'ignore, un peu mal à l'aise.

« Profitez, les jeunes. Après c'est plus compliqué, croyez-moi. »

Je penche la tête, éberluée mais amusée par son sous-entendu. Elle se penche vers nous et nous murmure :

« Au fait, je ne sais pas si vos parents vous laissent dormir ensemble mais ici il n'y a pas trente-six mille chambres, alors bon ! »

Je serre les dents et me crispe tandis que Cameron murmure :

« Y a pas de souci. »

Si, si, il y en a un, et un gros même. Je suis déjà assez chamboulée rien que par sa présence, alors dormir avec lui… Je sens que mon self-control et mon cœur vont être mis à rude épreuve.

Cameron remarque que je me ronge l'ongle du pouce, alors il pose une main sur la mienne et me chuchote à l'oreille :

« J'irai dormir sur le canapé. »

Je sonde ses yeux pour essayer de voir s'il est sérieux et ça a l'air, je lui offre un sourire navré et il détourne le regard.

Nous avons passé la fin d'après-midi à discuter de tout et de rien avec ma grand-mère. J'ai appris qu'elle avait porté plainte quelques mois plus tôt contre sa coiffeuse car, d'après elle, elle s'acharnait à lui rater sa coupe chaque fois. Elle nous a bien fait rire, et je suis contente de voir qu'elle n'a pas perdu de sa vitalité. Venir la voir était vraiment une bonne décision, elle me ressource à sa manière même si j'aurais aimé que l'objet de mes tourments ne m'accompagne pas.

Elle a justement fait un peu sa connaissance, bien qu'il soit resté très vague sur lui et sa famille. Il a toujours du mal à parler de sa mère, et c'est bien normal.

Même si officiellement il ne fait plus partie de ma vie, je suis contente qu'elle le connaisse. Ce garçon m'a apporté beaucoup, et il est certain que toute ma vie je me souviendrai de lui, ce sacré personnage.

Entre nous, nous ne nous sommes pas parlé, et je sens que ma grand-mère a remarqué que quelque chose clochait bien qu'elle n'en ait rien dit.

Pire, elle essaye d'arranger les choses à sa manière, si bien qu'elle m'aide à me préparer pour notre sortie de ce soir :

« Tu devrais mettre ta jupe patineuse avec ton petit haut rouge. »

Je considère ce qu'elle me conseille :

« C'est pas trop décolleté ?

— Ça te plaît ? (Je secoue la tête – c'est vrai que la combinaison des deux est jolie.) Alors enfile ça. Ainsi que tes collants. »

Je l'écoute et m'exécute.

« Tu es superbe ! »

Je me contemple dans la glace de la chambre :

« Tu trouves ? »

Elle fouille dans ma valise et trouve mon petit perfecto noir :

« Enfile ça, et ce sera parfait. »

Elle m'aide à le passer et me regarde derrière moi dans la glace :

« Ta mère serait si fière de toi. »

Je serre sa main tandis qu'elle pose l'autre sur son cœur en fermant les yeux. Je dépose un baiser sur sa joue et elle retrouve un petit sourire.

« Bon, je crois que je suis prête. »

Elle me contemple de haut en bas.

« Tu as oublié les chaussures », dit une voix depuis l'embrasure de la porte.

Ma grand-mère se retourne dans un bond et distingue comme moi Cameron, bras croisés. Il porte une chemise noire qui moule son torse à merveille. Il me surprend à le regarder trop longtemps et il bombe légèrement le torse avec un sourire en coin. Je baisse les yeux vers mes orteils, que je fais bouger.

J'ai ce qu'il faut. Connaissant ma grand-mère, j'avais anticipé qu'elle m'emmène dans des restaurants avec ses amis, alors j'ai pensé à prendre ma plus confortable paire d'escarpins. Je les enfile en essayant de ne pas tomber et je m'examine une dernière fois.

« Tu es magnifique. »

Cette fois, c'est Cameron qui se tient derrière moi, mamie s'étant soudain volatilisée.

« Merci », je réponds simplement.

Je me triture les doigts tandis qu'il ne lâche pas mon reflet des yeux. Je le vois se pencher.

« Si tu savais à quel point j'ai envie de t'embrasser. »

Je déglutis alors que sa bouche effleure mon oreille et qu'une de ses mains se pose sur ma hanche.

Mon cœur bat la chamade. Il me suffirait de me tourner pour joindre mes lèvres aux siennes, et j'en ai envie. Terriblement. Pourtant je ne fais rien, car la douleur est en trop grande proportion dans mon cœur et que les souvenirs m'empêchent de m'abandonner.

« On ferait mieux d'y aller. »

Je m'éloigne de lui et je vois sa mâchoire se crisper. J'ai été détruite, et ça ne se répare pas d'un claquement de doigts. Il hoche finalement la tête et, à contrecœur, il me suit vers la sortie.

« Jeune homme, la veste », l'appelle ma grand-mère.

Il fait volte-face juste au moment où elle lui lance son blouson en cuir.

« Comme ça, vous êtes assortis », triomphe-t-elle.

Cameron l'enfile et m'invite à le suivre.

« Bonne soirée, mamie.

— Je laisse ouvert. Amusez-vous ! »

Elle nous fait un petit signe de la main tandis que la boule dans mon estomac s'accentue. J'ai très peur pour la suite. Je sens que ça risque de ne pas me plaire…

Chapitre 56

« Elle est cool, ta grand-mère. »

Cameron enfonce les mains dans ses poches dès que nous arrivons dans la rue en évitant soigneusement de croiser mon regard tandis que, moi, je croise les bras sur ma poitrine.

« Oui, c'est vrai. J'aurais jamais pensé que tu la rencontrerais après notre rupture. »

Il hausse les épaules et tente un petit sourire pour désamorcer la gêne :

« Je suis imprévisible. »

Je ris légèrement. Ça, c'est le moins que l'on puisse dire.

« Où on va ? »

Il pose ses yeux, dont je ne peux plus distinguer la couleur à cause de la nuit, sur moi.

« Tu verras, suis-moi sans poser de questions.

— Mais tu ne connais pas Paris. »

Il hausse les épaules :

« Non, mais j'ai ce qu'on appelle Internet. J'ai fait mes petites recherches, ça fait un moment que j'avais prévu de partir avec toi. »

Je fronce les sourcils, près de répliquer, mais mon téléphone sonne. Je l'extirpe tant bien que mal de la poche de mon blouson et, avant que je puisse voir de qui il s'agit, Cameron s'en empare et le porte à son oreille :

« Allô ? »

Il plisse les yeux et je l'entends grogner, légèrement sarcastique.

« Non, elle n'est pas encore morte. Oui, vous commencez à me gonfler. Et non, ce n'est pas la peine de rappeler. Au revoir. »

Sur ce, il raccroche sous mes yeux ronds.

« Tes potes sont énervants. »

Il soupire tandis que je me plains en voyant qu'il s'agissait d'Olivia :

« Cameron, mais ça va pas ! »

Il accélère le pas en m'ignorant presque.

« C'était pour la bonne cause. »

Je lève les yeux au ciel :

« Tu ne peux pas toujours faire ce que tu veux…

— En effet, car si c'était le cas, je t'aurais embrassée pour que tu la boucles », tranche-t-il.

Il me scrute tandis que mon cœur tambourine.

« Maintenant, tais-toi et suis-moi. »

Je fronce les sourcils. Son ton autoritaire a enlevé tout charme à sa phrase tandis qu'il me dépasse. Il ne semble pas vouloir perdre de temps, et je dois trottiner comme je peux avec mes talons pour le suivre.

Nous marchons en silence le reste du chemin dans les rues de Paris bien qu'elles soient très animées, et pour cause, nous sommes vendredi soir. Aussi, les rues sont envahies de musique et de brouhaha. Rapidement, des odeurs viennent chatouiller nos narines, nous rappelant que c'est l'heure de dîner.

« On va prendre un truc vite fait à emporter. »

Il me désigne du doigt un Bagelstein, et j'en ai l'eau à la bouche. Je le suis sans rechigner et nous commandons deux bagels à emporter. Ce petit snack n'est pas très fréquenté, aussi nos commandes arrivent vite et nous nous remettons en route.

Je commence à avoir mal aux pieds, d'autant plus que manger en marchant n'est pas pratique :

« C'est encore loin ? »

Il ne me répond pas, et je comprends vite pourquoi. Nous débouchons sur une grande place, celle du Trocadéro, avec en arrière-plan la tour Eiffel.

Quoiqu'on aurait presque du mal à la voir tant c'est bondé, entre danseurs, skateurs et touristes, c'est assez convivial. Cependant, ça ne m'empêche pas d'avoir le souffle coupé devant la tour Eiffel éclairée qui se dresse dans l'obscurité.

« On va se poser ? »

Je secoue la tête, les yeux pétillants.

Nous avons beaucoup de mal à trouver un endroit où s'asseoir, mais Cameron, réussissant tout ce qu'il entreprend, trouve finalement.

Je tiens d'une main mon bagel tandis que de l'autre j'ajuste ma jupe pour ne pas avoir les fesses à l'air. Cameron finit son repas les yeux fixés sur la structure en métal, lui aussi émerveillé, même s'il ne le montre pas.

« Je trouvais que c'était sympa comme lieu… pour parler, commence Cameron.

— C'est presque dommage de se prendre la tête ici. »

Il hausse les épaules, l'air pensif :

« On est pas obligés. »

Je ricane :

« On ne sait pas se parler normalement.

— On a du mal à se comprendre, surtout. »

Je hoche la tête, il n'a pas tort.

« Je sais que tu n'as pas fréquenté Evan après notre rupture… »

Il ne prend vraiment pas de pincettes. Je renifle tandis qu'une pointe au cœur survient. C'était tout de même la base de son rejet. Et puis lui… Il ne s'est pas gêné.

« Comme je n'ai pas fréquenté Johanna », ajoute-t-il comme s'il lisait dans mes pensées.

Je ne peux m'empêcher de rire :

« Ah non ? Pourtant on aurait vraiment dit. »

Il pose ses yeux dans le vague tandis que j'aimerais qu'il me regarde pour y lire ses émotions.

« On s'est tous les deux basés sur des quiproquos et, crois-moi, j'en ai souffert quand je l'ai compris. »

J'ai le cœur à vif, je ne sais pas quoi répondre.

« Je t'aime, Jade. »

Cette fois, son regard est sur moi, et il me couve d'amour et de sincérité, ce qui me fait atrocement souffrir.

« Alors pourquoi tu ne me l'as jamais prouvé ? »

J'ai du mal à entendre ses mots car je ne le crois plus. Cache-t-on vraiment la personne qu'on aime ?

« Par égoïsme, je le reconnais. Je pensais d'abord à moi, je pensais que jamais t'aurais le courage de me quitter et puis tu l'as fait… (Je secoue lentement la tête, en me mordant la lèvre inférieure.) Ça a été un des moments les plus durs de ma vie.. »

J'esquisse un sourire en pensant à tous ces soirs où j'ai pleuré, où j'ai espéré qu'il souffre aussi.

« Pourquoi tu n'es pas revenu vers moi ? »

Toutes ces semaines pour finalement qu'il me dise que lui aussi vivait mal notre rupture…

« J'ai failli flancher plusieurs fois. (Je repense à son appel complètement bourré.) Mais il fallait que je me reconstruise d'abord et que je fasse le point pour te donner ce dont tu as besoin. Tu m'aurais de nouveau accepté si j'avais continué à être mannequin ? »

Je fronce les sourcils, il est vrai qu'il n'a pas tort, mais je trouve sa tournure de phrase bizarre.

« Je n'ai pas réussi à faire comme si Johanna et moi étions un couple. J'ai commencé à espacer les shootings, pour complètement arrêter lundi », m'explique-t-il.

Je penche la tête sur le côté, les yeux grands ouverts.

« J'ai besoin de toi plus que de reconnaissance. (Il grimace.) Je suis plus ce gros dur qui se fiche de tout le monde, t'as tout chamboulé et je te l'ai déjà dit. »

Mes yeux se brouillent.

« Pourquoi ? Pourquoi tu n'as pas empêché tout ça ? »

C'est ce qu'on appelle un mauvais timing.

« La voilà, ma preuve d'amour : j'ai tout arrêté pour être avec toi, et rien que toi. »

Il glisse une main sur la mienne et je ne peux m'empêcher de la serrer comme si ma vie en dépendait.

« Tu peux pleurer si tu veux. »

Je lâche un petit rire étranglé :

« T'en fais pas, j'ai appris à bien savoir le faire, ça. »

Son pouce roule sur ma joue pour essuyer une larme, et ses lèvres embrassent mon front.

« C'est nul à dire, mais je ne te considère pas comme une simple petite amie, tu es spéciale et je veux faire un bout de chemin avec toi. »

Je lève des yeux gorgés d'eau vers son sourire. Il se mord lui aussi la lèvre malicieusement.

« J'ai eu une petite idée. »

Je pense que mon cœur n'est pas prêt pour d'autres nouveautés, mais ma curiosité l'emporte :

« Qu'est-ce que c'est ? »

Il caresse ma joue :

« Tu passes ton bac et on vient emménager ici. Les facultés sont bien et je pourrais reprendre mes études.

— Ici ? je m'étrangle. À Paris ? »

Il hoche la tête comme un enfant tandis que je secoue la mienne en posant une main sur son torse.

« Cameron… Ça va trop vite, là. J'ai besoin de temps. Je t'aime, ça c'est certain, mais on connaît tellement de bas que je ne nous reconnais plus. Ne bouscule pas tout. On n'est même plus ensemble. »

Ses yeux se plantent dans les miens et son index vient soulever mon menton.

« Tu auras le temps qu'il te faudra, mais tu es à moi. »

Il ne dit pas ça méchamment, mais je frissonne tout de même. Ses yeux dévorent mes lèvres et je ne peux me retenir.

Une de mes mains se pose sur sa nuque et l'approche de moi. Je comble l'espace en goûtant le bout de ses lèvres avec un soupir. J'entends le sien en écho, et il presse sa bouche un peu plus contre la mienne. J'aimerais pleurer tellement c'est bon et tellement cette sensation m'a manqué.

Mon cœur est prêt à éclater, j'avais perdu tout espoir de revivre ça un jour.

Sa main se glisse dans mes cheveux tandis qu'il sourit contre mes lèvres :

« Du temps, hein ? »

Son sourire est contagieux et je murmure :

« C'était un petit accident. »

Il embrasse le bout de mon nez.

« Comme ton arrivée dans ma vie, ce que je ne regrette pas », précise-t-il.

Je souris :

« Je n'ai jamais dit que je regrettais de t'avoir embrassé. »

Je passe une main dans mes cheveux en m'écartant un peu de lui.

« Je regrette juste la manière dont s'est déroulée notre histoire, j'ajoute plus sérieusement. (Je plisse le nez.) D'en être arrivée là. De ne plus rien savoir de toi. De te voir t'inviter à l'improviste à mon voyage, et maintenant de te voir me demander d'habiter avec toi ici. »

Il hausse les épaules :

« Personne ne dit que l'amour est facile. Le nôtre est bien merdique, ça veut dire qu'on s'aime beaucoup. (Il me sourit en me donnant un léger coup d'épaule.) Je pense qu'on a encore une chance. C'est pas fini. »

Il me dévisage et c'en est presque déconcertant. Ses yeux bleus touchent mon âme et la supplient presque.

« Je ne sais pas », j'avoue.

Mes sentiments pour lui sont forts, mais je n'en oublie pas la peine qui m'a habitée. Il l'a reconnu, il sait être égoïste pour servir ses intérêts. Qui me dit qu'il ne recommencera pas dans le futur ?

« J'aimerais qu'on apprenne à se redécouvrir. »

Il fronce les sourcils.

« Comment ça ? »

Je jette un coup d'œil aux gens sur cette place. Ils ont l'air heureux, et je veux croire que moi aussi j'ai droit au bonheur. Que nous prenons la vie bien trop difficilement pour notre âge et que nous sommes trop jeunes pour souffrir.

« Profitons de ce voyage pour refaire connaissance, en quelque sorte. »

Il rit :

« Je crois que tu risques de retomber follement amoureuse de moi. »

Je lève un sourcil amusé, et il secoue la tête comme pour me dire de laisser tomber. On rit, et je suis contente que ce soit ça qui emplisse l'air plutôt que des cris. Je n'aurais jamais pensé, il y a de cela quelques jours, me retrouver avec Cameron à Paris et échanger avec lui sur le ton de la plaisanterie après un doux baiser. Utopique et pourtant vrai.

La situation me fait presque rougir. C'est moi qu'il a choisie et, même si je ne veux pas me précipiter, il est évident que je vais retomber dans ses bras. J'entends d'ici les avertissements de mes amis.

Au diable ! Ils sont heureux avec leurs copains, copines, alors pourquoi pas moi ?

Un frisson me parcourt, et Cameron s'empresse de me frotter le bras :

« On devrait rentrer. »

J'acquiesce, même s'il ne doit pas être plus de 20 h 30. Je suis claquée de cette journée riche en émotions. Il y a huit heures, je tombais des nues en apprenant que Cameron m'accompagnait, et maintenant nous voilà côte à côte dans les rues de Paris à flâner et à rattraper les semaines perdues, si bien que le retour passe plus vite que l'aller et qu'en un rien de temps on pénètre à pas de loup dans l'appartement. Ma grand-mère semble déjà dormir, aussi je récupère des affaires pour dormir et file à la salle de bains me changer.

Même si nous avons tout mis à plat avec Cameron, j'appréhende tout de même cette nuit. C'est bête, mais je ne peux contrôler ma boule à l'estomac.

Quand je reviens, Cameron est torse nu en caleçon. J'ai beau l'avoir déjà vu comme ça, mes yeux se détournent automatiquement et j'en oublie presque que tout cela était à moi il y a quelque temps.

Je ne dis pas un mot et me glisse sous la couverture, le plus près du bord possible.

« Non, mademoiselle Astier, ça va trop vite entre nous ! se moque-t-il théâtralement.

— T'es bête », je ris.

Il s'étale dans le lit.

« Oui, mais tu as rigolé. »

Pour l'embêter, j'éteins la lumière, et il râle. Je cache mon nez dans les couvertures et réprime un sourire. Je le sens bouger à côté. Tous mes muscles se tendent, mon oreille est aux aguets. Je me recroqueville sur moi-même quand je sens un bras entourer ma taille et un souffle chatouiller mon cou.

« Bonne nuit, Jade. »

Il dépose un bisou sur ma joue alors que je suis incapable de bouger, comme une pauvre adolescente dans la même pièce que son amoureux. Quoique… C'est un peu le cas. Il se retourne de son côté et je retrouve mon souffle.

Ce garçon me rend folle. Un poids s'est envolé de mes épaules depuis notre discussion pourtant, et je sais que je vais passer une bonne nuit, pas comme les dernières. Aussi je ferme paisiblement les yeux, un sourire aux lèvres.

Chapitre 57

« Il faut que tu te réveilles. »

On me secoue gentiment, mais ça ne m'empêche pas de grogner. Je suis prête à dire à mon père de me ficher la paix quand je réalise que je ne suis pas du tout chez moi et que cette voix n'appartient pas à mon père.

J'ouvre doucement un œil puis le deuxième et discerne Cameron, tout sourire. Il caresse mon visage légèrement et je mets un petit temps à me rappeler la veille.

« Quelle heure est-il ? »

Il attrape un téléphone sur la table de chevet et annonce :

« 11 h 30. »

J'ouvre de grands yeux, je ne suis pas une grosse dormeuse et il est très rare qu'à 9 heures je ne sois pas sur pied. Je plonge sous les couvertures, réclamant pourtant encore du sommeil. Je sens la main de Cameron forcer pour les retirer et il me speede.

« Tu as trente minutes pour te préparer, et tu viens avec moi.

— Où ça ? »

Je fronce les sourcils. Il hausse les épaules :

« Lève-toi et tu le sauras. »

Je tente une moue boudeuse et il se marre plus qu'autre chose.

« Au fait, ajoute-t-il sur le pas de la porte, tu risques d'avoir pas mal de message de tes potes. *What's up Cameron* vient d'annoncer le retour de notre couple. »

J'enfonce la tête dans mon oreiller, entendant déjà Evan et Olivia me faire la morale.

« On est pas ensemble.

— Question de temps », affirme-t-il avant de disparaître.

Tiens, tiens, la dernière fois qu'il a employé cette phrase, c'était à notre séparation. Les discours changent vite.

J'arrive tant bien que mal à poser les pieds au sol et à me lever. Je découvre Cameron déjà bien vêtu ainsi que ma mamie qui essaye d'expliquer au brun comment on tricote. Je le vois grimacer et je me marre. Je me ravise vite quand je vois l'heure tourner et je file à la douche pour ne pas être en retard.

Je savoure cependant l'eau qui tombe sur mon corps en réfléchissant à tout ce qu'il s'est passé. J'en ai vite mal au crâne, alors je sors de la douche et m'empresse d'enfiler un tee-shirt et un jean.

Je suis prête dans les temps et je vois que Cameron est déjà sur le départ. Je suis impatiente, si bien que je n'arrête pas de me ronger les ongles.

« Bientôt 18 ans et tu n'as pas perdu cette vilaine habitude ! » me gronde ma grand-mère.

Je plisse le nez :

« C'est mon côté Astier. »

Mon père fait tout le temps pareil. Elle balaye l'air de sa main.

« Bon, on va y aller, on devrait être rentrés pour 17 heures. »

Ma grand-mère approuve et je me retourne vivement vers Cameron, qui ne veut pas cracher le morceau. C'est aussi le cas lorsque dans la rue je me dandine sans cesser de le questionner.

« Si tu gardais ta salive pour me faire des déclarations.

— Tu peux rêver », je le taquine.

Il roule les yeux.

« J'ai faim, je me plains, tu ne m'as même pas laissé manger un bout. »

Il s'arrête et regarde en l'air.

« Justement. »

Je suis son regard et découvre l'enseigne d'un restaurant japonais. Un grand sourire s'empare de mes lèvres tandis que mon estomac se manifeste un peu plus.

« Tu aimes ? »

Il plaisante ? Je raffole des sushis.

« J'adore ! »

Il paraît soulagé et m'invite à entrer. Un serveur en tenue traditionnelle nous accueille et nous installe à une table de deux.

C'est très joli et décoré de nombreuses fleurs ainsi que d'un petit bassin dans un coin où je peux voir nager des carpes koï. Même la musique en fond sonore n'est pas de trop.

Cameron, lui, ne s'attarde pas sur tous ces petits détails car déjà il lit le menu, on dirait que tout le monde est pressé ici puisque le serveur revient déjà nous demander si nous avons choisi.

Je retombe sur terre et tente de trouver quelque chose qui me convienne. Cameron ferme ma carte de deux doigts et s'adresse à l'homme :

« Le menu bateau, s'il vous plaît, avec de l'eau. »

Il prend note de notre commande et se dirige vers les cuisines.

« Tu aurais pu me demander.

— Il fallait être plus rapide » me taquine-t-il.

Je le fusille gentiment du regard tandis que, impatiente, je joue déjà avec mes baguettes. Dans un premier temps, nous avons droit à une soupe miso, puis on nous apporte une petite barque en bois remplie de sushis et makis divers. J'en salive déjà, mais je me demande comment on va finir tout cela.

Je ne me pose pas plus de questions et j'attrape minutieusement un sushi au saumon que je déguste avec un soupir de plaisir. Je ne prête pas trop attention à Cameron et lorsque je le fais j'explose de rire :

« Pourquoi tu manges ça avec une fourchette ?

— Parce que le gars qui a inventé les baguettes était un abruti », peste-t-il.

Je ne me gêne pas pour me moquer de lui et il boude.

« Que ce soit avec des bouts de bois ou du fer, c'est pareil.

— On en apprend tous les jours avec toi. »

Il fronce les sourcils, un peu agacé.

« C'est un de mes points faibles, OK. »

Je ris un bon coup, même si c'est peut-être un peu exagéré, et je décale ma chaise à côté de lui. Toujours hilare, je prends sa main et tente de lui enseigner le bon maniement.

Eh bien, le résultat… Cameron est un véritable manchot et il boude presque tout le repas car je n'arrête pas de le charrier.

« Tu feras moins la maligne quand tu seras à deux cents mètres du sol. »

Il croise les bras sur sa poitrine tandis que je m'étouffe. Qu'est-ce qu'il m'a préparé ?

« Pardon ? »

Il plisse les yeux :

« On va visiter la tour Eiffel cet aprèm. Comme c'est elle qui nous a réconciliés. »

Ma bouche s'entrouvre dans un sourire quand je réalise les efforts qu'il a faits. Il semble avoir tout préparé et je me rends compte comme c'est adorable. Il a écouté ma requête d'hier, se redécouvrir.

« Il risque d'y avoir pas mal de monde. Si tu as fini, on devrait y aller. »

Et, hyperactif comme il est, ni une ni deux, il saute sur ses pieds tandis que je fourre le dernier sushi dans ma bouche. Je n'ai même pas le temps de protester pour l'addition qu'il tire déjà ma chaise.

Je suis repue et je dois avouer que j'ai le ventre lourd quand nous marchons. Je suis tout excitée car, même si c'est un cliché, j'ai toujours voulu monter en haut de la tour Eiffel. Et je suis contente que ce soit avec Cameron.

Je le suis un peu moins lorsque je me retrouve à faire la queue sous la structure de métal, sous un soleil puissant, avec Cameron qui râle :

« Ça fait une heure qu'on est ici et on a à peine avancé !

— Cameron, sois patient, je soupire encore.

— J'ai eu la pire idée du siècle. »

Il croise les bras sur ses pectoraux en se tordant le cou pour voir si devant il y a du mouvement. J'en viens à prier pour que ce soit le cas, sinon il va être exécrable. Je pince les lèvres tandis qu'on me fait sursauter en me tapant sur l'épaule.

Je me retourne et Cameron fronce les sourcils en regardant derrière moi. Je découvre deux jeunes filles de mon âge qui n'ont désormais d'yeux que pour Cameron.

« On n'était pas sûres que ce soit vous », explique l'une tandis que l'autre approuve de la tête avant de dire :

« Vous êtes à nouveau ensemble, du coup ? »

Comme toujours, je me sens mal à l'aise et atrocement gênée face à cette situation. Cameron, lui, ne cherche pas à se montrer aimable et lâche simplement :

« Oui. »

La première ne semble pas vouloir lâcher l'affaire alors que je grimace face à la réponse rapide du brun.

« Beaucoup de filles pensent que tu irais mieux avec Johanna », dit la seconde.

Je prends un coup en revoyant le visage de la belle métisse. Elle a vraiment tout pour elle.

« Ouais mais je préfère avoir une copine pas superficielle. On n'est pas dans une téléréalité. Va falloir vous y faire. »

Je pose une main dans son dos et le lui frotte pour éviter qu'il ne s'énerve pour rien.

« Pourquoi t'es sorti avec la blonde, alors ? »

Il plisse les yeux et la transperce du regard. Dis donc, ça se verrait même à l'autre bout du pays que cette fille est fausse. Cameron se raidit et murmure durement :

« On fait tous des erreurs. »

Je lui lance un regard car je sais qu'il en veut toujours à Lucie et à son frère pour le mal qu'ils nous ont fait. La fille numéro un hausse les épaules et Cameron grogne. Je leur souris faussement comme pour m'excuser.

« Pourquoi ça avance pas ! » s'énerve Cameron, à bout.

Je lui jette un regard de reproche car il a suscité de nombreuses remarques et, comme si son mécontentement avait été entendu, la foule avance. De pas beaucoup, certes, mais c'est déjà bien.

Je crois que nous avons attendu bien une heure de plus. Cameron n'a pas cessé de se plaindre tandis que moi j'ai discuté avec les deux filles, qui m'ont posé tout un tas de questions. J'en ai profité pour démanteler les rumeurs sur moi et Evan sous le regard énervé du brun. Finalement, nous gagnons un ascenseur et nous voilà au premier étage. Je n'arrête pas de sourire dans l'ascenseur, si bien que ma bonne humeur se communique à Cameron, qui se déride.

Nous enchaînons les étages jusqu'à arriver au dernier que l'on puisse visiter, le troisième. Je suis de plus en plus pétrifiée en m'approchant des grillages, mais je ne peux m'en empêcher tant je suis fascinée. Cameron s'amuse bien aussi et nomme les bâtiments qu'il reconnaît :

« La tour Montparnasse ! »

On rit en chœur face à une réplique du film *La Tour Montparnasse infernale* qu'il imite. Ça valait le coup de patienter deux heures. Rien que pour le sourire de Cameron et sa frimousse au vent. Je ne sais pas si c'est la vision du paysage ou son visage qui me fascine. Une chose est sûre, là, je suis heureuse et plus rien n'existe. Tous les sentiments ont disparu excepté l'amour que j'ai pour lui. On a droit à une énième chance parce que tout nous y pousse. Je décide de forcer le destin et je glisse ma main dans la sienne.

Il ne cille pas mais me dévisage tout de même. Je me hisse sur la pointe des pieds et glisse un baiser timide sur ses lèvres. J'en mourais d'envie et j'ai l'impression de me consumer. Il entoure mon corps de ses bras et me serre contre lui en prolongeant notre baiser. L'ambiance est si romantique que j'en oublie presque que nous sommes au troisième étage de la tour Eiffel devant tout le monde et que je viens de prendre une décision qui peut ruiner ma vie comme la sublimer…

Chapitre 58

« C'était tellement beau ! je m'extasie en racontant notre journée à ma grand-mère le soir, c'est vraiment impressionnant. »

Cameron approuve de la tête en croquant dans sa salade.

« Je n'y suis jamais montée », explique ma mamie.

Je m'étouffe. Comment cela est-il possible ?

« Tu n'es jamais montée sur la tour Eiffel ? »

Elle hausse les épaules comme si ça la dépassait :

« Tu crois réellement que j'ai le temps de faire deux heures de queue. Bah bah bah… C'est un piège à touristes et ça marche. »

Elle rit, tout comme Cameron. Il a l'air un peu ailleurs depuis qu'on est rentrés main dans la main, même si un sourire ne quitte pas ses lèvres.

Nous n'avons pas posé de mots sur ce que nous sommes. Comme d'habitude et encore une fois, nous ne sommes pas vraiment un couple. Moi-même je suis perdue. Mes sentiments ne cessent de me pousser vers lui tandis que ma tête a du mal à s'abandonner. Cependant, j'ai envie d'essayer une dernière fois. Mettre toutes les cartes sur la table au risque de perdre le gros lot. Au risque de me perdre. Je suis restée sur un petit goût d'inachevé avec lui, c'est certain, alors peut-être que je suis complètement folle, mais je décide d'explorer cette facette de ma personnalité. Parce que nous sommes encore jeunes, on ne sait pas trop où on va, on se cherche encore, alors je lui pardonne son égoïsme.

Je presse ma main sur sa cuisse tout en regardant ma grand-mère.

« Dis donc, mamie, ça t'embêterait de m'avoir dans les pattes l'année prochaine ? »

Ça jette un froid. Cameron a presque la mâchoire qui se décroche tandis que ma grand-mère fronce les sourcils.

« Je me disais… que peut-être je pouvais envisager des études ici. Mais rien de sûr pour l'instant ! »

Il est vrai que, pendant cette phase de rupture, l'idée m'avait effleuré l'esprit car je pensais que comme ça j'oublierais plus facilement Cameron. Qui aurait cru qu'en fait je me lancerais dans une nouvelle aventure avec lui ? Sûrement pas moi.

Cameron a le regard insistant et rempli d'espoir tandis que ma grand-mère paraît ravie. Je ne vais pas aller jusqu'à accepter tout de suite de prendre un appartement avec Cameron, alors je tente.

« On pourra se voir plus souvent. »

Elle me sourit en retour :

« Et ton père ? »

Je hausse les épaules :

« Je ne vais pas éternellement vivre avec lui. »

Elle secoue la tête et déclare :

« Tu seras toujours ici chez toi. »

Elle presse ma main et mon idée un peu bancale se fait un peu plus concrète, je n'y vois que des avantages. J'ai toujours eu une obsession avec Paris, je vais pouvoir être plus proche de ma grand-mère qui vieillit et fréquenter peut-être des domaines professionnels plus huppés, et Cameron… Je n'y pense pas trop pour l'instant car je ne veux pas baser mon avenir sur un couple très peu stable, cependant je le laisse dans un coin de ma tête car s'il peut faire partie du projet ce sera avec plaisir. Il ne reste plus qu'à l'annoncer à mon père.

« Les enfants, je ne voudrais pas vous presser, mais finissez vite vos assiettes, je dois partir. »

Je considère la pendule, qui affiche 20 heures.

« Où ça ?

— Voir Rodrigue », murmure Cameron, amusé.

Je vois mon aïeule approuver de la tête avec un grand sourire tandis qu'elle commence à débarrasser. Elle me fait rire et je viens l'aider :

« Laisse-moi faire et file. »

Au départ, elle ne souhaite pas me donner son assiette, mais elle cède finalement avant de filer toute guillerette se pomponner.

« J'espère être comme ça quand je serai vieux. »

Je lève les yeux, amusée :

« Même en maison de retraite, tu feras tomber les petites vieilles. »

Il me fait un clin d'œil :

« J'espère que tu ne seras pas jalouse. »

Je ne relève pas le sous-entendu car j'ai beaucoup de mal à me projeter avec lui, je préfère vivre le moment présent car au fond c'est comme ça qu'il fonctionne.

Il vient à ma rescousse pour la vaisselle et très vite ma grand-mère s'éclipse, prétextant être en retard.

« Bon, on fait quoi, nous ? » questionne Cameron en s'asseyant dans le canapé.

Je le rejoins en laissant tout de même une distance entre nous :

« Je ne sais pas. »

Il passe un bras autour de mes épaules :

« Finalement, tu as accepté ma proposition ? »

J'arrange une mèche de cheveux derrière mon oreille avec un sourire en coin :

« J'envisage le fait de venir faire mes études ici. Simplement.

— Et moi ? »

Je lève les yeux vers son visage parfaitement harmonieux, il est si beau que les anges pourraient en être jaloux. Je passe une main sur sa joue et je ne peux m'empêcher de poser délicatement mes lèvres sur les siennes.

« Si d'ici là tu n'es pas parti avec une autre, pourquoi pas ? »

Avant de répondre, il presse sa bouche sur la mienne et murmure :

« Je ne sais pas, Liza est pas mal, quand même. »

Je grimace, faussement énervée, en lui mettant un coup sur la poitrine. Il se laisse tomber sur le canapé et je grimpe sur son torse, encore un peu timide.

« Je m'imagine bien vivre avec toi, moi. »

Je hausse un sourcil :

« Tu es prêt à faire les repas, repassage et ménage ? »

Il grimace et hoche la tête :

« Même sortir les poubelles si ça peut te rendre heureuse. »

Je ris d'un rire clair qui me fait du bien tandis que lui plaisante en imaginant ce que cette cohabitation pourrait donner.

Et c'est ce soir-là que nous avons fait naître ce projet d'habiter ensemble, je n'aurais jamais pensé qu'il se concrétise dans le temps, que mon paternel accepte de voir sa fille partir loin avec un « petit con » comme il dit. Que mon vœu d'intégrer la faculté de bio de la Sorbonne soit accepté et que je signe le bail d'un joli appartement dans le Ve arrondissement avec Cameron qui s'est inscrit en fac de droit.

En fait, jamais je n'aurais pensé que notre amour évolue et perdure, nous qui semblions condamnés et moi qui étais prête à tout moment à tourner la page.

Je n'aurais jamais pensé qu'une cause perdue puisse devenir mon utopie. Jamais et pourtant… C'est arrivé.

Chapitre 59

Quelques mois plus tard…

« Attends-moi ! »

Olivia me tire par le bras et j'essaye de la suivre tant bien que mal en évitant de la perdre dans la masse d'élèves. Mon cœur tambourine à mille à l'heure, si bien que j'ai peur qu'il explose. J'ai une grosse boule au ventre et moi aussi je joue des coudes pour me frayer un passage.

« Poussez-vous ! Pardon », s'impose Olivia.

Personne ne l'écoute vraiment mais elle est trop euphorique pour s'en soucier. Je me glisse sous le bras de quelqu'un et les voilà. Les fameuses listes, non, ce n'est pas la liste des classes mais bien la liste des nouveaux bacheliers. Après plusieurs mois intensifs de révisions et une semaine d'examen, nous y voilà. La réponse est à quelques doigts de moi et pourtant je suis terrifiée. J'ai peur que mes efforts n'aient pas suffi et que mes lacunes se soient fait ressentir. D'un doigt tremblant, je caresse la feuille. Je suis à la lettre B, alors mon pouls se ralentit et je tente à nouveau de me créer un passage. J'arrive vers la première liste.

Un coup d'œil au premier nom me permet de savoir que c'est la bonne. Bientôt je saurai si je peux intégrer ma future université.

Autour de moi, ça crie d'excitation, ça pleure, toutes les émotions y passent. C'est mon tour. Je passe en revue les noms et je tremble de tout mon être. Je ne sais pas décrire les sensations qui me parcourent. J'ai la tête qui tourne et je me fais plus brutale pour essayer de sortir du troupeau. Je me noie dans la masse et suffoque presque. Je donne sans faire exprès des coups de coude par-ci par-là et je suis heureuse de trouver de l'air.

« Alors ?! »

On me saute dessus et je manque de tomber. Rose a les yeux rouges et, à son sourire, je devine que c'est bon.

« Tu l'as ? »

Elle hoche la tête :

« Mention très bien. »

Elle me saute dans les bras et je la serre de toutes mes forces. Elle qui voulait intégrer une école d'ingénieurs, c'est bien parti.

« Qui est-ce qui n'est pas au rattrapage ? C'est bibi ! » explose Florian en nous rejoignant.

Il est surexcité, alors il nous fait une petite danse.

« Et Olivia, Evan et Tristan ? »

Rose guette la foule.

« Evan n'a pas eu de mention mais il l'a ! Les autres, je ne sais pas. »

Et pour cause, on voit le couple formé par Olivia et Tristan arriver. Olivia a un sourire qu'elle n'arrive pas à cacher tandis que Tristan n'est ni triste ni content.

« Alors ?

— Mention assez bien. Je suis sûre que c'est les maths, ça ! rigole Olivia.

— Et toi ? » demande Rose à Tristan.

Il hausse les épaules :

« Repêch'. C'est pas vraiment une surprise. »

Olivia lui malmène les joues pour tenter de le faire sourire :

« Mais tu l'auras. »

Il tente de se débattre et la question se pose.

« Et toi, Jade ? »

Je cligne des yeux en atterrissant. J'étais si heureuse pour mes amis que j'ai complètement ignoré mes émotions.

« Je l'ai eu, mention bien. »

Tout le monde me regarde sans comprendre pourquoi je prends un ton aussi dénué d'émotion, et je réalise finalement. Un tsunami de sentiments et de joie m'arrive en pleine face et je me mets à rire :

« Je l'ai eu, putain ! J'ai eu mon bac ! »

Rose et Olivia ne cherchent pas plus à comprendre et me sautent dans les bras.

« Non, ça veut dire que l'année prochaine on se voit plus », pleurniche Rose.

Je secoue la tête, j'ai des larmes de joie au coin des yeux.

« Ne dis pas de bêtises ! »

Je la serre aussi fort que je peux alors que je me rappelle que quelqu'un d'autre m'attend.

Je me dégage et m'éloigne promptement.

« Je vous appelle ce soir ! »

Je n'attends pas leur réponse et trottine vers le parking. Je me tords le cou pour chercher une silhouette et je le découvre enfin, penaud, les yeux rivés sur son téléphone.

Je ne prends aucune précaution et lui saute dans les bras.

« Je l'ai eu ! »

Automatiquement, deux bras musclés se referment autour de mon cœur tandis que je pleurerais presque dans ses bras.

« Je l'ai eu », je répète comme si je n'y croyais pas.

Cameron me repousse délicatement à bout de bras et glisse une main sur ma joue avec un grand sourire :

« Je te l'avais dit ! Je suis fier de toi. »

Je ris en encerclant sa taille. Il me berce, tout joyeux, et j'embrasse sa joue :

« Merci. »

Je dois avouer qu'il m'a beaucoup aidée. Ayant arrêté le mannequinat des mois auparavant, il a décidé de prendre une année sabbatique et, ces derniers mois, il m'a servi de prof pour me faire réviser.

Je n'y serais jamais arrivée sans lui.

« Je t'aime », me murmure-t-il à l'oreille.

J'embrasse ses lèvres, tout heureuse, et il prend ma main :

« Viens. Je connais un papa stressé qui doit avoir déjà mangé tous ses ongles. »

Je ris en imaginant mon père, c'est sûr ! Je dis au revoir de loin à mes amis et grimpe dans la Porsche de Cameron ou autrement dit son bijou.

Il fait vrombir le moteur, très heureux. L'obtention de mon bac signifie beaucoup de choses pour nous, il est principalement la clé de notre futur à Paris. La concrétisation de presque un an d'amour tumultueux sans compter notre rupture. Tout va pour le mieux entre lui et moi et j'ai pu redécouvrir les joies du couple avec lui. Il peut se montrer très niais et romantique parfois. Chose que je ne savais pas. Je peux marcher main dans la main avec lui partout où je veux. L'embrasser quand je veux et passer le plus clair de mon temps en sa compagnie, et si au départ j'étais réticente, j'ai hâte désormais d'habiter avec lui. Notre départ est prévu après-demain, histoire de commencer à prendre nos marques, et nous avons aussi décidé de passer nos vacances d'été là-bas même si la plage va nous manquer.

Il pose un regard doux sur moi tandis qu'il trace la route en ligne droite. La vitre est légèrement ouverte et le vent lui balaye les cheveux. Je ne regrette pas notre dernière chance, car il se pourrait bien que je finisse ma vie avec lui et j'aurais été bête de passer à côté de tout ce bonheur qu'il m'a apporté.

Je le contemple, fascinée et en pleine réflexion sur mon parcours, mes doigts sur sa nuque tandis qu'il conduit toujours aussi mal. Bientôt, je reconnais la devanture blanche de la maison où nous nous sommes rencontrés et je n'attends pas que le moteur soit complètement éteint pour m'échapper de l'habitacle à toutes jambes.

« Attends », m'arrête Cameron.

Il me stoppe d'autant plus dans mon élan lorsqu'il m'annonce :

« Fais-lui croire que tu l'as pas.

— Il va faire une crise cardiaque. »

Cameron hausse les épaules, faussement désintéressé. Je sais qu'il adore son beau-papa.

« D'accord », je cède.

Il glisse une main derrière ma nuque et m'embrasse fougueusement. Je m'accroche à son tee-shirt et savoure ses lèvres. Je perds quelques minutes ainsi avant de finalement prendre mon courage, afficher un air abattu et marcher en direction de la porte.

Chapitre 60

« Y a quelqu'un ? »

Je fais exprès de parler d'une voix monocorde tandis que Cameron me suit de près. J'arrive rapidement dans le salon, où mon père se redresse tout de suite en me voyant arriver. Je souris faiblement :

« Alors ? » s'empresse mon père.

Cameron se glisse près de son père, qui essaye du regard de lui soutirer des informations.

« Tu devrais t'asseoir, papa. »

Il fronce les sourcils mais ne s'exécute pas.

« Qu'est-ce qu'il se passe ? »

Je grimace en serrant les bras autour de ma poitrine. Je mérite vraiment un oscar. Un coup d'œil à Cameron me montre qu'il est à deux doigts d'exploser de rire, car il s'est assis et a posé le dos de sa main sur sa bouche.

« Jade ? s'inquiète mon père.

— C'est pas bon », je lâche faiblement.

Mon père, livide, se laisse tomber dans un fauteuil tandis que Pierrick interroge son fils du regard. Je me mords la lèvre inférieure et répète :

« C'est pas bon… C'est excellent ! » j'explose.

Mon père ne comprend pas et relève la tête brusquement mais, quand il voit le grand sourire de Cameron, il comprend et me prend dans ses bras :

« Mon bébé. Après le permis, le bac ! Je suis si fier de toi. »

Il mc caresse les cheveux tandis que Pierrick s'écrie :

« Champagne ! »

Le bouchon saute avec bruit et bientôt les coupes sont remplies. On avale un repas copieux.

« Au fait, Jade, j'aimerais t'inviter au restaurant ce soir », me propose Cameron.

Nos deux pères ne paraissent pas surpris alors que moi je me sens gênée. Je n'aime pas profiter de l'argent de Cameron.

« C'est vrai que ça se fête », approuve Pierrick.

Son fils appuie d'un hochement de tête et je conclus :

« Bon, d'accord. »

Je le tanne toute la journée pour savoir où il compte m'emmener mais rien, pas un indice. J'insiste tellement qu'il finit par me jeter tout habillée dans sa piscine. C'est bon de retrouver cette maison et, même si mes cheveux dégoulinent sur mon tee-shirt trempé et donc transparent, je suis heureuse car j'ai tout pour être heureuse. Cameron bronze à côté tandis que je tente de faire sécher mes affaires. Comme chaque fois que je l'examine trop, je me rappelle à quel point je suis amoureuse de lui et je manque de tomber du transat pour venir l'embrasser par surprise.

Il ouvre un œil suspicieux avant de le refermer pour mettre du cœur dans son baiser. Il me mordille la lèvre, joue avec ma langue, et je soupire de plaisir. Je le vois cependant ouvrir un autre œil.

« M'embrasse pas comme ça… Surtout avec ce tee-shirt », dit-il d'une voix rauque.

Nos pères se trouvent non loin d'ici, alors je parsème ses joues de baisers et il me fait basculer sur lui.

« Ça suffit, ordonne-t-il, hilare.

— Sinon quoi ? » je le défie.

Il ouvre de grands yeux en me demandant si je suis sérieuse.

« Sinon quoi ? Sinon quoi ! »

Je me sens immédiatement soulevée de terre et je lâche un cri de surprise.

Je tente de me débattre tandis que je le sens prendre de la vitesse. Je vois la piscine se rapprocher dangereusement et j'ai seulement le temps de crier :

« Non, non, non. »

Je me retrouve emportée au fond par un corps musclé. Je me débats et remonte à la surface.

Il remonte peu de temps après et me crache de l'eau au visage. Je me venge en lui envoyant une grosse gerbe d'eau qu'il esquive.

« C'est mieux, là au moins t'es moins attirante. On dirait un caniche. »

Je me propulse sur son torse et j'agrippe sa tête de façon à le faire couler.

Je ne réussis qu'en fin d'après-midi alors qu'il se laisse faire, fatigué et lassé que je m'agite pour y parvenir. Nous avons les doigts tout fripés quand nous sortons de l'eau et qu'il m'accueille dans sa serviette. Il me frotte les bras et m'apprend :

« Faut que tu sois prête à 19 h 30. Il te reste deux heures. »

Il embrasse le bout de mon nez.

« Habille-toi le plus élégamment possible mais décontracté. »

Je fronce les sourcils alors que les questions sur l'endroit me reviennent. Il me devance et pose furtivement ses lèvres sur les miennes :

« Tais-toi et fais ce que je te dis. »

Je fais la moue et lui vole la serviette en me creusant le cerveau. Je ne vois pas où est-ce que l'on pourrait aller. Je ne l'embête cependant pas plus et me dirige vers la salle de bains, où je rince tout le chlore de la piscine avant de me laver les cheveux. Je mets une éternité à les sécher et, quand ils sont à peu près présentables, j'envisage un tête-à-tête avec les affaires qu'il me reste ici. Je me félicite d'avoir pensé à laisser des tenues de soirée ici et que Pierrick n'ait pas eu l'idée de réaménager la chambre. Mon choix se porte sur une robe rouge que je n'ai jamais mise. Elle est moulante, avec les épaules dénudées et une encolure en cœur. Elle sera parfaite.

Et c'est le cas, elle me va à merveille et je souris devant mon reflet plus que satisfaisant. J'ajoute une touche de mascara et fais quelques vagues dans mes cheveux à l'aide du sèche-cheveux. Me voilà prête.

Il n'est que 19 h 15, alors je prends mon temps pour enfiler ma paire d'escarpins. Nous sommes le 6 juillet et je décide de ne pas prendre de gilet. Nous commençons à entrer dans mes mois favoris.

J'abandonne mon téléphone sur mon ancien lit et je descends prudemment les escaliers. Mes pas résonnent, si bien que Cameron se retourne dès que j'arrive au salon. Il me scrute de haut en bas avec un regard d'admiration. C'est aussi pour ça que je l'aime, car il me fait me sentir spéciale chaque jour. Son père ne cache pas non plus son admiration en mettant un coup de coude à mon père.

« Vous êtes très beaux tous les deux. »

Je remercie le papa de Cameron avec un léger sourire et détaille mon copain.

Il porte une chemise noire aux manches retroussées. Un classique mais une très belle pièce. En bas, il porte un bermuda en jean ainsi que des Converse. J'en viens à me demander si je ne suis pas trop bien habillée.

« Tu es parfaite, me susurre-t-il à l'oreille.

— Je ne sais pas si je vais te laisser sortir », ironise mon père avec cependant un regard prudent.

Je tente de le rassurer d'un sourire.

« Bon, on y va. »

Il me tend un bras que je saisis volontiers et on salue nos pères.

Près de la voiture, Cameron me retient et cherche quelque chose dans la poche arrière de son jean. Il en sort un petit foulard noir qu'il agite.

« C'est une surprise, alors je vais te bander les yeux. »

Je me méfie.

« Ne t'en fais pas, pas de sale coup à la *Cinquante Nuances de Grey*. »

Je pouffe et il me fait tourner.

« C'est pas nécessaire…

— Si ça l'est. Fais-moi confiance. »

J'obtempère et bientôt je ne vois que du noir.

« Combien de doigts ?

— Cent ? »

Je l'imagine rouler les yeux.

« Trop drôle. »

Je l'entends déverrouiller sa voiture et prudemment il m'aide à m'y installer. Je boucle la ceinture à tâtons.

Apparemment, les sensations sont décuplées quand on n'y voit rien, eh bien je peux affirmer que Cameron est le pire conducteur de cette terre. Je réprime des haut-le-cœur plusieurs fois tandis que le trajet s'éternise.

Finalement, j'entends les pneus crisser sur du gravier et il s'arrête. J'attends patiemment qu'il m'aide à sortir tandis que j'ai hâte de savoir où nous sommes. Je tends l'oreille et je n'entends rien. Si je ne le connaissais pas, je penserais qu'il va me tuer, pourtant ce n'est pas pour ça que mon cœur bat vite.

« C'est bon ? »

Il pose les mains sur mes épaules :

« Pas encore. »

Je grogne et le laisse me guider tandis que la tension est à son comble.

« Attention à la marche. »

Je lève une jambe et m'appuie sur ce qui semble être un encadrement de porte.

« Retire le bandeau. »

Je ne me fais pas prier et mes mains viennent buter contre le nœud pour le défaire. Dès que le bandeau tombe dans ma main, j'entends :

« Joyeux anniversaire ! »

Chapitre 61

Alors que j'étais plongée dans une certaine obscurité malgré l'absence du bandeau sur mes yeux, la lumière s'allume d'un coup et je sursaute devant cet accueil.

Un tonnerre d'exclamations retentit tandis que j'essaye de comprendre ce qu'il se passe. Nous sommes dans une espèce de salle des fêtes où une vingtaine de personnes que je connais pour la plupart bien me sourient à en avoir mal aux zygomatiques.

Leur sourire est contagieux et je repère rapidement Evan, Olivia, Rose, Tristan et Florian qui applaudissent aussi.

« On n'a pas eu le temps de fêter tes 18 ans avec le bac, alors voilà. Joyeux anniversaire en retard, mon cœur », m'explique Cameron en m'embrassant sur la joue.

Je ris tant cela me touche. Je suis née le 18 juin, pile le premier jour des épreuves du bac, aussi nous n'avons fait qu'un repas le soir avec Cameron, son père et le mien.

Soudain, alors que je n'ai eu le temps de parler à personne, la pièce est replongée dans l'obscurité. J'entends les invités qui entament *Happy Birthday to You* en chœur tandis que je distingue une faible lumière qui crépite dans un coin. J'en déduis que quelqu'un amène un gros gâteau. La lumière s'allume et la personne qui le porte le pose soigneusement sur la table remplie de nourriture et se tourne en m'adressant un sourire éclatant.

Mon cœur rate un bond quand je reconnais cette chevelure blonde, ce teint légèrement bronzé. Un sanglot monte dans ma gorge tandis que je me jette dans ses bras et qu'elle me serre en retour.

« Mais qu'est-ce que tu fais là ? »

Elle me frotte le dos avant de ricaner :

« Je suis officiellement encore ta meilleure amie numéro un. Tu ne vas pas te débarrasser de moi, la vieille. »

Je serre Pauline un peu plus contre moi et j'ai du mal à croire qu'elle soit réellement ici.

« J'ai fait la connaissance de tes nouveaux potes. Ils sont cools. Evan toujours aussi dérangé, mais ça passe, » rigole-t-elle avec un signe de tête derrière moi.

Je me retourne et découvre la petite bande qui attend de pouvoir venir me parler. Je prends la main de Rose et je les invite à nous rejoindre.

« À qui je dois cette fête surprise ? je questionne, car je suis sûre que ça vient de l'une des filles.

— À Cameron entièrement », m'apprend Florian.

J'ouvre de grands yeux en cherchant mon copain des yeux. Je le trouve côté sono où il discute avec Younes, qui semble s'occuper de la musique ce soir.

« C'est lui qui m'a contactée pour savoir si j'étais dispo, me dit Pauline.

— Et c'est lui qui nous a tous invités. »

Evan hausse les sourcils, blasé :

« J'ai bien cru que je ne serais pas invité. »

Sa copine rigole. C'est vrai que je vois mal Cameron inviter mon ex, sachant qu'ils se détestent et qu'ils n'attendent qu'un dérapage de l'autre pour se taper dessus.

Je balaye la pièce du regard. Sur un mur, de gros ballons gonflables sont accrochés au mur pour former mon prénom. La salle a été monstrueusement décorée et je me demande comment j'ai pu ne pas me douter de ce qu'il se tramait.

« Vous m'excusez une minute ? »

Ils hochent la tête avant de se diriger vers les boissons.

Je passe les bras autour du corps de mon copain et, m'adressant à Younes :

« Je peux te le piquer ?

— Pas de problème, madame. »

Je lui fais un clin d'œil et j'attire mon copain à l'écart :

« C'est toi qui as fait tout ça ? »

Il hausse les épaules :

« Ça se pourrait.

— T'as même invité Evan ? »

Il roule les yeux :

« Ça m'a beaucoup coûté. »

J'esquisse un sourire en embrassant la base de sa mâchoire pour remonter à son oreille :

« Merci. Vraiment. »

Il tourne la tête et m'embrasse en posant ses mains sur ma taille :

« Rien n'est trop beau pour ma princesse. »

Ses yeux bleus rayonnent d'amour et de fierté. Je le sens soulagé, j'imagine comment l'organisation a dû être dure avec son impatience et j'en ris presque toute seule.

La musique se lance et la fête commence rapidement. Je suis euphorique et je danse comme une folle avec mes amis tous réunis et mon brun. Les gens viennent me voir au fur et à mesure pour me souhaiter bon anniversaire et je suis agréablement surprise de voir une silhouette.

« Eh, Jade ! Comment ça va ? »

Je serre Kyle dans mes bras avec un grand sourire.

« Bon anniversaire, au fait.

— Merci d'être venu. »

Cameron pose la main sur son épaule tandis qu'ils se saluent à l'américaine. Kyle est le seul que je ne connaisse pas du lycée. Les autres sont soit dans ma classe, soit des fréquentations d'autres classes. J'ai un petit pincement au cœur car, en d'autres circonstances, il y aurait eu Eva et Laure, mais nous ne nous parlons plus et c'est mieux ainsi. Finalement, je m'entends avec tous les invités ici et je crois bien que c'est le meilleur anniversaire de ma vie.

Je ne me suis jamais autant amusée. Nous crions avec les filles sur la musique en dansant dans une atmosphère tamisée. Cameron s'amuse aussi vraiment beaucoup, même s'il supervise d'un œil de maître la soirée.

Le buffet froid mis à disposition recharge nos batteries pour qu'on puisse se déhancher. Je fais en sorte de ne pas trop boire, ce qui n'est pas le cas de Florian, qui a déjà les joues rouges. On se moque de lui et il nous nargue en finissant son verre.

« Oh ! C'est l'heure du gâteau et des cadeaux », s'exclame Pauline.

Elle me prend les mains et je souris, gênée. C'est le moment où tout le monde va me regarder. Pauline s'éclipse alors que Cameron fronce les sourcils.

Elle éteint la musique et les protestations fusent. Elle les ignore et annonce :

« Écoutez-moi ! On passe au gâteau ! »

Les exclamations font place à la frustration et Cameron m'amène derrière la table de victuailles où les bougies sont rallumées.

Les téléphones sont braqués sur moi tandis que je souffle à pleins poumons, Cameron à mes côtés. On m'applaudit pendant que je tente, hilare, de couper des parts avec Rose. On distribue les assiettes et tout le monde attend que j'aie la mienne pour commencer. Cameron me connaît bien, et plus précisément ma passion pour le chocolat. Si bien que j'ai dans mon assiette une succulente forêt-noire.

« Les cadeaux, les cadeaux ! » impose rapidement Pauline.

Ils acquiescent et rapidement on m'apporte un grand paquet tout en longueur et un plus petit rectangulaire. Je lance un regard complice à Cameron, à l'affût de la moindre info, mais il ne lâche rien. Alors je prends d'abord le gros.

« Ça, c'est de notre part à nous six », explique Olivia.

Et en effet je le comprends quand je déchire le papier : je tombe sur un grand cadre photo où plusieurs clichés sont placés.

« C'est pour que tu ne nous oublies pas l'année prochaine. »

Je jette un coup d'œil à leurs photos. Ça a été très dur de ne pas les suivre l'année prochaine et ils ont eu du mal avec le fait que je parte pour Paris, alors ce cadeau me touche particulièrement.

Il y a une photo de Pauline et moi avec de la farine sur le visage. Une avec Olivia et Rose que je me rappelle avoir prise au retour de la soirée chez Younes et pour cause : Olivia, complètement bourrée, n'ouvrait même pas les yeux. Je ris toute seule en passant aux autres. Il y a des photos avec Florian et nos barbes à papa. Avec Tristan où nous portons tous les deux des blouses blanches de TP. L'une d'elles attire mon regard. Une photo que je ne connais que trop bien et que Cameron m'avait fait brûler il y a presque un an. Je suis avec Evan devant une fête foraine. Je lance un petit regard à Evan, qui hausse les épaules avec un sourire. Je sens le regard de Cameron se poser sur nous, aussi je passe à la dernière photo. Il s'agit de nous cette fois. Sur les marches de Montmartre. Nous nous étions fait prendre en photo et sur l'image je ris tandis qu'il me serre dans ses bras. C'est une de mes photos préférées de nous. Je lance un sourire complice à Cameron, qui m'embrasse sur la tempe.

« On y a ajouté une photo de vous deux », explique Rose.

Je les serre tous dans mes bras pour les remercier. Et Pauline me tend l'autre cadeau. Je suis tout excitée et Cameron m'annonce :

« C'est de la part de tout le monde, ça. »

Je fronce les sourcils, intriguée, en déchirant le papier doré. Rapidement, je découvre une boîte et je manque presque de faire des bonds tant je suis contente. Je tiens entre les mains une magnifique tablette graphique.

« Ton père nous a dit que c'était ton rêve », se justifie Florian.

En effet, petite, je passais mon temps à dessiner et je voulais même en faire mon métier. À la mort de maman j'ai arrêté, et mon père a toujours trouvé ça dommage. C'est le cadeau parfait.

« Merci à tout le monde, je m'exclame, pleine d'enthousiasme, vous êtes formidables, merci ! »

Du fond de la pièce remonte un « Un discours ! ». Tout le monde se met à scander la même chose, Cameron compris. Je me racle la gorge, cherchant à poser des mots sur mes émotions. Ma voix s'éclaircit et je commence :

« Merci déjà à tous d'être venus et de surtout ne pas avoir craché le morceau. (Des petits rires se font entendre.) Merci à mon chéri pour cette soirée. Vous êtes tous géniaux, ne changez pas. Merci encore et amusez-vous.

— On t'aime, Jade ! » s'exclame Younes en relançant la musique.

Cette soirée clôture vraiment bien mon année et, si au départ elle s'annonçait catastrophique, il se trouve que ça a été la meilleure de ma vie. Et je compte bien en profiter à fond car après-demain nous partons.

Je danse avec mes amis, des gens avec qui je n'aurais jamais pensé danser et Cameron, qui en profite pour se coller à moi.

La soirée passe vite et vers 4 heures du matin des matelas sont installés dans la pièce arrière et les invités commencent petit à petit à s'y installer. Florian, beaucoup trop mal, les rejoint. Cameron se penche à mon oreille :

« J'ai une autre surprise pour toi ! »

J'ouvre de grands yeux :

« Encore ? »

Il hoche la tête avec un sourire malicieux :

« Suis-moi.

— Où ça ? »

Il met un doigt sur sa bouche, m'intimant de me taire :

« Ne pose pas de question, va à la voiture, je préviens Pauline.

— Mais… »

Il me fait taire avec des bisous :

« Pas de mais. »

J'obtempère sous les protestations de mes amis. Qu'est-ce qu'il a prévu ? J'attends patiemment à la voiture tandis que, quelques minutes plus tard, je le vois arriver les mains dans les poches. Le véhicule se déverrouille et il ordonne :

« Monte. »

Je suis aussi curieuse que stressée. Je n'aime pas ne pas savoir ce qu'il va se passer. Cameron boucle sa ceinture et démarre :

« Je t'interdis de poser des questions. »

Je me tais alors et le laisse me guider je ne sais où.

Chapitre 62

Cependant, il y a un petit hic au plan de Cameron car, malgré l'absence de lumière, je reconnais immédiatement la route que nous empruntons :

« On va à la cabane. »

Il me jette un regard en biais :

« J'aurais dû te bander les yeux. »

Je ris et pour confirmer ma supposition la voiture tangue en roulant sur un sentier peu entretenu. Je tape dans mes mains comme une enfant. La soirée se déroule à merveille. Cameron m'aide à descendre de la voiture et je réajuste ma robe. La forêt se dessine devant moi et je jette un coup d'œil à mes pieds.

« Cameron… Ça va être compliqué avec des talons. »

Il considère mes escarpins et s'approche de moi :

« T'en fais pas. »

Ni une ni deux, il passe ses bras sous mes jambes tandis que je pousse un petit cri de surprise. Je passe mes bras autour de son cou et il se vante :

« Tu as de la chance d'avoir un super-chéri. »

Je soupire en embrassant son cou :

« Fais gaffe, Musclor, il y a une branche, là. »

Il l'esquive de justesse et je me moque de lui :

« Gros bras mais pas fute-fute. »

Il me pince les côtes et je ris en me tortillant dans ses bras.

« Continue et je te laisse tomber. »

Je m'accroche un peu plus à lui et il rit d'une voix grave. On contourne quelques arbres et rapidement le petit cabanon se dessine. Il me semble que ça fait une éternité que je ne suis pas venue ici. Il me dépose précautionneusement par terre et je me sens m'enfoncer un peu dans le sol. Il sort une petite clé de sa poche et la tourne dans le cadenas.

Rien n'a bougé à l'intérieur, tout est à sa place comme la dernière fois, excepté une petite photo de nous sur la table de chevet. Je la considère du bout des doigts avant de couler un regard langoureux à mon amoureux. Il retire ses chaussures et je fais de même avec mes talons. Il me rejoint et s'assoit sur le lit. J'enroule mes bras autour de son cou dans son dos. Il dépose un baiser sur mon bras et je murmure :

« Merci pour tout. »

Je peux deviner qu'il sourit car ça s'entend dans sa voix :

« Y a pas de quoi. »

Je le fais se retourner vers moi et plante mes yeux dans les siens en lui caressant la joue :

« Si, je t'assure. Tu es formidable. »

Il soupire faiblement :

« Je te devais bien ça. »

Je passe une main dans ses cheveux en le contemplant :

« Je t'aime. »

Il se penche pour m'embrasser et soupire contre mes lèvres :

« Moi aussi je t'aime. »

Je tire un peu sur ses cheveux et lui mordille la lèvre, il sourit avant de s'éloigner.

« Attends, j'ai encore quelque chose pour toi. »

Je penche la tête sur le côté :

« Quoi ? Encore ? »

Il hoche la tête comme un enfant fier de lui.

« Tu me gâtes beaucoup trop… »

Il fait le tour du lit et se penche sur la table de chevet :

« Tais-toi. »

Il ouvre le petit tiroir et y récupère quelque chose :

« Je n'ai jamais dit que j'avais participé au cadeau commun. »

Je fronce les sourcils en m'appuyant sur mon bras, je tente d'apercevoir ce qu'il cache et il revient à côté de moi. Je remarque qu'il est un peu stressé et il sort de derrière son dos un petit écrin. Il se tortille, nerveux, et il annonce :

« Ce n'est pas une demande en mariage mais… je trouvais que ça marquait le coup pour notre déménagement et tes 18 ans. »

Il l'ouvre d'une main tremblante tandis que je place une main devant ma bouche, émue. Mon cœur bat la chamade. Je découvre sur son coussin une bague très fine en argent sertie d'une petite pierre.

« C'est une Swarovski », m'apprend-il.

Je pose une main sur mon cœur en secouant la tête :

« Je ne peux pas accepter, tu es fou. »

Je l'entends rire :

« Ne dis pas n'importe quoi. Donne-moi ta main.

— Cameron… »

Il prend ma main et me regarde longuement :

« Ça fait un moment que je veux te l'offrir. »

Il ouvre ma main et, avec délicatesse, il glisse la bague à mon majeur.

« La prochaine, ce sera à l'annulaire » dit-il en riant.

Je ris aussi, avec un soupçon d'émotion au coin des yeux.

« Elle te va bien. »

Il contemple ma main alors que moi je ne vois que lui :

« Merci, du fond du cœur. »

Je ne sais pas comment lui dire à quel point je suis heureuse, à quel point il me rend heureuse et comme je suis contente que tout aille bien entre nous. Je l'aime tellement que je n'arrive pas à poser de mots sur ces émotions, alors je cache mon nez dans son cou et le serre contre mon cœur, une main dans ses cheveux :

« Je t'aime tellement. »

Je ne peux retenir les larmes de bonheur qu'il me procure et il me frotte le dos en essayant de me calmer :

« Chut, mon amour. »

Il tente d'essuyer les larmes qui coulent malgré mon sourire. Je ris tandis qu'il galère.

« Je n'ai pas de mouchoir, alors s'il te plaît évite d'inonder ma maison. »

Je l'aide et il embrasse fort ma joue avant de glisser jusqu'à mes lèvres. Il s'y attarde tandis que je m'accroche à lui comme s'il pouvait partir à tout moment. Finalement, il avait tort, nous sommes faits pour être ensemble même si tout nous oppose. Les contraires s'attirent, non ?

Et la façon dont il me serre contre lui comme si j'étais la huitième merveille du monde efface tous les doutes sur notre futur. Notre vie à Paris va se dérouler à merveille et j'aurais été folle de ne pas accepter.

Il glisse sa main dans mes cheveux, m'attirant à lui et nous faisant basculer sur le lit. Il me sourit avant de revenir à mes lèvres. Sa langue caresse la mienne alors que sa main presse ma hanche.

« J'ai encore une surprise pour toi. »

C'en est trop, je secoue la tête :

« Mais ça suffit ! »

Il embrasse mon nez.

« Celle-là ne me coûte rien. »

Il se dresse pour déboutonner sa chemise et éteindre la lumière grâce à l'interrupteur brinquebalant qu'il a dû façonner lui-même. Je comprends tout de suite et pars en éclats de rire, il m'offre un sourire carnassier en replongeant sur mon cou, ce qui me provoque un nouveau rire alors qu'il presse son torse nu contre le mien.

Il parsème mon visage de bisous avant d'intensifier nos rapports pour clôturer en beauté mon anniversaire…

Chapitre 63

Je me réveille la première dans les bras de Cameron. Le petit cabanon n'a pas de rideaux, alors le soleil s'est infiltré et s'incruste dans notre intimité. Il caresse la peau de mon épaule et se reflète sur le front de mon chéri qui dort paisiblement. Ses cheveux brun foncé avec le soleil ont des reflets caramel. Sa poitrine se soulève lentement et ses cils, aussi longs que les miens, viennent toucher le haut de ses joues. Depuis qu'il a arrêté ses études et son job, il s'est remis au sport et les résultats sont là, même relâchés ses abdominaux sont saillants. Je remonte la légère couette sur ma poitrine en entourant sa taille de mon bras. Je caresse son torse et je le sens se réveiller peu à peu. Bientôt il bouge en grognant.

Je lève mes yeux vers lui tandis que lui cligne des paupières. Je caresse sa joue.

« Bonjour, toi. »

Il s'étire avant de parler de sa voix rauque du matin :

« Note pour toi : l'année prochaine, il faut que tu apprennes à faire des grasses matinées »

Je maintiens d'une main la couverture contre moi en me tordant pour attraper son téléphone :

« Il est 11 heures. Ça va ! »

Il s'empresse de me prendre dans ses bras et de m'obliger à me rallonger.

« On s'est couchés il y a cinq heures, laisse-moi dormir. »

Je ris tandis que sa barbe de quelques jours frotte contre mon épaule et me chatouille.

« Dodo ! »

Je me tortille pour me défaire de sa prise :

« Non, on part demain, il faut que je profite de mes amis. »

J'embrasse le bout de son nez en caressant ses cheveux.

« Et moi ? »

Il me mordille la peau du cou.

« Bébé, on a toute la vie devant nous. »

Il hoche la tête.

« Promis ? »

J'approuve d'un baiser sur le front. Ça lui donne le feu vert et il se redresse.

« On y va, alors. »

Il enfile son caleçon et rattrape son bermuda au sol.

Je me lève aussi, en emportant la couette avec moi.

« Tu as toujours dans ton coffre mes affaires de la rivière ? »

Je me vois mal remettre ma robe de soirée, je repense à une journée que nous avons passée à barboter et je me félicite d'avoir eu la flemme de les sortir.

« Euh, oui !

— Parfait ! »

Il enfile sa chemise, dubitatif.

« Euh, tu ne t'habilles pas ? »

Je hausse les épaules :

« Dans la voiture. »

Il se met à rire en boutonnant tant bien que mal son haut :

« Je suis jaloux et je refuse que la forêt te voit nue. »

Je lui lance ses chaussettes, qu'il intercepte en riant. Quant à moi, j'enroule comme je peux la fine couette de sorte qu'elle ne me gêne pas quand je marche.

Il me considère d'un drôle d'œil en attrapant d'une main mes affaires et moi mes talons.

« En route, Pocahontas. »

Il m'attrape par la nuque et embrasse le sommet de mon front.

Dehors, la forêt est bien calme et il fait déjà chaud.

« J'ai trois appels manqués de mon père, soupire Cameron, j'avais pourtant dit à Pauline de les prévenir. »

Il ne se préoccupe pas trop et range son mobile.

« Ça va ? Tu ne galères pas trop ? »

Il me regarde en rigolant tandis que je marche lentement pour ne pas martyriser mes pieds nus.

« Je te porte ? »

Je lui jette un regard, faussement énervée.

« Comme tu voudras. »

Il fait exprès de marcher vite et je me plains en tentant d'accélérer. Finalement, ce n'était pas une bonne idée car lorsque j'arrive à la voiture j'ai les pieds meurtris.

« Vite, ouvre-moi le coffre. »

Il se moque de moi et je peux enfin retirer le drap qui me couvre pour enfiler un short et un tee-shirt un peu grands. Je récupère aussi mes tongs.

« Seigneur… je soupire de plaisir.

— Tu viens ou je pars sans toi ? »

Je ferme le coffre comme je peux et m'empresse de le rejoindre. Il démarre sur les chapeaux de roues car il sait que ça me fait râler, cependant je ne me plains pas car je sais que je vais revoir Pauline et les autres.

Rapidement, la voiture de Cameron retrouve sa place devant la maison de son père et je remarque que la voiture du mien y est aussi garée.

« Au fait, faut qu'on s'achète une console de jeux, celui qui perd fait la vaisselle. »

Je claque ma portière :

« On avait dit que c'était toi qui la faisais. »

Il lève les yeux au ciel :

« Je proteste, je fais déjà à manger parce que je ne te laisse pas m'empoisonner, le bricolage, le repassage et les courses, c'est beaucoup. »

Je saute sur son dos à la place d'argumenter :

« Tu le feras, tu ne peux pas me résister. »

Il tournoie sur lui-même sans tenir mes jambes pour me faire descendre. Comme je tiens d'un côté mes talons et de l'autre ma robe, je dégringole vite et il me retient tout de même.

« Fais gaffe, si tu meurs rien ne se réalisera. »

Je lui tire la langue :

« Le dernier arrivé à la maison paye Disneyland à l'autre. »

Je me précipite vers la porte en ouvrant comme je peux le portillon.

« T'as pas de sous ! » je l'entends se moquer.

Je fais la sourde oreille et j'arrive la première à la porte. Je m'apprête à l'ouvrir quand on me devance. C'est Pauline, et je reste sans voix quand j'aperçois son visage baigné de larmes.

« Pauline ? »

Elle éclate en sanglots en me voyant et se cache dans mes bras.

« Qu'est-ce qu'il se passe ? » demande Cameron.

Elle lève un regard livide vers nous et Cameron se décide à rentrer, je tente de le suivre en tenant Pauline par la main. Elle résiste un peu et me suit.

« Cameron ? » questionne la voix grave de Pierrick.

Je sais qu'il est énervé rien qu'au son de sa voix, et mon copain fronce les sourcils. Je tente d'arriver à sa hauteur mais il s'arrête et se fige. Derrière lui, je vois tout son corps se tendre et ses poings se fermer. Pauline serre les dents.

« Qu'est-ce que tu fous là ? »

Je lâche Pauline et reviens vers Cameron en posant une main sur son bras. C'est lorsque je pose les yeux sur le salon que je comprends et je me prends comme une douche froide.

Mon père est assis sur le canapé, l'air soucieux, tandis que Pierrick, habillé très simplement contrairement à son habitude, se tient debout et toise son fils. À ses côtés, la raison de l'énervement de mon copain se redresse. Il porte ses cheveux blonds plus courts que la dernière fois, il est plus carré aussi, plus imposant. Louis semble être un autre homme depuis l'année dernière, il fait plus mûr. Cameron se dresse, sur la défensive, et je ressens comme un coup de poing dans l'estomac. Pauline s'est calmée et je comprends pourquoi désormais.

« Qu'est-ce que tu fous là ! rugit à nouveau Cameron.

— Tu ferais mieux de te calmer », prévient Pierrick, à la surprise générale.

Cameron fronce les sourcils, ne comprenant pas. Pourquoi s'énerve-t-il contre son fils alors qu'il est à côté de l'agresseur de sa belle-fille et celui qui a voulu ruiner la vie de son fils ? Je ne comprends pas ce qu'il fait ici et Cameron est du même avis.

« Papa, pourquoi il est dans notre maison, t'as oublié…

— Tu te tais, Cameron ! »

Je fais un pas en arrière à cause de la violence de ses paroles. Cameron semble prêt à exploser à tout instant.

« Jade, viens ici », j'entends mon père m'appeler.

Je l'interroge du regard, mais il passe une main sur son visage.

« Tu vas baisser d'un ton, Cameron, reprend Pierrick, car toi aussi tu es fort pour ruiner ta vie. »

Il toise son fils de toute sa hauteur et personne ne comprend mis à part nos pères et Louis. Il a les bras croisés et fixe Cameron d'un air de défi.

« Quelqu'un va m'expliquer ce qu'il se passe, bordel ? » s'énerve Cameron, qui semble en avoir marre qu'on l'attaque de bon matin.

C'est Louis qui prend la parole et glace tout le monde. Sa voix me fait frissonner, il y a longtemps que je ne l'avais pas entendue :

« Je suis là parce qu'un petit gars aimerait rencontrer son père. »

Chapitre 64

Je vacille, les sourcils froncés.

« De quoi tu parles ? » je demande.

Je tremble de tout mon corps et je ne suis pas sûre de comprendre. Mon père se lève et essaye de me rejoindre, je l'esquive tandis que Cameron semble perdu. Personne ne me répond, alors je m'énerve :

« Cameron, qu'est-ce qu'il se passe ? »

Il hausse les épaules violemment :

« Je sais pas, moi ! Je ne comprends pas pourquoi ce connard est ici ! »

Louis ricane :

« Crois-moi, j'aurais préféré ne jamais vous revoir, mais il semblerait que tu en aies décidé autrement.

— Qu'est-ce que c'est que cette histoire, je ne…

— Tu as mis Lucie enceinte, Cameron ! » s'énerve son père.

Ma bouche se décroche comme si je me prenais un coup de massue. Cameron devient blanc et je me détache de lui.

Mon père pose une main sur mon épaule.

« C'est impossible », je murmure.

Louis semble fier de lui de nous voir dans cet état.

« Elle a accouché cette nuit, d'un petit garçon. Tu es un vrai trou du cul, mais tu es son père. »

Je me laisse tomber contre mon père et Pauline serre ma main.

Cameron secoue la tête.

« Si c'est encore un de tes plans à la con..., menace-t-il.

— Non mais c'est un des tiens, gronde son père. Non mais, qu'est-ce qu'il t'a pris ! Tu as à peine 19 ans ! »

Cameron respire fort et je vois sur son visage qu'un tas de souvenirs affluent sur son visage.

« Tu me déçois profondément, tu n'as même pas de travail. »

Pierrick ne regarde pas son fils en crachant ces mots.

« Merci, Louis, de nous avoir prévenus, le remercie Pierrick, on va aller à la maternité. »

Louis passe une main dans ses cheveux et crache :

« Pas de quoi. »

Sur ce, il serre la main de mon beau-père et prend soin de bousculer Cameron en partant.

Celui-ci est sur les fesses tandis que moi je ne réalise pas ce qu'il se passe. Qu'est-ce que c'est que cette histoire ? Lui comprend et semble avoir remis les pièces du puzzle en ordre, il se tourne vers moi :

« Jade, je te promets que je savais pas. Je suis déso... »

Je le fais taire d'un signe de la main :

« Tais-toi ! »

Il s'empresse de saisir mes poignets mais mon père nous sépare d'un bras.

« Laisse-moi t'expliquer. »

Son père rit :

« Ah mais tu as intérêt à fournir des explications à tout le monde, mon petit. »

Cameron se passe une main sur le visage en se laissant tomber sur le canapé, visiblement dévasté. Il continue à passer ses mains dans ses cheveux, la tête baissée :

« Je ne sais pas quoi dire. »

Il a eu un bébé avec Lucie, un petit garçon, le monde me tombe sur la tête et je ne sais vraiment pas comment réagir.

« Jade, s'il te plaît, ne me regarde pas comme ça. »

Je croise les bras sur ma poitrine. Tout était si parfait, et là tout s'écroule.

« On va y aller, murmure mon père.

— Non », j'impose.

Mon ton est froid et dur, Pauline tremble.

« Je veux des explications. »

Le genou de Cameron tressaute et sa main s'est posée sur sa bouche :

« J'ai merdé.

— Ça, tu peux le dire ! »

Pierrick semble impatient et fusille son fils du regard :

« Tu te rends compte, Cameron ? Tu n'es encore qu'un gros bébé ! Tu as encore besoin de moi, comment veux-tu être père ? »

Cameron se redresse furieusement :

« Je ne veux pas de cet enfant !

— Ça suffit ! » j'explose.

Tous les regards sont braqués sur moi.

« Est-ce que je pourrais parler seul à seul avec Cameron ? »

Pierrick considère ma proposition et accepte, agacé :

« Restez dans les parages, à 14 heures on va à la maternité. Tu vas assumer ta paternité. »

Cameron grimace de rage en s'enfuyant tel un félin enragé vers sa chambre.

« Ça va ? » me questionne mon père.

Il a l'air profondément inquiet.

« On peut pas dire ça. »

Je me dégage de sa prise et rejoins Cameron, bien décidée à tirer au clair cette situation. C'est toujours comme ça avec lui, les montagnes russes, tout va bien puis tout s'écroule. Je trottine en escaladant les marches aussi rapidement que je peux.

Un gros bruit dans l'ancienne chambre de Cameron m'interpelle. Je pousse la porte un peu trop violemment et elle valse contre le mur.

Une scène d'horreur se dessine à l'intérieur, la pièce est ravagée, les rares meubles qui restent sont brisés.

Il est assis sur son lit et se balance d'avant en arrière. Il tourne des petits yeux vers moi. Il pleure :

« Je suis désolé. »

Il tente de se lever et de me prendre dans ses bras mais j'esquive. Il faut que je garde mon sang-froid et la tête froide. Mon cœur a un poignard en plein dedans et je retrouve mon ancienne tristesse, celle que je pensais envolée à jamais.

« Tu m'as trompée. Avec Lucie. »

Cette vérité fait mal à dire comme à encaisser. Tout allait bien après Paris et voilà qu'il se retrouve père. Le visage de la blonde ainsi que sa voix insupportable défilent dans ma tête et j'ai envie moi aussi de tout casser. Lucie, bordel ! Celle qu'il disait haïr plus que tout. Son ex qui voulait nous gâcher la vie.

Tout se met en place, elle était déjà enceinte quand j'ai appris qu'Eva et Laure m'avaient trahie. Elle ne voulait pas boire d'alcool et elle m'a dit quand je suis partie « Et ce n'est pas fini ».

Tout devient clair et je me sens bête tout d'un coup. Voilà pourquoi elle a arrêté les cours.

« Bien sûr que non, Jade ! On venait de se séparer. Jamais je n'aurais fait ça en étant en couple.

— Alors, t'as attendu qu'on se sépare », je crache.

Il secoue la tête :

« Quand t'es venue me voir à l'appart, j'ai pété les plombs, j'ai renvoyé Johanna et le soir je suis parti en soirée me vider la tête. Elle était là, on était bourrés. Je n'en savais rien, je te jure. »

Je me retiens pour ne pas pleurer et hurler.

« Alors tu insinues que c'est ma faute. »

Il lève des yeux rouges sur moi, éberlué :

« Quoi ? Non, pas du tout. C'est entièrement la mienne. Et la sienne. »

La voilà, sa vengeance, elle a gagné. Elle est liée à jamais à lui.

« Je suis trop con. »

Il éclate en sanglots dans ses mains et je crois que c'est la chose qui me fait le plus mal, de le voir aussi désemparé, à bout. Je ne l'ai vu que très rarement comme ça et chaque fois je meurs d'envie de le prendre dans mes bras et de lui dire que tout va bien.

« J'en savais rien, putain, je te promets. Je ne veux pas te perdre », dit-il en pleurant.

Son doux visage est baigné de larmes et je m'assois à côté de lui.

« Je suis tellement désolé, je…

— Je sais », je coupe.

Il soupire en se mordant le poing pour réprimer un sanglot.

« Je voulais un avenir avec toi, c'est avec toi que je veux mon premier enfant, Jade…

— Tais-toi et écoute-moi. On ne peut pas revenir en arrière, ce qui est fait est fait. Elle s'est bien foutue de nous mais ne pense pas que tu n'y es pour rien. Cet enfant ne s'est pas fait seul. »

Je suis en colère contre lui mais il a besoin de moi, d'autant plus que j'avoue ne pas être objective après tous ces mois merveilleux à ses côtés. Je ne veux pas le perdre.

« Tu vas aller à la maternité et tu vas reconnaître cet enfant. »

Il essuie une larme avec la paume de sa main :

« Et nous ? »

Un rictus déforme ma bouche. C'est vrai, et nous ? Je ne sais pas si je pourrai accepter d'avoir Lucie perpétuellement dans ma vie.

« Je ne sais pas, tu ne peux pas abandonner cet enfant, il a besoin d'un père, déjà que sa mère est folle. »

Il secoue la tête :

« Je ne suis pas prêt. »

Sa carrure contraste vraiment avec sa voix de petit garçon détruit. Il n'arrête pas de pleurer et je sais qu'il n'arrivera pas à traverser cette épreuve seul. Et je prends peut-être la pire des décisions de toute ma vie alors que je devrais partir en courant :

« On ne change pas nos plans, demain on part à Paris, mais tu vas aller voir ton fils et on va essayer de faire avec. »

Je trouve ma façon de parler ignoble. Un bébé devrait être le plus bel événement d'une vie et j'en viens à parler comme si je le détestais déjà, comme s'il allait ruiner nos vies.

« Tu ne me quittes pas. »

Ses yeux bleus sont animés d'une lueur d'espoir et ça me blesse bizarrement.

« Non. Je vais avoir beaucoup de mal à te pardonner, mais nous n'étions pas ensemble et je ne pensais pas me remettre avec toi, alors je serai là pour t'aider. Il n'y a que le présent qui compte. »

Son corps est parcouru d'un spasme et je porte difficilement une main à sa joue :

« Il a besoin de toi, montre-lui que l'humanité peut exister et donne-lui un bon exemple, pas comme sa mère. »

Reconnaître que mon homme vient d'avoir un enfant avec une autre me brise le cœur et j'ai du mal à imaginer notre avenir si clair auparavant. Mon monde s'est littéralement écroulé. Il est lié à elle à tout jamais, elle fera toujours partie de sa vie… Mais, quand il me prend dans ses bras et éclate en sanglots, je sais que j'ai pris la bonne décision. Il n'y arrivera pas tout seul, il a besoin de moi pour que cet enfant ait un bon père. Et je serai là, n'en déplaise à Lucie.

Chapitre 65

J'ai eu beaucoup de mal à calmer Cameron et il s'est finalement endormi, épuisé d'avoir pleuré sur mes genoux. Je l'ai réveillé il y a peu car nous devons partir. Nous n'avons pas mangé ce midi et je dois dire que c'est le dernier de mes soucis.

« Je t'attends en bas », je lance un peu froidement à Cameron.

Il hoche la tête et je descends précipitamment.

Pauline regarde la télé un plaid sur les pieds malgré la chaleur, mon père et Pierrick sont dans la cuisine. Je suis passée par ma chambre où j'ai pu récupérer mon mobile afin de prévenir les filles de la situation et leur dire que ça va être compliqué de se voir.

Je rejoins Pauline, qui sursaute à ma vue et se tord le cou.

« Ça va ? »

Je hausse les épaules et elle me tire pour que je m'asseye à côté d'elle.

« Tu vas faire quoi ? »

Je prends une grande inspiration :

« Je ne sais pas, je vais l'aider.

— Tu es sûre ? »

Elle me dévisage.

Je ne sais pas si elle va comprendre, alors je ne perds pas mon temps à lui expliquer et je lui dis simplement :

« Nous n'étions pas ensemble quand ça s'est passé, il a besoin de moi. »

Elle me presse la main :

« Jade, ne te néglige pas, s'il te plaît, je te connais par cœur et là tu ne vas vraiment pas bien, pense à toi aussi, d'accord. »

Je me lève avec un petit sourire :

« T'en fais pas. »

Des pas me font tourner la tête et Cameron descend les yeux encore rouges, il ne croise pas mon regard et Pierrick ne lui adresse pas la parole. Il prend simplement ses clés de voiture.

« Je vous accompagne », je décrète.

Pierrick et mon père semblent surpris.

« Quoi ? s'étonne mon père.

— Je vais avec eux. »

Ils ne semblent pas comprendre, je vois juste Pauline me sourire faiblement. Elle me soutient même si je sais qu'elle n'aurait jamais fait ce que je fais. Je glisse timidement ma main dans celle de Cameron et mon cœur s'accélère :

« On discutera ce soir, papa. »

Il pose un regard consterné sur nos mains liées et Pierrick soupire :

« Tu ne devrais pas, Jade…

— Et le laisser tout seul ? Tout le monde lui crie dessus et personne n'est là pour le rassurer. C'est mon rôle. »

Il fronce les sourcils, surpris, et je sens que mon père est prêt à me réprimander, mais on ne touche pas à ceux que j'aime.

« On y va », conclut alors son père.

Le mien nous regarde partir et je sais qu'il désapprouve, mon portable ne cesse de sonner dans ma poche mais je l'ignore délibérément.

Je ne lâche pas la main de Cameron même si je ne me sens pas à l'aise, je la tiens même dans la voiture et son pouce caresse ma paume. Personne ne dit rien pendant le trajet, et Pierrick nous jette de petits regards dans le rétroviseur que j'ignore. Cameron a attrapé mon tic et se ronge les ongles. Je le laisse faire. Il a de quoi avoir peur.

La maternité se trouve en périphérie de la ville et il nous faut bien une demi-heure pour y arriver. Je dois tirer sur la main de Cameron pour qu'il descende tandis qu'il secoue la tête. Je réussis tant bien que mal, et il plisse ses yeux fatigués sous la lumière du soleil. Ma tête tourne, je suis brisée tout comme lui, mais je dois me charger de nous deux, je vais devenir folle. Je prends un grand bol d'air tandis que nous marchons d'un pas mal assuré. Pierrick ne semble pas à l'aise non plus, mais il pose tout de même une main sur l'épaule de son fils et je vois celui-ci vaciller, je sais qu'un grand soulagement l'envahit. Il a surtout besoin de son père pour le conseiller.

On arrive à la réception et j'avoue avoir une horrible envie de faire demi-tour.

« La chambre de Lucie Preston, s'il vous plaît. »

La secrétaire tape rapidement sur son clavier et annonce « Rez-de-chaussée, chambre 6 ».

« Par là », nous indique-t-elle du doigt.

Une boule se loge dans mon estomac. Je ne sais pas si je vais pouvoir y aller et, apparemment, je ne suis pas la seule à me dire ça.

Cameron secoue la tête en me tirant par la main :

« Je vais pas y arriver. »

J'ouvre la bouche mais je ne sais pas trop comment le rassurer car moi-même je n'y arrive pas, mais c'est M. Kent qui prend la parole :

« Mais si, fils. C'est maintenant qu'il faut créer le contact, sinon tu ne le feras jamais. Tu ne peux pas nier son existence, tu n'as pas le choix. »

Il serre le bras de son fils avec une espèce de petit sourire :

« Sois un homme. »

Cameron souffle un coup et hoche lentement la tête. Pierrick se remet en route et on le suit le long de ces murs aux couleurs pastel et aux dessins d'enfants ornés de stickers sur les portes. On s'arrête finalement devant une porte et Pierrick hésite à frapper lui aussi. Mon cœur s'accélère considérablement et j'ai peur qu'il m'échappe pour de bon, le sang bat tellement dans mes temps que j'ai presque du mal à y voir. La porte s'ouvre et on découvre les parents de Lucie et Louis qui, contrairement à ce que j'aurais pensé, offre un sourire à Cameron. Ils s'éclipsent rapidement, préférant nous laisser. Ils restent cependant derrière la porte en cas de problème.

Je lâche la main de Cameron tandis qu'on découvre Lucie sur son lit en train d'utiliser son téléphone. Elle tourne paresseusement la tête vers nous. Son teint n'est plus aussi parfait et des cernes ont creusé ses yeux.

« Tu es venu. »

Cameron semble reprendre du poil de la bête :

« Je suis là pour lui. Pas pour toi. »

Elle ricane :

« Allons, nous sommes ses parents, on va devoir s'entendre. »

Pierrick serre les dents lui aussi et semble excédé par cette blonde.

À côté d'elle, dans un landau typique des maternités, une petite chose gigote avec des petits gazouillis.

« C'est ton portrait craché. »

Je pose discrètement une main dans le dos de Cameron pour le pousser à aller voir. La scène est surréaliste et je suis presque à deux doigts de m'évanouir. J'ai tellement mal.

Il hésite en me lançant un petit regard puis réagit. Il s'avance prudemment :

« Je peux le prendre ? »

Lucie lève les yeux au ciel :

« C'est ton fils. »

Je vois ses mains trembler et bientôt il les place dans le landau pour récupérer un petit corps.

Son père l'assiste et lui montre comment le tenir. Je m'approche aussi un peu. Lucie avait raison, c'est Cameron en miniature, le même nez, la même bouille d'ange, la même bouche. C'en est troublant.

« Il est si petit. »

L'enfant reste très calme dans ses bras, Cameron caresse d'un doigt sa petite main. La vision est tellement belle que j'en oublie que la mère n'est autre que Lucie et que ce n'est pas notre enfant. Une réalité qui fait mal.

« Trois kilos, rigole Lucie, tu le sens passer. »

Cameron lui lance un regard noir :

« Comment il s'appelle ? »

Elle hausse les épaules :

« Il n'a pas encore de prénom, je voulais que tu choisisses entre Maël et Noah. »

Cameron berce doucement l'enfant, il a l'air à l'aise, il réfléchit un instant et je sais déjà ce qu'il va choisir.

« Noah », répond-il, me donnant raison.

Il regarde son fils longuement et celui-ci chouine un peu, Cameron murmure un « Chut » en le berçant un peu plus fort.

Cette scène est si belle et si tragique à la fois. Les larmes me piquent les yeux, j'ai l'impression d'être de trop ici, Cameron prend ses marques petit à petit, épaulé par son père, et moi je suis dans mon coin à contempler ce bonheur que je ressens comme une trahison. Je me mordille la lèvre en essuyant rageusement une larme qui coule. Lucie le voit et me fait un grand sourire.

« Il ne voulait pas sortir, ce petit bonhomme, mais maintenant il peut enfin rencontrer ses parents », me nargue-t-elle.

C'en est trop.

« Excusez-moi », je murmure en poussant la porte.

Il faut que je parte le plus loin possible d'ici. Cameron paraît surpris et tente de refiler le bébé à son père pour me courir après, mais il n'est pas assez rapide et le petit se met à pleurer. Moi, je passe devant les parents de Lucie en larmes et en furie, je cours, si bien que j'entends :

« Mademoiselle, ne courez pas dans les couloirs ! »

Je l'ignore et rejoins la sortie, où l'air frais m'accueille. Je suffoque en sanglotant. Tout est fichu, jamais je ne pourrai me relever de ça. Je pleure, ne sachant pas où aller. Je remarque une station de bus, alors je baisse la tête et m'y précipite. Je ne consulte pas la ligne et je monte pour m'éloigner d'ici.

Chapitre 66

J'ai laissé le bus me trimballer dans différents coins de la ville, roulée en boule sur mon siège. Personne n'a osé s'asseoir à côté de moi, je dois faire peur à voir, j'ai arrêté de pleurer mais mes yeux restent rouges. Au terminus, j'ai retrouvé mes esprits et décidé de descendre enfin. J'ai marché pendant quelque temps pour finalement rejoindre la route de chez Pierrick.

Je n'arrête pas de voir Cameron en train de porter son fils et j'arrive à dire que c'est de la jalousie qui m'habite. Je regagne la maison sans grand enthousiasme. J'espérais pouvoir me retrouver seule ou limite avec mon père, mais c'était compter sans Pauline qui repart demain. Dans le salon, je différencie plusieurs voix féminines.

J'approche prudemment du salon et découvre mes trois filles préférées, je suis contente de les voir même si elles m'offrent des regards compatissants. Pauline a dû leur expliquer la situation en détail.

« Joshua ! Jade est rentrée. »

Ni une ni deux mon père apparaît, arrivant de la terrasse. Il se frotte les mains sur son jean.

« Où sont les autres ? »

Je me laisse tomber sur le canapé.

« Je les ai laissés là-bas », je murmure d'une voix éraillée.

Mon père s'assoit en face de moi tandis que la main de Rose vient presser la mienne.

« Alors ? » questionne mon père.

Je joue avec les doigts de mon amie en fuyant le regard de mon paternel.

« Il s'appelle Noah, c'est un beau bébé, le portrait de son père », je ricane.

Mon père se frotte la nuque.

« Qu'est-ce que tu vas faire ? » s'inquiète Olivia.

Je hausse les épaules :

« Partir à Paris avec lui comme c'était prévu et accepter qu'il fasse partie de nos vies. Je ne sais pas, on descendra à chaque période de vacances. »

Même si c'est une situation qui me permettrait de voir mes amis, je déglutis tout de même car tous nos plans sont contrariés. Cameron se retrouve propulsé en tant qu'adulte et j'ai peur des conséquences.

« Tu ne vas rien dire ? Tu ne le quittes pas ? » demande Rose.

Mon père écoute attentivement.

« Ça servirait à quoi ? Lucie est un monstre et si je me sépare de lui ça signera sa victoire. C'est peut-être mon côté égoïste, mais je ne veux pas perdre l'amour de ma vie pour un petit garçon qui n'a rien demandé. »

Mon père hoche lentement la tête.

« Et ça te fait quoi, cette situation ? s'avance Pauline. Il faut que tu nous dises tout ce que tu ressens. »

Mon cœur reste pudique car mon papa est là et j'ai peur qu'il trouve la situation et moi par la même occasion ridicules. Cependant, les filles m'enveloppent d'un regard si triste que je craque :

« Je suis en colère contre Cameron d'avoir étanché sa peine avec elle, de n'avoir pas fait attention. Il est lié à une folle ! »

Je me perds dans le vide et je ne sais même plus ce que je regarde.

« Ça me fait de la peine parce que, cette première paternité, ce n'est pas moi qui la lui ai offerte alors que je suis extrêmement amoureuse de lui. »

Rose passe un bras autour de mes épaules et embrasse ma tempe. Ça y est, je pleure.

« Mais je suis contente, je souris tant bien que mal. Il est mignon, et puis c'est censé être du bonheur, un bébé. »

Je n'arrive à convaincre personne, alors que je suis sincère. Les filles m'entourent de leurs bras dans un gros câlin collectif. Je lâche un sanglot de soulagement, je ne suis pas si seule que ça, finalement. Elles se défont rapidement et mon père pose une main sur mon genou :

« Il va falloir être forte, ma fille. »

Je secoue la tête :

« Je ne sais pas si je le suis. »

Il me sourit :

« Bien sûr que si. Tu l'as toujours été. Je ne souhaite cette situation à personne, mais là tu y es et tu dois aviser. Si tu choisis de rester avec Cameron, montre à Lucie que ça n'a pas gâché vos vies.

— Ouais, comme ça tu peux être la meilleure belle-mère du monde, ça va la faire rager quand le petit parlera de toi », ricane Olivia.

Mon père rit légèrement :

« Je n'avais pas vu ça comme ça, mais… »

Olivia part dans des plans stratégiques et elle réussit à me faire rire.

« Allez, mon petit amour, arrête d'être triste, m'ordonne Pauline en se laissant tomber sur moi.

— Oui, on est là, nous, et c'est probablement le dernier après-midi ensemble, pleurniche Rose.

— Soyons toutes tristes ensemble », s'exclame Olivia bien joyeusement.

Elle rit et mon père secoue la tête en nous écoutant.

« On va regarder un bon film en attendant l'autre gugusse et tu verras que tout va bien aller. »

Je laisse tomber ma tête sur l'épaule de Rose. J'espère qu'elles ont raison. Je dois parler à Cameron, lui pourra me rassurer.

Nous terminons l'après-midi avec une série dont je ne suis absolument pas le déroulement car je suis trop impatiente de voir Cameron revenir. Je n'ai d'ailleurs pas répondu à son texto qui me demandait où j'étais allée il y a de cela trois heures.

Je guette sans cesse le moindre bruit de voiture et je suis la première debout dès que la porte d'entrée claque vers 19 heures. Les filles sont toujours à la maison malgré l'heure avancée et je commence à être sur les nerfs d'avoir attendu tout ce temps. Je me tords le cou pour apercevoir Cameron, mais je ne distingue que son père.

Il se passe une main sur le front et on dirait presque qu'il a pris dix ans d'un coup.

« Où est Cameron ? »

Il réfléchit un instant :

« À son appart, il m'a dit de te dire qu'il t'y attendait. »

Je fronce les sourcils et me tourne vers les filles, qui écoutent sagement.

« Je peux y aller, papa ? »

Celui-ci hausse un sourcil.

« Tu me demandes mon avis, maintenant ? dit-il en riant pour détendre l'atmosphère. Bien sûr, mais soyez là à 8 heures demain, l'avion décolle à 10 heures. »

J'approuve et Olivia tire la moue :

« On va plus se revoir ? »

Elles se lèvent toutes les deux.

« Si ! À toutes les vacances. Promis. »

Olivia est la première à se jeter dans mes bras :

« Tu vas nous manquer. »

Je cache mon nez dans ses cheveux. Il faut vraiment que j'arrête de pleurer. Je lui frotte le dos :

« Vous aussi. »

Je tends une main à Rose, qui la prend tristement et vient se joindre à l'étreinte.

« Je vous appelle dès qu'on est à Paris. »

Elles approuvent, très émues.

« Allez, pars et ne te retourne pas ! » plaisante Rose.

Elle essuie le coin de son œil.

« Vous direz au revoir à Flo, Evan et Tristan de ma part ? »

Elles hochent la tête en chœur.

« Et dites à Flo d'arrêter de boire, ça ne lui réussit pas. »

J'arrive à les faire rire.

« Papa, je peux prendre ta voiture ? »

Il interrompt sa conversation avec Pierrick pour me donner la permission.

« À bientôt, les filles. Pau', à demain. »

Je leur envoie un baiser avant de me retourner, bien déterminée. Aujourd'hui ne sera pas qu'un jour triste.

Chapitre 67

J'ai eu beaucoup de mal à rejoindre l'appartement de Cameron, il y avait étrangement beaucoup de circulation et j'ai dû m'énerver deux trois fois car j'étais à bout de nerfs. Je ne me reconnais plus. Aussi, quand je me gare sur le parking, je prends un temps pour souffler et je tente de me rappeler les techniques de méditation de ma mère.

Je me calme et retrouve mon sang-froid, cependant il y a toujours cette tristesse qui flotte au-dessus de moi.

Je laisse la voiture derrière moi et traverse le parking. Je me dépêche de gravir les escaliers quatre à quatre et j'arrive en haut complètement essoufflée. J'hésite, mais je me décide et frappe trois petits coups. Immédiatement, on m'ouvre. Cameron a vraiment mauvaise mine, d'autant plus que son tee-shirt sans forme ne le met pas en valeur. Mais est-ce réellement important ?

« Pourquoi tu es partie ? » commence-t-il faiblement.

On dirait qu'il est exténué et sa voix est atrocement rauque. Il m'invite à entrer avant que je donne ma réponse.

« Je ne sais pas. J'ai ressenti… une vague de tristesse. »

Il baisse la tête :

« À cause de moi… »

Je m'approche et relève son menton de mon index :

« Ne mets pas tout sur tes épaules, s'il te plaît. La pilule du lendemain est accessible à toutes. Elle ne l'a pas voulue, c'est tout. »

Il renifle et d'ici je peux voir tous les petits vaisseaux rouge sang dans le blanc laiteux de ses yeux.

« Je suis vraiment désolée. »

Je hoche la tête.

« Faut aller de l'avant et voir le côté positif », je soupire.

Je tente de m'en convaincre depuis que je suis partie. Il passe une main dans ses cheveux :

« C'est difficile. »

Je me laisse tomber avec un bruit peu gracieux sur le canapé et je ne le quitte pas des yeux :

« Au moins, ton bébé n'est pas moche. »

Il esquisse un sourire et je prends ça pour une victoire. Lui avant moi. Je m'occuperai après de mes craintes et de mes sentiments.

« Viens là. »

Je lui tends une main qu'il prend, il la regarde un instant car c'est celle où je porte la bague. Puis il se décide à me rejoindre.

« Je suis allé le déclarer à la mairie. Noah Alexis Kent », murmure-t-il.

Je souris en entendant son vrai prénom.

« J'ai peur. »

Je pose ma tête sur son épaule en serrant sa main :

« Y a pas de raison, on va partir tous les deux et on s'arrangera pour être là à chacune de tes vacances, comme ça tu pourras t'investir dans ton rôle de père. D'accord ? »

Il met du temps à répondre et je le sens se crisper :

« Justement, je ne veux plus partir. »

Je me redresse vivement et lui fais face. Je considère son visage fatigué et me mets à rire, pensant qu'il me fait une blague. Mais il n'y a pas l'ombre d'un sourire sur son visage, alors le mien disparaît et je fronce les sourcils.

« Je suis sérieux, Jade.

— Quoi ? Mais non, tu ne peux pas dire ça. »

Il soupire :

« La seule chose que je ne puisse pas faire, c'est abandonner mon fils entre les mains de cette folle. »

Il me regarde et presse mes mains sur son cœur.

« On sait tous les deux ce que ça fait de vivre sans un parent. Je ne veux pas qu'il vive la même chose. Je veux que si sa mère l'emmerde il puisse se réfugier chez moi. Je veux pouvoir assister à toutes les compétitions du sport qu'il choisira. »

Je secoue la tête, complètement sonnée :

« Mais tu délires… »

Il ne cille pas.

« Cameron, on a pris un appartement ensemble, tu peux être un papa de Paris ! »

Il baisse la tête :

« Je veux être un vrai père. Pas un papa de vacances. »

Toutes les émotions me transpercent les unes à la suite des autres et j'ai une folle envie de rire tant la situation est un cauchemar. Le ciel me tombe sur la tête, ce n'est pas possible. Tout se ligue contre moi pour ruiner ma vie ?

« Et moi, Cameron ? je m'énerve, tu penses à moi un peu ? »

Je me redresse en me tirant presque les cheveux.

« Calme-toi, bien sûr que je pense à toi, à nous ! »

Mes narines se dilatent et je respire fort, je suis en colère contre lui comme je ne l'ai jamais été.

« J'y ai pensé, on peut vivre dans cet appart, il n'est pas trop tard pour s'inscrire à la fac ici. Tu as tes amis ici, c'est peut-être mieux de rester. »

Je secoue la tête :

« Tu te rends compte de ce que tu dis, Cameron ? C'est toi qui m'as proposé de vivre là-bas, je te rappelle. »

Il approuve et tente de me prendre dans ses bras. Je résiste.

« Je sais, mais tu vois bien la tournure que prend ma vie. Je ne veux pas te perdre à nouveau, Jade, et crois-moi j'ai retourné le problème sous tous les angles. Il n'est pas trop tard, Jade. Restons ici. Je veux voir mon fils grandir. »

Il me supplie du regard et j'éclate en sanglots. C'est trop, je suis à bout. Je me laisse tomber au sol et il m'accompagne.

« Calme-toi. Tant qu'on est ensemble tout va bien, mon cœur.

— Je suis prise à la Sorbonne, Cameron, je ne peux pas ne pas y aller. »

Il balaye mon front de mes mèches.

« Tu sais que si. Ne sois pas égoïste, Jade, essaye de me comprendre.

— Et toi ? je commence à crier, tu as essayé de me comprendre ? Mon copain vient d'avoir un bébé avec ma pire ennemie, et tu veux que je sois spectatrice de ton bonheur ? »

Il secoue la tête, visiblement atteint par mes mots :

« Calme-toi. On n'a pas les idées claires. On est fatigués. Je ne partirai pas, Jade, alors annule les billets pour demain, je te les rembourserai. Laisse-toi le temps de réfléchir, tu verras que j'ai raison et qu'on peut tout aussi bien être heureux ici. »

Mon corps est parcouru d'un frisson et il me presse contre lui :

« Mon ange, s'il te plaît. Il a besoin d'un père et d'un modèle féminin comme toi dans sa vie. »

Je suffoque et il tente de m'apaiser en me berçant. On va aller se coucher.

« Je dois… Je dois retourner chez ton père à 8 heures demain », je bégaye.

Il caresse mes cheveux.

« On ira, ne t'en fais pas, et on lui expliquera la situation, on leur demandera conseil. Regarde, je mets une alarme pour qu'on se réveille à temps. »

Je hoquette et il caresse ma joue en me montrant son téléphone, puis il murmure :

« Tu as besoin de te reposer. Viens avec moi. »

Mon cerveau semble éteint et seul mon cœur me parle. Douleur, douleur, douleur…

Je me sens soulevée et je me laisse aller mollement contre Cameron, qui embrasse le haut de mon crâne. Il me dépose dans son lit et s'assoit au bord. J'ai l'impression d'avoir pris un tournant, de ressentir une cassure entre nous. Lucie va gagner, c'est sûr.

« Embrasse-moi », je lui demande.

Je sens que l'on s'éloigne et j'ai besoin de son contact pour me convaincre de l'inverse. Il va m'abandonner, il est en train de m'abandonner.

Il se penche délicatement sur mes lèvres salées, il les effleure lentement et j'empoigne sa nuque pour y mettre plus d'ardeur. Il se laisse aller et amène la passion dont j'avais besoin, il me surplombe en serrant mon corps contre le sien. Il se fait fougueux et malmène ma bouche tandis que je gémis contre la sienne.

Je le fais rouler sur le côté et j'admire de mes yeux encore mouillés ses cheveux décoiffés et ses lèvres rosées. J'ai besoin de lui, tout mon corps le réclame même si notre histoire prend une tournure de tragédie. Je le chevauche et retire mon tee-shirt avant de replonger sur ses lèvres.

Épilogue

Le réveil affiche 3 heures du matin tandis que je récupère mes affaires. Cameron dort profondément. J'ai désactivé son alarme de 8 heures, épuisé comme il est, il ne se réveillera qu'une fois que je serai dans l'avion.

Il avait raison, nous ne sommes pas faits pour être ensemble et, si la nuit porte conseil, elle m'a conseillé de partir loin de lui. Il ne se rend pas compte qu'un bébé représente un énorme investissement, et j'ai décidé d'être à mon tour égoïste et de préférer mon avenir. Avoir Lucie dans les pattes ne va me causer que des problèmes, alors je préfère partir loin de lui. Il ne comprendra pas, il risque de m'en vouloir, c'est sûr. Mais peut-être qu'un jour on se reverra, lui avec son petit garçon et moi peut-être avec un autre homme.

Ce n'était qu'une question de temps, finalement, et je préfère brusquer le sablier plutôt que de me retrouver détruite.

Nous sommes arrivés au dernier chapitre de notre histoire, au bout de notre chemin. C'est inévitable. Quand il se lèvera, le lit sera vide, avec pour seul témoin de ma présence mon parfum sur les draps. Nous ne pouvons pas continuer ensemble, alors je fuis dans la nuit noire au volant de ma voiture. J'ai passé les meilleurs moments de ma vie à ses côtés. Sa rencontre n'a pas été comme je l'ai pensé au début un fléau, mais une bénédiction. Il m'a fait grandir, mais je rêve de l'excellence et nous ne pouvons pas la trouver ensemble. La plaie est trop profonde et nous ne pouvons l'apaiser même avec tous les efforts du monde. Nous avons vécu trop de moments difficiles.

On sera heureux chacun de notre côté, peut-être qu'un jour je le remplacerai par quelqu'un de complètement différent de lui. Peut-être que j'arriverai à l'oublier en me perdant dans des yeux qui ne seront pas bleus. Peut-être même qu'un jour je ne penserai plus à lui, je n'aurai plus mal à l'évocation de son prénom. Et peut-être que lui aussi.

Cette nuit, je laisse notre histoire s'évanouir, je le laisse partir. Il a tout ce que les filles désirent et un jour je m'en mordrai les doigts, je le sens, c'est inévitable, mais il me remerciera, car la voici, la meilleure décision de ma vie : nous laisser tomber.

J'ai eu le courage de l'aimer avec son passé et j'espère lui avoir appris autant qu'il m'a appris.

Je suis dévastée, mais un petit sourire flotte sur mes lèvres, je l'aime si fort que je ne peux plus être avec lui.

Ce sentiment me suit quand je monte dans l'avion. Nous ne sommes pas dans un film, mon plan a marché, il ne s'est pas réveillé. Le séduisant bad boy ne débarque pas à bout de souffle dans l'aéroport, suppliant la jeune fille de ne pas partir.

J'ai expliqué la situation à mon père, il n'a rien dit. Je sais qu'il souffre pour moi, et je ne sais pas s'il a pleuré parce que je pars loin de lui ou parce que je souffre horriblement. Je pensais faire le trajet seule, pourtant à la dernière minute Pauline s'est invitée pour la fin des vacances. Elle a remplacé Cameron sur le siège voisin et j'ai serré fort sa main dans l'avion.

Mon nouveau départ ne s'est pas fait il y a un an quand j'ai emménagé dans la maison de Pierrick, non, il se fait maintenant, à l'aube de ma vie d'adulte.

Mon téléphone vibre vers 10 heures, quand l'avion décolle. Bien évidemment, je sais que c'est un message de Cameron :

> Tu es où ?

Il va avoir mal, c'est certain, et j'espère même qu'il va me haïr, ainsi il sera plus facile pour lui de m'oublier et de s'occuper de son petit garçon. J'espère qu'il lui parlera de moi et j'espère que Noah se rendra compte de la chance qu'il a d'avoir un papa comme Cameron.

J'éteins mon téléphone. Mon père lui expliquera, je lui ai laissé une lettre me justifiant.

C'est douloureux.

Finalement, la gentille petite fille ne finira pas avec le bad boy.

CE ROMAN VOUS A PLU ?

Retrouvez tous les titres Hachette Romans sur notre site et nos réseaux :

LECTURE ACADEMY

« Pour l'éditeur, le principe est d'utiliser des papiers composés de fibres naturelles, renouvelables, recyclables et fabriquées à partir de bois issus de forêts qui adoptent un système d'aménagement durable. En outre, l'éditeur attend de ses fournisseurs de papier qu'ils s'inscrivent dans une démarche de certification environnementale reconnue. »

Composition et mise en pages : Nord Compo

PAPIER À BASE DE FIBRES CERTIFIÉES

hachette s'engage pour l'environnement en réduisant l'empreinte carbone de ses livres. Celle de cet exemplaire est de : 800 g éq. CO_2 Rendez-vous sur www.hachette-durable.fr

Achevé d'imprimer en Espagne par Rodesa en octobre 2020

Dépôt légal 1re publication juin 2020

89.3423.0 – ISBN : 978-2-01-710853-5

Édition : 02 – Dépôt légal : mai 2020

Loi n° 49-956 du 16 juillet 1949

sur les publications destinées à la jeunesse